ELLEN McCOY

Unsäglich verliebt

ALASKA WIDER WILLEN

1. Auflage

BookRix GmbH & Co. KG
Sankt-Martin-Straße 53-55
81669 München

ISBN: 978-3-7396-9732-1

Lektorat: M. Grundmann
Korrektorat: Dr. Andreas Fischer

Covergestaltung: Chris Gilcher
http://design.chrisgilcher.com

Bildmaterialien:
Mann: Designed by kjpargeter / Freepik
Axt & Stumpf: Designed by Creativepack / Freepik
Frau: aklionika / https://www.shutterstock.com/image-vector/set-silhouettes-business-women-files-mobile-330384752?src=lb-56331955
Hintergrund: Designed by Frimufilms / Freepik

Kapitel 1

Sorgfältig zog Liv ihren leicht schimmernden Lippenstift nach, strich den engen, schwarzen Rock glatt und betrachtete zufrieden ihr Spiegelbild. Ihr Outfit war perfekt. Es strahlte genau die richtige Mischung aus Kompetenz und Attraktivität aus, die inzwischen zu ihrem Markenzeichen geworden war – nicht zu sexy, auf keinen Fall billig, eher auf eine unterschwellige Art einschüchternd.

Sie war gut und sie wusste es.

Ihre Absätze klapperten laut auf den glänzenden Fliesen des Waschraums. Ihr Herz trommelte im gleichen Takt. Gleich würde es so weit sein. Der Tag, auf den sie fünf Jahre lang hingearbeitet hatte, war endlich da. Sie konnte sich keinen anderen Grund dafür vorstellen, dass Mr. Harper – ihr Chef und Inhaber von Harper Consulting – ihr diesen ominösen Termin in den Kalender eingetragen hatte, als dass er sie endlich zur Partnerin befördern würde. Erst gestern hatte sie ein überaus lukratives und kniffliges Projekt abgeschlossen, das der Firma über hunderttausend Dollar einbrachte. Wenn ihr das nicht die längst überfällige Beförderung verschaffte, dann wusste sie es auch nicht. Anscheinend war Mr. Harper der gleichen Ansicht, denn direkt nach ihrer Präsentation hatte er ihr diesen Termin geschickt.

Liv straffte die Schultern und verließ energisch den Waschraum, durchschritt den langen Flur und klopfte an Mr. Harpers Tür. Ein Blick auf das Tablet in ihrer Hand verriet ihr, dass sie auf die Minute pünktlich war.

Durch die halbdurchsichtige Glastür winkte ihr Chef sie zu sich.

Liv setzte ein möglichst neutrales Lächeln auf, um sich ihre Aufregung und Vorfreude nicht anmerken zu lassen, und ging hinein.

»Ah, Liv, schön, dass Sie da sind«, begrüßte Harper sie freundlich. »Bitte nehmen Sie Platz. Ich muss schon sagen, Ihre Präsentation gestern – einfach unglaublich, ich kenne niemanden, auch von den älteren Kollegen, der es besser hingekriegt hätte.«

Liv nickte vorsichtig. Trotz seiner lobenden Worte beschlich sie das Gefühl, dass er nervös war. Sein Gesicht war gerötet, sein Lächeln eine Spur zu jovial und kleine Schweißperlen glänzten auf seiner Stirn.

»Und deshalb habe ich auch ein ganz besonderes, neues Projekt für Sie.«

Oh, keine Beförderung? Liv versuchte, sich ihre Enttäuschung nicht anmerken zu lassen, und spitzte die Ohren. Seit sie die Gerüchte gehört hatte, dass Mr. Harper einen neuen Großkunden in New York an Land ziehen wollte, hoffte sie, dass er ihr diesen Auftrag überlassen würde. Eigentlich hatte sie damit gerechnet, dass er sie als Partnerin dorthin schicken würde, aber vielleicht sollte dieses Projekt auch ihre letzte und größte Bewährungsprobe werden.

»Um was geht es?« Sie öffnete die Notiz-App ihres Tablets.

»Coleman Lumber.«

Liv runzelte irritiert die Stirn. »Ist das ein Name?«

»Nein, eine Firma«, korrigierte Mr. Harper. »Das Sägewerk meines Neffen.«

»Was?« Es gelang Liv nicht, ihren Aufschrei zu unterdrücken. Das hörte sich definitiv nicht nach New York an. Verständnislos musterte sie ihren Chef, in dem Versuch, die Pointe oder den Witz hinter seinen Worten zu entdecken.

Er seufzte und sah ihr fest in die Augen. »Lassen Sie uns mal offen reden, Liv. Ich weiß, dass Sie auf eine Beförderung zur Partnerin aus sind. Und ja, ich gebe zu, dass Sie durchaus das Zeug dazu hätten. Beweisen Sie es mir bei diesem Projekt und die Ernennung ist Ihnen sicher.«

»Natürlich, Sir.« Sie schluckte ihre Enttäuschung herunter. Es kam ihr nicht auf ein paar Wochen an. Sie würde ihre Beförderung bekommen und danach mit Sicherheit auch das New York-Projekt. »Wer gehört noch zu meinem Team?«

»Sie fliegen allein.«

Was?, hätte sie am liebsten noch mal ausgerufen, doch dieses Mal schaffte sie es, ihre Professionalität zu bewahren.

»Ich weiß, es entspricht nicht unserer üblichen Arbeitsweise«, erklärte Mr. Harper schnell.

Das war ja wohl die Untertreibung des Jahrhunderts, es verstieß sogar gegen die offiziellen Richtlinien des Unternehmens, dass ein Projekt von einem einzelnen Consultant bearbeitet wurde. Mr. Harper pflegte stets zu sagen, dass vier Augen mehr sahen als zwei, und außerdem konnte er seinen Kunden nur so die Bearbeitungsgeschwindigkeit garantieren, für die sein Unternehmen bekannt war.

»Aber wie ich bereits sagte, handelt es sich um die Firma meines Neffen«, fuhr er hastig fort. »Sein Geschäftssinn ist leider nicht besonders ausgeprägt und das Sägewerk geht langsam den Bach runter. Es würde meiner Schwester das Herz brechen, falls das geschieht, und das kann ich einfach nicht zulassen.«

Überrascht musterte Liv ihren Vorgesetzten. Eine so weiche, fürsorgliche Seite hätte sie bei ihm nicht vermutet, andererseits hatten sie sich in all den Jahren, die sie für ihn arbeitete, auch noch nie über Persönliches unterhalten.

»Sie verstehen also, dass ich kein vollständiges Team dorthin entsenden kann.«

Nein, das verstand sie nicht.

Er musste ihren Gesichtsausdruck richtig gedeutet haben. »Ich werde ihm dieses Projekt nicht in Rechnung stellen können«, erklärte er. »Außerdem wird Ihnen die Analyse eines Zweihundertmannbetriebs wohl kaum Schwierigkeiten bereiten, nicht nach dem, was Sie gerade erst geleistet haben. In der Tat halte ich Sie für meine einzige Beraterin, die es im Alleingang schaffen kann. Sie werden sehen, in ein paar Tagen sind Sie wieder zurück. Und dann wartet hier schon Ihre Beförderung auf Sie.«

Liv wurde das Gefühl nicht los, dass er ihr gerade Honig um ihren nicht vorhandenen Bart strich, aber sie hatte wohl keine andere Wahl. Sie konnte sich unmöglich weigern, nicht, wenn sie Partnerin werden wollte.

»Darf ich zumindest auf die Unterstützung des Backoffice zurückgreifen?« Nun, da die Entscheidung getroffen war, machte sie sich daran, die Eckpunkte des Projekts zu klären.

»Selbstverständlich.« Harper wirkte erleichtert. Er schien sich also nicht ganz sicher gewesen zu sein, wie sie reagieren würde. »Danke, Liv. Ich weiß Ihren Einsatz zu schätzen.«

Sie rief die Projektmanagementmaske auf. »Wo genau liegt das Sägewerk?«

»In der Nähe von Fairbanks.«

Liv widerstand der Versuchung, diesen Ort vor den Augen ihres Chefs zu googlen, und kramte stattdessen in ihrem Gedächtnis. Irgendwann hatte sie den Namen schon mal gehört. »Fairbanks … ist das nicht in … Alaska?«, fragte sie zögernd und hoffte mit aller Kraft, dass er Nein sagte.

»Genau«, stimmte er ihr fröhlich zu.

Livs Gesichtszüge drohten für einen Moment zu entgleisen, doch sie fasste sich schnell. »Wann geht es los?«

»Schon morgen. Nancy wird die Reise wie immer für Sie buchen.«

Liv schluckte. Er ließ ihr ja nicht gerade viel Zeit, um sich auf das Projekt vorzubereiten. »Können Sie mir irgendwelche Unterlagen zur Verfügung stellen?« Vielleicht könnte sie sich heute Abend oder spätestens morgen auf dem Flug schon ein wenig in die Thematik einlesen.

»Leider nein. Der Name meines Neffen ist Matthew Coleman. Den Link zur Internetseite des Sägewerks schicke ich Ihnen gleich.« Er tippte etwas in seinen Laptop und gleich darauf blinkte das Symbol für eine neue Nachricht in Livs Posteingang. »Das ist aber auch schon alles. Das Weitere werden Sie selbst herausfinden müssen. Viel Erfolg, Liv.«

»Danke.« Sie erhob sich und ging auf hölzernen Beinen zur Tür. Sie fühlte sich wie vor den Kopf gestoßen.

Was zur Hölle war gerade nur schiefgegangen?

Sie wankte zu ihrem Arbeitsplatz, ließ sich auf ihren Stuhl fallen und vergrub ihr Gesicht in den Händen. Alaska! Sie wollte nicht nach Alaska. Sie wollte nach New York! Wollte für eine der größten Banken der Welt ein neues Geschäftsfeld planen, nicht die Kostenstruktur eines maroden Sägewerks analysieren.

Doch es half nichts, in Selbstmitleid zu versinken. Harper hatte recht. So lange würde dieser Ausflug in die Wildnis schon nicht dauern. Und dann würde er ihr die Beförderung und New York nicht mehr verweigern können.

Ihr Tablet gab ein leises Pling! von sich, eine neue Nachricht war eingegangen.

»Mann, ist die schnell!«, murmelte Liv leise und öffnete die Mail, mit der Nancy ihr ihre Flugtickets geschickt hatte. Morgen um acht ging es schon los. Wenn sie noch den Weg zum Chicago O'Hare Airport einberechnete, musste sie bereits vor sechs aus dem Haus.

Liv seufzte und steckte das Tablet in ihre Tasche. So früh wie jetzt verließ sie die Zentrale nur selten. Aber sie musste schließlich noch packen und außerdem hatte sie hier, wie es aussah, ohnehin nichts zu tun.

»Alaska?«, drang die fassungslose Stimme ihrer Freundin Beth aus dem Telefonhörer. »Ist Harper jetzt völlig übergeschnappt?«

Liv seufzte und ließ sich auf ihr Bett fallen, auf dem bereits mehrere Kleidungsstücke verstreut lagen. Beth arbeitete wie auch Liv für Harper Consultig, allerdings im Backoffice-Bereich. Sie war es, die die von Liv sorgsam zusammengetragenen Zahlen in hübsche Grafiken und Folien verwandelte oder – wo nötig – Recherche betrieb.

»Keine Ahnung. Es geht um seinen Neffen, *Matthew Coleman*.« Bereits jetzt verspürte sie einen irrationalen Groll auf den Typen, der sie mit seiner Unfähigkeit, sein Unternehmen zu leiten, von ihrer eigentlichen Arbeit abhielt.

Sie hörte ein Klackern am anderen Ende der Leitung und wusste, dass Beth den Namen durch die Suchmaschine jagte.

»Hm«, sagte ihre Freundin daraufhin. »Viel gibt es hier ja nicht gerade. Ich habe einen Eintrag über einen Matthew Coleman vom MIT, aber den können wir wohl aussortieren. Ein paar Immobilienmakler mit dem Namen scheint es ebenfalls zu geben. Oh, und einen Esoterik-Coach! Vielleicht hat er ja neben dem Holzgeschäft noch ein zweites Standbein«, kicherte Beth.

»Machst du dich gerade etwa über mich lustig?«, schmollte Liv. Sie konnte an dem Ganzen absolut nichts Erheiterndes entdecken.

»Nein, natürlich nicht«, erwiderte Beth übertrieben ernst. »Ah, jetzt habe ich wirklich etwas. Ein Zeitungsartikel von vor drei Jahren berichtet von einem von Coleman Lumber gesponsorten Wohltätigkeitslauf zum Ausbau der Landstraße.«

Liv verdrehte fassungslos die Augen. »Sag bloß, die haben dort nicht einmal richtige Straßen.«

»Jetzt offensichtlich schon. Immerhin scheint die Aktion ein voller Erfolg gewesen zu sein.« Beth hörte sich an, als könnte sie kaum noch an sich halten. »Tut mir leid, Süße«, sagte sie dann. »Aber du musst zugeben, dass diese Sache so absurd ist, dass es schon wieder komisch ist.«

»Für dich vielleicht«, maulte Liv. In diesem Moment klingelte es an der Tür. »Das wird meine Pizza sein! Und danach muss ich packen. Ich melde mich morgen bei dir, wenn ich angekommen bin. Falls sie dort überhaupt Netzabdeckung haben«, fügte sie zweifelnd hinzu.

»Alles klar, bis morgen, Süße. Und lass dich nicht

unterkriegen.«

»Keine Sorge, das werde ich nicht.« Liv legte auf und öffnete die Tür, um ihre Pizza entgegenzunehmen.

Sobald sie den Deckel öffnete, schlug ihr der herrliche Duft nach Tomatensauce, Oregano und geschmolzenem Mozzarella entgegen. Sie legte die Schachtel auf den Tisch und klappte ihren Laptop auf. Es war Zeit, sich Coleman Lumber mal genauer anzusehen.

Sie hatte es noch nicht mal geschafft, das erste Stück Pizza aufzuessen, als sie mit der Betrachtung der Homepage auch schon fertig war. Sie war absolut nichtssagend und veraltet. Kein Wunder, dass es dem Unternehmen nicht gutging. Jetzt verstand sie auch, was Mr. Harper mit dem fehlenden Geschäftssinn seines Neffen gemeint hatte. Die Seite enthielt lediglich ein paar allgemeine Angaben zum Sägewerk – dass es vor rund sechzig Jahren gebaut wurde, dass man auf nachhaltige Forstwirtschaft Wert legte, und zwei eMail-Adressen, eine für Kunden und eine für potenzielle Bewerber.

Frustriert wollte Liv den Laptop schon wieder zuklappen, als ihr die Anschrift des Sägewerks ins Auge fiel. Sie blinzelte und sah noch einmal hin, doch der Ort veränderte sich nicht. *North Pole* stand da schwarz auf weiß geschrieben.

Na super, Harper hatte sie zum verdammten Nordpol geschickt!

Heftiger, als es unbedingt nötig gewesen wäre, klappte sie den Deckel ihres Laptops zu und begab sich auf die Suche nach ihrer Winterjacke. Eine Viertelstunde später fiel ihr siedend heiß ein, dass sie diese vor ein paar Tagen zur Reinigung gebracht und es bisher nicht geschafft hatte, sie wieder abzuholen. Warum auch. Sie hatte nicht gedacht, dass sie die Jacke in absehbarer Zeit noch mal brauchen würde. Immerhin war es bereits Anfang Mai.

Schnell suchte sie die Wettervorhersage für Fairbanks heraus und hätte am liebsten ihren Kopf gegen die Tischplatte gehauen.

Wie könnte es auch anders sein? In Alaska war die Information, dass der Sommer kurz bevorstand, offensichtlich noch nicht angekommen. Das Wetterradar zeigte Wind, Regen und gerade mal sieben Grad Celsius für die nächsten zwei Tage an.

Liv warf einen zweifelnden Blick auf ihre Garderobe und tauschte zwei Röcke gegen einen Hosenanzug aus. Ihre übliche Arbeitskleidung schien so völlig inadäquat für das zu sein, was sie erwartete. Sie legte noch ein paar feine Kaschmirpullover in ihren Koffer und hängte ihren Regenmantel über die Stuhllehne, um ihn am nächsten Morgen bloß nicht zu vergessen.

***

»Ja, Mom, du hast richtig gehört. Ich sagte *Alaska*!«, wiederholte Liv gereizt und senkte ihre Stimme, als sie den belustigten Blick der Frau neben sich spürte. Seit drei Stunden saß sie bereits am Flughafen von Seattle und wartete auf ihren Anschlussflug nach Fairbanks. Sechs weitere Stunden lagen noch vor ihr. Offensichtlich hatte Nancy auf die Schnelle keine bessere Verbindung gekriegt. Normalerweise versuchte man bei Harper Consulting, keine kostbare Beraterzeit zu verschwenden. Andererseits erwartete man von ihnen, dass sie immer und überall arbeiten konnten. Daher hatte Liv ja auch schon ihre Mails beantwortet und den Papierkram zum letzten Projekt ein Stück weit abgearbeitet.

Anschließend hatte sie den obligatorischen Anruf bei ihrer Mutter getätigt. Wenn sie sich nicht mindestens zweimal pro Woche bei ihr meldete, lief sie Gefahr, dass ihre Mutter eine Vermisstenmeldung bei der Polizei rausgab oder ihre Koffer packte, um persönlich bei Liv nach dem Rechten zu sehen.

»Hast du genug warme Sachen dabei?«, fragte ihre Mutter besorgt.

»Ja, Mom.« Seit fünf Jahren reiste sie schon kreuz und quer durch das ganze Land und ihre Mutter traute es ihr noch immer nicht zu, ihren Koffer vernünftig zu packen.

»Und vergiss nicht zu essen, du arbeitest immer zu viel.«

»Nein, Mom.« Sie brauchte kaum noch hinzuhören, um die richtigen Antworten geben zu können. Ihre Gespräche folgten immer dem gleichen Muster.

»Du musst mehr auf dich Acht geben, Kind.«

»Ich komme schon klar. Danke, Mom. Wie geht es Sophy?«, wechselte sie geschickt das Thema. Sophy war ihre jüngere Schwester und das genaue Gegenteil von ihr. Wenn Liv eine Ameise wäre, wäre ihre Schwester ein Schmetterling.

»Ihr geht es bestens.« Liv konnte Moms Strahlen praktisch durchs Telefon sehen. »Ihr Wellness-Salon läuft wie geschmiert, und ...«, Mom legte eine theatralische Pause ein, »Dave hat ihr einen Antrag gemacht!« Ihre Stimme überschlug sich beinahe vor Begeisterung.

»Oh, wow!«, entfuhr es Liv überrascht. Sie hatte gewusst, dass es mit Sophy und ihrem Freund etwas Ernstes war, aber nicht, *wie* ernst. »Ich muss ihr gleich gratulieren.«

»Nein, tu das bloß nicht! Sie wollte es dir selbst erzählen, aber ich konnte es einfach nicht für mich behalten. Bitte sag ihr nichts davon, ja?«

»In Ordnung«, willigte Liv lächelnd ein. Sie freute sich wirklich für ihre Schwester.

»Und bei dir tut sich immer noch nichts?«, fragte ihre Mutter zögernd.

Liv verdrehte die Augen. Nicht mal die Freude über Sophy konnte Mom lange genug von ihrer Sorge um sie selbst ablenken. »Mir geht es gut«, betonte sie zum gefühlt tausendsten Mal. Sie konnte ihrer Mutter einfach nicht begreiflich machen, dass ihr Lebenskonzept anders war als bei ihr oder Sophy und dazu noch genau durchdacht.

»Aber du wirst auch nicht jünger, Schätzchen.«

»Ich bin gerade mal siebenundzwanzig, Mom.« Und damit hatte sie noch drei Jahre, in denen sie sich voll auf ihre Karriere konzentrieren konnte, bevor sie sich langsam auf die Suche nach dem Mann fürs Leben begab. Sie hatte nicht umsonst ein Collegestipendium von Harvard bekommen und dort als eine der Besten ihren Abschluss gemacht. Sie wollte nicht jetzt schon von einem Mann ausgebremst werden, dem es nicht passte, dass sie beruflich so viel unterwegs war, oder der sich davon eingeschüchtert fühlte, dass sie mehr verdiente als er.

»In deinem Alter hatte ich schon dich und deine Schwester!«

»Heutzutage ist die Welt anders.« Zumindest für manche von ihnen. Wenn sie Glück hatte, würde Sophy ihrer Mutter in ein oder zwei Jahren ein Enkelkind präsentieren, das sie hoffentlich ein wenig von ihrer älteren Tochter ablenken würde.

»Ich möchte mir jetzt irgendwo was zu essen holen«, versuchte sie das Gespräch zu beenden.

»Hast du dir nichts mitgenommen? Das Essen an Flughäfen ist immer so teuer – und nicht besonders gut.«

»Es geht alles auf meine Spesenrechnung«, beruhigte Liv sie. »Bis später, Mom. Und mach dir bitte keine Sorgen, wenn ich mich ein paar Tage nicht melde. Ich werde ziemlich beschäftigt sein.«

»Ist gut, Schatz. Pass auf dich auf.«

»Du auch. Hab dich lieb, Mom.« Sie legte auf und schaute sich suchend nach einer Cafeteria um.

Ihr Blick fiel auf einen recht gemütlich aussehenden Bereich, in dem Sandwiches und frische Salate angeboten wurden. Sie grinste schadenfroh, als sie die gesalzenen Preise entdeckte. Dieses Mal würde sie sich bei ihren Spesen absolut nicht zurückhalten. Mr. Harper konnte sich ruhig für den Gefallen erkenntlich zeigen, den sie ihm gerade erwies.

»Sie hat es dir verraten, oder?«, begrüßte Sophy sie direkt, als Liv sie eine halbe Stunde später anrief.

»Was denn?«, fragte Liv betont unschuldig.

»Jetzt tu nicht so!« Sophy lachte. »Ist schon okay. Ich bin

gerade so glücklich, dass es mir völlig egal ist, dass du es schon weißt.«

»Ich freue mich sehr für dich, Kleines.«

»Danke!« Sophy hörte sich an, als würde sie gerade durch den Raum tanzen.

»Habt ihr auch schon einen Termin?«

»Nein, nicht direkt. Ich würde gern im Frühling heiraten, also geht es eh erst nächstes Jahr. Im Mai vielleicht. Wie sieht's aus, hast du da Zeit?«

»Für dich werde ich sie mir einfach nehmen.« Kein Mandant konnte wichtiger sein als die Hochzeit ihrer Schwester. »Und wenn ich dafür aus dem Ausland einfliegen muss«, witzelte sie.

»Apropos.« Sophy wurde plötzlich ernst. »Hat es mit deiner Beförderung geklappt?«

»Noch nicht ganz«, entgegnete Liv ausweichend. »Es gibt noch ein kleines Projekt, das ich vorher zu Ende bringen muss.«

»Was für ein Projekt?«, fragte Sophy misstrauisch. »Du hast dir gerade drei Monate lang den Hintern aufgerissen für irgendeinen besonderen Kunden. Dein Boss nutzt dich schamlos aus.«

Manchmal bewies ihre kleine Schwester einen erstaunlichen Scharfblick. »Ganz so schlimm ist es nicht, Soph.« Immerhin wurde sie genau dafür ausgesprochen gut bezahlt. »Und es ist wirklich nur ein ganz kleiner Auftrag. Wird nicht länger als ein paar Tage dauern. Und dann gehört die Beförderung mir.«

»Hat er dir das gesagt?«

»Wortwörtlich«, bestätigte Liv ihr zufrieden.

»Wenn es so weit ist, werde ich auf jeden Fall zu dir kommen. Und dann machen wir gemeinsam einen drauf.«

»Das wäre toll!« Sie schaffte es viel zu selten, ihre Familie zu sehen. Aus irgendeinem Grund hatte sie noch nie einen Kunden in ihrer Heimatstadt Pittsburgh betreut.

»Und wo steckst du jetzt?«

»Am Flughafen von Seattle. Ich warte auf meinen

Anschlussflug zum Nordpol.«

»Was?!«

Liv lachte. »Ob du es glaubst oder nicht, aber genauso heißt der Ort, an dem mein nächster Kleint auf mich wartet.«

»Nicht dein Ernst! Wo liegt denn das?«

»In Alaska.«

»Oh.«

Ja, oh. Dieses eine Wort drückte all das aus, was Liv zu dem Thema empfand.

»Okay, Soph. Ich muss noch ein wenig arbeiten, bevor mein Weiterflug geht.«

»Sicher. Melde dich, wenn du wieder da bist.«

»Mache ich. Noch mal alles Liebe und schöne Grüße an Dave.«

»Richte ich aus. Und, Liv?«

»Was?«

»Falls du den Weihnachtsmann siehst, mach bitte ein Foto für mich, ja?«

Bevor Liv noch etwas erwidern konnte, hatte Sophy schon kichernd aufgelegt.

Schön, dass zumindest eine Spaß an der Sache hatte.

Liv suchte sich ein ruhiges Plätzchen und klappte ihren Laptop auf. Lustlos starrte sie darauf, bis ihr auffiel, dass sie nichts mehr zu tun hatte. Das war eigenartig. So etwas hatte sie schon seit Jahren nicht mehr erlebt. Es gab immer etwas zu tun, einen Auftrag, den es vorzubereiten oder nachzubesprechen galt.

Und im Prinzip hatte sie auch jetzt ein Projekt, nur dass sie ihre Zeit gerade nicht effizient für die Vorbereitung nutzen konnte, da ihr keinerlei Informationen vorlagen.

Fahrig strichen ihre Hände über die Tastatur. Sie konnte sich kaum daran erinnern, wann sie zuletzt solchen Leerlauf gehabt hatte. Weil sie nicht wusste, was sie sonst tun sollte, öffnete sie die Suchmaschine und startete eine Bildersuche zu Alaska.

Als ihr Flug drei Stunden später endlich aufgerufen wurde, fühlte Liv sich unglaublich schläfrig und von den unbequemen Plastiksitzen ziemlich verspannt. Aber immerhin wusste sie nun, was sie erwartete – Berge, Wald, noch mehr Berge, noch mehr Wald und einige Seen.

Sie seufzte und zog sich den Riemen Laptoptasche über die Schulter. Dann reihte sie sich in die beeindruckend kurze Schlange ihrer Mitreisenden nach Fairbanks ein.

Kalte Luft und leichter Nieselregen schlugen ihr entgegen, als sie um halb elf abends das Flugzeug endlich wieder verließ. Hastig schloss sie ihren Regenmantel enger um sich und stellte den Kragen hoch. Nach dem langen Tag fühlte sie sich wie gerädert und sehnte sich nach einer heißen Dusche und einem weichen Bett.

Jemand drängte sich von hinten gegen sie und sie hatte Mühe, ihr Gleichgewicht zu wahren. Ihr Absatz rutschte über den nassen, glatten Beton der Landebahn. Es knackste leise.

Liv verzog gequält das Gesicht. Natürlich, wie konnte es anders sein, der Schuh war hin. Sie brauchte nicht einmal nachzusehen, um zu wissen, dass der Absatz abgebrochen war. Mehr schlecht als recht humpelte sie hastig hinter den anderen Passagieren her in die Flughafenhalle. Dort war es zumindest trocken und warm, und rund eine Viertelstunde später hielt Liv bereits ihr Gepäck in den Händen. Es hatte durchaus seine Vorteile, in einem fast leeren Flugzeug zu reisen.

Den Koffer hinter sich herziehend, trat sie in den Wartebereich hinaus und sah sich hoffnungsvoll nach einem Schild mit ihrem Namen um. In den Reiseunterlagen, die Nancy ihr geschickt hatte, stand auch, dass ihr Hotel einen Fahrer schicken würde, um sie am Flughafen abzuholen.

Ein älterer, bärtiger Mann trat zielsicher auf sie zu. »Miss Archer?«

»Ja.« Sie nickte erleichtert.

»Ich komme vom Regency Fairbanks Hotel. Willkommen in Alaska.« Er griff nach ihrem Koffer.

»Danke.« Sie wollte ihn gerade fragen, wie er sie unter den Mitreisenden erkannt hatte, als ihr auffiel, dass sie die Einzige war, die nicht von Familienangehörigen oder Freunden empfangen wurde. Offensichtlich kamen nicht so oft völlig Fremde hierher, und erst recht keine alleinstehenden, jungen Frauen.

»Da entlang.« Der Fahrer deutete zum Ausgang.

Liv setzte sich, so würdevoll wie es mit einem abgebrochenen Absatz und Flugzeughaaren nur ging, in Bewegung.

Der Mann schmunzelte in seinen dichten Bart und schüttelte leicht seinen Kopf. Sie konnte nicht genau sagen, ob die Geste amüsiert oder mitleidig gemeint war – und wenn sie ehrlich war, empfand sie beides als gleichermaßen beleidigend.

»Sind Sie privat hier?«, konnte er seine Neugier nicht zurückhalten, als sie endlich im Auto saßen.

»Nein, beruflich.« Sie wollte keinesfalls den Eindruck erwecken, sie wäre vor irgendetwas geflüchtet oder auf der Suche nach sich selbst oder auch nur im Entferntesten freiwillig hier. »Ich bin Unternehmensberaterin«, fügte sie hinzu, als der Mann sie weiterhin erwartungsvoll anstarrte.

»Oh«, kommentierte er und startete den Wagen.

Oh? Was war das denn bitte schön für eine Reaktion auf ihre Antwort? Irritiert schaute sie aus dem Fenster, an dem gerade die Lichter der Stadt vorbeizogen.

»Und wen wollen Sie beraten?«, fragte er unvermittelt. Er klang aufrichtig perplex.

Zumindest das konnte sie voll und ganz nachvollziehen. Diese Stadt erweckte nicht gerade den Eindruck, als wären hier viele große Firmen ansässig. »Coleman Lumber«, erwiderte sie, in der Hoffnung, etwas über ihr Zielobjekt zu erfahren. »Kennen Sie das?«

»Sicher!« Der Mann grinste. »Die sitzen drüben in North

Pole. Viele Jungs arbeiten dort, ist 'ne gute Firma. Ich glaube nicht, dass Sie da viel zu beraten finden.«

»Ich werde sehen.« Liv lächelte möglichst neutral. Eine unqualifiziertere Meinung hatte sie bisher selten vernommen, wollte den Mann aber nicht allzu offen beleidigen.

»So, da wären wir.«

Das Auto hielt vor einem zweistöckigen, rustikalen Gebäude aus Stein und Holz, das durchaus gemütlich wirkte. Liv spürte, wie ein Teil ihrer Anspannung von ihr abfiel.

»Ich bringe Sie rein. Die Rezeption ist um diese Uhrzeit nicht mehr besetzt«, sagte der Fahrer, nachdem sie ihre Rechnung bezahlt hatte. Er holte ihr Gepäck aus dem Kofferraum und ging voran. Drinnen brannte dezentes Licht, doch es war niemand zu sehen.

»Einen Augenblick bitte.« Der Mann ging um den Empfangstresen herum und tastete mit seiner Hand in irgendeiner verborgenen Schublade. »Da haben wir ihn ja!«, entfuhr es ihm schließlich triumphierend und er hielt einen Zimmerschlüssel hoch. »Margo lässt die immer hier liegen, falls jemand später ankommt.« Er studierte die Zimmernummer. »Erster Stock links«, verkündete er dann. »Soll ich Ihnen den Koffer hinauftragen?«

»Das wäre nett, danke. Und wissen Sie, wo ich hier einen Tee bekommen könnte?« Ein koffeinfreier Moccachino wäre ihr zwar noch lieber gewesen, aber sie hatte das unbestimmte Gefühl, dass sie hier danach nicht zu fragen brauchte.

»Es tut mir leid, die Küche hat schon geschlossen.« Der Mann schüttelte bedauernd den Kopf. »Aber zwei Straßen weiter gibt es einen Pub, dort könnten Sie vielleicht Glück haben.«

»Ist nicht so schlimm«, winkte Liv hastig ab. Sie hatte keinerlei Lust darauf, wieder in die Kälte hinauszugehen. »Danke.«

»Kein Problem.« Der Mann schleppte ihren Koffer die Treppe hinauf. Liv humpelte ihm in ihrem kaputten Schuh hinterher. Vor der richtigen Zimmertür blieb er stehen und wartete, bis sie sie aufschloss. Dann stellte er den Koffer hinein.

»Schönen Abend noch.«

»Danke.« Sie griff in ihre Handtasche und holte eine Fünfdollarnote hervor. Sie war sich nicht ganz sicher, ob in diesem Fall Trinkgeld angebracht war oder ob der Mann sich davon beleidigt fühlen würde. Normalerweise waren Hotelpagen heranwachsende Jungs, nicht große, bärtige Männer, die locker ihr Vater hätten sein können.

Er musterte sie gutmütig. »Legen Sie noch einen Fünfer drauf und ich repariere ihnen bis morgen früh ihren Schuh. So können Sie doch nicht rumlaufen, ohne sich die Beine zu brechen.«

»Sie können so etwas?«, fragte sie skeptisch. Es waren immerhin sehr teure Schuhe und sie hatte die Hoffnung, dass sie zurück in Chicago jemanden fand, der sie retten konnte.

Er lachte. »Jeder kann einen Absatz wieder drankleben.«

Irgendwie bezweifelte sie das. Andererseits waren es die einzigen Stiefelletten, die sie dabeihatte, alles andere waren Pumps und für die herrschenden Wetterverhältnisse nicht wirklich geeignet.

»Also gut«, sagte sie schließlich und schlüpfte aus ihrem Schuh.

»Keine Sorge, morgen ist er so gut wie neu.«

»Danke.« Sie lächelte tapfer und gab ihm das restliche Geld. »Wie erreiche ich Sie denn?«

»Ich stelle den Stiefel einfach vor Ihr Zimmer. Gute Nacht.« Er führte seine Hand einmal an seine imaginäre Kappe, zwinkerte ihr zu und ging hinaus.

Liv schloss die Tür hinter ihm ab und ließ sich erschöpft auf das Bett fallen. Was für ein Tag.

Einige Minuten blieb sie einfach reglos liegen, dann rappelte sie sich unwillig auf, nahm einen Schluck stillen Wassers aus der Minibar und wankte ins Badezimmer.

Kapitel 2

Etwas stimmte nicht. Das spürte Liv ganz deutlich, noch bevor sie die Augen aufschlug. Doch sie konnte es nicht erfassen, konnte nicht feststellen, was es war, das dieses eigenartige Gefühl in ihr erweckte.

Sie öffnete ihre Lider und schaute sich verwirrt um. Sie war daran gewöhnt, in fremden Hotelzimmern aufzuwachen, in der Tat verbrachte sie deutlich mehr Nächte auswärts als in ihrer Wohnung. Das war es also nicht, was sie verstörte. Sie setzte sich auf. Graues Licht drang durch die gewebten Vorhänge.

Hastig sprang sie auf und riss sie beiseite.

Scheiße! Es war helllichter Tag. Erschrocken kramte Liv nach ihrem Handy – neun Uhr. Sie hatte verschlafen. Sie verschlief sonst nie! Sie kam in der Regel mit sechs Stunden Schlaf wunderbar aus, deshalb hatte sie sich auch keinen Wecker gestellt.

Über den Dächern der Stadt konnte sie die Gipfel der Berge erkennen und einen Schwarm Vögel, der kreischend über den wolkenverhangenen Himmel zog.

Sie lauschte und wusste plötzlich, was los war. Es war zu leise. Es fehlte das unterschwellige, immerwährende Brummen der Großstadt – das Rauschen der Highways, das Hupen der Taxis, unzählige Radios, Fernseher, Musikgeräte, die immerfort eine Geräuschkulisse produzierten, die ihr mittlerweile so vertraut war, dass sie sie gar nicht mehr bewusst wahrnahm.

War es womöglich gar nicht ihre innere Uhr, die sie jeden Morgen weckte, sondern der Lärm der Menschen um sie herum?

Liv schüttelte den Kopf und zog die Vorhänge wieder zu. Sie hatte keine Zeit, sich darüber Gedanken zu machen. Sie war ohnehin schon viel zu spät dran.

Sie lief ins Bad, um sich die Zähne zu putzen, während sie im Kopf bereits ihre Garderobe zusammenstellte. Die Dusche würde sie heute Morgen wohl ausfallen lassen und fürs Frühstück blieb ihr eigentlich auch keine Zeit. Verdammt! Sie spülte hastig ihren Mund aus. Plötzlich stockte sie. Sie hatte gar keinen festen Termin.

Sie war bisher immer pünktlich zum Arbeitsbeginn um neun Uhr bei ihren Kunden gewesen und erwartete dies auch streng von ihrem Team. Aber dieses Mal gab es kein Team, sie war allein. Und falls Harper seinem Neffen irgendeine Uhrzeit genannt hatte, hatte er es versäumt, sie ebenfalls davon in Kenntnis zu setzen.

Vorsichtshalber warf sie einen Blick auf ihr Smartphone – keine Mail, kein Eintrag im Terminkalender.

Liv lächelte, zog ihren Schlafanzug aus und stieg unter die Dusche.

Als sie sich knapp eine Stunde später die letzte Gabel Rührei von ihrem Teller in den Mund schob, fühlte sie sich wieder halbwegs mit der Welt versöhnt. Der Kaffee war heiß und stark, der Speck knusprig, die Brötchen noch warm – und es war zur Abwechslung mal ganz schön, einfache, deftige Hausmannskost zu genießen, anstelle der Modegerichte, die sie in den Hotels sonst meistens serviert bekam. Der einzige Wermutstropfen war, dass ihr Schuh nicht wie versprochen vor der Tür gestanden hatte. Aber vermutlich wäre er eh nicht mehr zu retten gewesen, also war das wohl kein besonders schlimmer Verlust.

Liv leerte ihre Tasse und ging zur Rezeption, um sich ein Taxi zu bestellen.

»Wohin möchten Sie denn, Schätzchen?« Margo, die grauhaarige Inhaberin des Hotels, lächelte sie freundlich an.

»Nach North Pole, zu Coleman Lumber.« Jedes Mal, wenn sie den Namen dieses Örtchens aussprach, rechnete sie halb damit, dass ihr Gegenüber in Lachen ausbrechen würde. Doch Margo blieb vollkommen ernst.

»Ach, da brauchen Sie doch kein Taxi. Der Bus fährt gleich da vorne in nur zwanzig Minuten ab.«

»Wenn es geht, würde ich trotzdem lieber ein Taxi nehmen.« Sie hatte keine Lust, ewig durch die Gegend zu bummeln, nur weil der Bus an jeder Ecke anhielt. Sie war auch so schon viel später dran, als sie es gewöhnt war.

»Wie Sie wollen.« Margo griff nach dem Telefonhörer. »Hey, Gus«, sagte sie leise. »Wir haben hier eine Lady, die ein Taxi braucht. Ja, North Pole, genau.« Sie lauschte kurz und legte dann auf. »Gus ist in zehn Minuten da.«

»Danke.« Liv schaute nach draußen und verwarf den Gedanken, vor dem Gebäude auf das Taxi zu warten. Der Wind jagte graue Wolken über den Himmel, an dem nur ab und zu etwas Blau durchschimmerte. Der Hof des Hotels glänzte nass. Anscheinend hatte es bis eben noch geregnet. Große Pfützen standen in den Vertiefungen des unebenen Asphalts. Liv hoffte inständig, dass sie sich in ihren Pumps keine feuchten Füße holen würde.

Ungeduldig lief sie in der Lobby auf und ab. Schließlich wurde die Eingangstür geöffnet und der Mann, der sie gestern am Flughafen abgeholt hatte, trat herein.

»Ah, da sind Sie ja!«, verkündete er strahlend und ging auf sie zu. »Tut mir leid, dass ich es heute früh nicht mehr geschafft habe, aber besser spät als nie, was?« Er zwinkerte ihr zu und holte ihre Stiefelette aus einer Plastiktüte heraus.

»Danke.« Auf das Schlimmste gefasst, nahm Liv den Schuh entgegen und riss überrascht die Augen auf. Er sah tatsächlich aus wie neu. Vorsichtig rüttelte sie an dem Absatz, der nun bombenfest klebte. Nichts deutete darauf hin, dass er nur wenige Stunden zuvor reif für die Mülltonne gewesen war. Sie lächelte. In Chicago hätte sie für die Reparatur bestimmt über fünfzig Dollar zahlen müssen. Sie überlegte kurz, nach oben zu laufen und den zweiten Stiefel zu holen, doch sie wollte nicht riskieren, ihr Taxi zu verpassen.

»Kann ich den kurz bei Ihnen unterstellen?«, wandte sie sich daher an Margo.

»Sicher, Kindchen.« Die Dame schien sich an ihrer Anfrage nicht im Geringsten zu stören.

»Danke.« Liv lächelte warm.

»Wollen wir dann?«, fragte der Mann unvermittelt.

»Wohin?«, fragte sie verwirrt.

»Sind Sie nicht die Dame, die nach North Pole wollte?«

»Sie sind Gus«, dämmerte es ihr endlich.

»Stets zu Diensten.« Er grinste.

Liv ertappte sich dabei, wie sie zurücklächelte. Gus war auf eine ruppige, rustikale Art durchaus charmant.

»Olivia Archer«, sagte sie und streckte ihm ihre Hand entgegen. »Aber die meisten nennen mich Liv.«

»Freut mich sehr, Liv. Kommen Sie.«

Sie folgte ihm zu seinem Auto und kurz darauf brausten sie davon. Sobald sie die Stadt hinter sich ließen, bekam Liv einen ungehinderten Blick auf die sie umgebende Natur – Berge und Wald, so weit das Auge reichte. Coleman Lumber lief also zumindest nicht Gefahr, dass ihnen das Holz in absehbarer Zeit ausgehen könnte.

»Da wären wir«, sagte Gus gut zwanzig Minuten später und hielt mit dem Wagen vor einem großen, offenen Tor. Falls dieser Ort so etwas wie einen Stadtkern hatte, lag das Sägewerk auf der gegenüberliegenden Seite davon. Eine einsame, kaum befestigte Landstraße hatte sie hierhergeführt. Und wäre an dem Tor nicht ein verwittertes Schild mit der Aufschrift »Coleman Lumber« angebracht, wäre sie hier niemals ausgestiegen.

»Soll ich Sie nachher wieder abholen?«, fragte Gus freundlich, als sie ihre Fahrt bezahlte.

»Ich weiß nicht, wie lange ich brauchen werde. Aber wenn Sie mir Ihre Nummer geben, kann ich Sie vielleicht anrufen?«

»Sicher.« Er griff in seine Hemdtasche und holte eine leicht zerknitterte Visitenkarte hervor. »Ist schon lange her, dass mich ein so hübsches Mädchen nach der Nummer gefragt hat«, zwinkerte er ihr zu.

»Und ich habe fest vor, Sie auf jeden Fall anzurufen«, gab sie im gleichen Ton zurück.

Er lachte schallend. »Machen Sie es gut, Liv.«

Sie öffnete die Tür und suchte nach einem möglichst trockenen Fleck Erde, um ihre Füße daraufzustellen. Dann hüpfte sie hinaus und spürte, wie ihre Absätze im Matsch versanken. So viel dazu.

Vorsichtig setzte Gus zurück und wendete den Wagen. Liv wartete, bis er davongefahren war, dann schaute sie unsicher durch das Tor. Wo war sie hier bloß gelandet? Sie zog ihre Hose ein wenig hoch, damit diese nicht durch den Schlamm schleifte, es reichte schon, dass ihre Schuhe total verdreckt waren. Dann setzte sie sich langsam in Bewegung.

Der Hof schien etwas trockener zu sein, was vermutlich an dem Schotter lag, der ihn bedeckte. Etwa in der Mitte des Platzes konnte sie ein niedriges Gebäude erkennen, dahinter erhoben sich zwei weitere Hallen sowie irgendwelche Förderbänder und Maschinen. Obwohl es erst kürzlich geregnet hatte, hing Sägestaub in der Luft, es roch nach frischem, feuchtem Holz und etwas sirrte und summte leise.

Vorsichtig stellte Liv einen Fuß vor den anderen. Sie wollte nicht wie eine Witzfigur erscheinen, die nicht einmal in der Lage war, vernünftig zu laufen, ohne umzuknicken, hinzufallen oder sich erneut einen Absatz abzubrechen. Auch so schon war sie sich der Aufmerksamkeit der Männer, die hier arbeiteten, deutlich bewusst.

Ein paar von ihnen waren gerade dabei, einen Lastwagen zu entladen, einige Meter weiter machten andere gerade eine Raucherpause. Liv konnte förmlich sehen, wie ihr Auftauchen Wellen schlug. Tuschelnd schubsten die Männer einander an, unterbrachen das, was auch immer sie gerade taten, und starrten sie unverhohlen an.

Liv straffte ihre Schultern und bemühte sich, möglichst

souverän zu wirken, so, als wüsste sie genau, was sie hier tat und was sie erwartete. Normalerweise hatte sie kein Problem damit. Doch dieses Mal war sie völlig allein, ohne die Unterstützung eines Teams. Sie hatte keinen vereinbarten Termin, es wartete am Tor kein hilfsbereiter Mitarbeiter auf sie, um ihr alles zu zeigen und alle Informationen zu liefern, nach denen sie verlangte. Wenn sie hier fertig war, schuldete Harper ihr nicht nur die Beförderung, sondern auch einen ganz dicken Bonus.

Von dieser angenehmen Wunschvorstellung abgelenkt, achtete sie für einen Moment nicht auf den Weg. Ihr rechter Fuß traf auf einen Widerstand, sie strauchelte und stürzte nach vorn. Mit viel Glück gelang es ihr, sich mit den Händen aufzufangen, bevor sie der Länge nach auf den nassen, schmutzigen Boden hinschlug. Hastig rappelte sie sich auf. Die Laptoptasche auf ihrer Schulter schrappte über den Boden und drohte sie erneut aus dem Gleichgewicht zu bringen.

In dem Moment packten zwei kräftige Arme beherzt zu und hoben sie auf.

»Alles in Ordnung, Miss?«

Nein!, hätte sie am liebsten geschrien, doch sie lächelte bloß. Professionalität war das A und O.

»Danke.« Sie musterte ihren Retter. Ein dichter Bart bedeckte den Großteil seines Gesichts, darüber trug er einen gelben Sicherheitshelm, darunter ein blau-rot kariertes Flanellhemd und blaue Jeans. Sein Atem roch nach Zwiebeln und Zigarettenrauch.

»Können Sie stehen?«

»Ja.« Sie rieb ihre schmutzigen Handflächen aneinander und schaute besorgt an sich hinab. Zumindest der Rest von ihr schien den Fall unversehrt und ohne hässliche Flecken überstanden zu haben.

»Sind Sie sicher?« Er ließ sie los, blieb jedoch dicht neben ihr, als fürchtete er, dass sie erneut umkippen könnte.

»Alles gut, danke«, beruhigte sie ihn entschieden.

Der Mann bückte sich, um einen Holzklotz aufzuheben. »Der

muss wohl von einem der Laster gefallen sein«, meinte er entschuldigend.

Das war also der Grund für ihren Sturz.

»Sie müssen besser aufpassen, Miss.« Er zögerte. »Was möchten Sie hier überhaupt?«

Sie gab den Versuch auf, ihre Hände zu säubern, und rückte den Riemen ihrer Tasche auf der Schulter zurecht. »Ich möchte zu Mr. Coleman. Können Sie mir sagen, wo er ist?«

»Sicher.« Der Mann musterte sie aufmerksam.

Sie konnte seine Neugier deutlich spüren. Aber sie konnte ihm leider nichts Genaueres sagen, nicht bevor sie wusste, welche Sprachregelung erwünscht war, ob Mr. Coleman offen mit dem Grund für ihre Anwesenheit umgehen wollte oder ob er die Belegschaft vorerst lieber im Unklaren ließ.

»Versuchen Sie es mal im Büro dort hinten«, sagte er schließlich, da sie hartnäckig schwieg, und deutete auf das niedrige Haus.

Sie nickte ihm dankbar zu und setzte sich erneut in Bewegung. Dieses Mal wagte sie es nicht, ihren Blick vom Boden zu heben. Sie glaubte zu hören, wie die Männer untereinander über sie spotteten, aber sie hob nicht ihren Kopf.

Endlich erreichte sie die Tür und rüttelte am Griff. Sie war verschlossen. Natürlich, wie konnte es auch anders sein?

Na ja, immerhin bewies das, dass es in dieser Firma ein Mindestmaß an Sicherheitspolitik gab – wenn schon der Hof und die Anlagen jedem frei zugänglich waren, galt das zumindest nicht für vertrauliche Personal- und Firmenunterlagen.

Damit stand sie jetzt allerdings vor dem Problem, wie sie hineingelangen sollte. Sie konnte weder einen Klingelknopf noch einen Empfangsmitarbeiter entdecken. Unschlüssig schaute Liv zu den Männern zurück, die sie neugierig beobachteten. Sollte sie einen von ihnen um Hilfe bitten? Oder würde sie damit den letzten Rest ihrer Achtung einbüßen?

Das war doch albern!, schalt sie sich im gleichen Augenblick.

Sie hatte schon mit Geschäftsführern von millionenschweren Unternehmen verhandelt, da würde sie doch nicht vor ein paar Holzfällern kuschen! Außerdem war ihre Zeit viel zu teuer, um sie mit Unentschlossenheit zu vertrödeln. Von einem Stundenlohn wie dem ihren konnten diese Männer bloß träumen.

Sie wollte sich gerade in Bewegung setzen, als die Tür plötzlich aufschwang. Sie schaffte es gerade noch rechtzeitig zur Seite zu hüpfen, damit der Mann, der nun heraustrat, sie nicht umrannte. Er war groß, trug ein blaues Jeanshemd, eine graue Hose und den obligatorischen Schutzhelm auf dem Kopf. Er war offensichtlich in die Betrachtung irgendeiner Skizze vertieft, weshalb er sie nicht gesehen hatte.

»Woah, Vorsicht!«, entfuhr es ihm erschrocken.

Als ob es ihre Schuld wäre, dass er sie beinah über den Haufen gerannt hatte.

Er ließ sein Blatt sinken und musterte sie verwirrt. »Wer sind Sie?« Der Blick seiner stahlgrauen Augen traf sie bis ins Mark. Er sah gut aus, wirklich gut sogar – braungebrannt, mit markanten Gesichtszügen, leichten Lachfältchen an den Wangen und einem dunklen Bartschatten, der sich irgendwo zwischen unrasiert und so gewollt bewegte.

Liv räusperte sich und streckte ihm ihre Hand entgegen. »Olivia Archer. Ich habe einen Termin bei Mr. Coleman.«

Er runzelte seine Stirn, ließ seinen Blick aufmerksam an ihr rauf- und runterwandern und übersah dabei geflissentlich ihre Hand. Sein Gesicht wurde – wenn möglich – noch verschlossener. »Was Sie nicht sagen, dann viel Glück.« Er machte Anstalten, sich an ihr vorbeizudrängen.

»Wo finde ich ihn denn?«, hielt Liv dem Mann zurück. Er mochte nicht besonders freundlich sein, doch er kam aus dem Gebäude, in das sie hineinzugelangen versuchte.

Er zuckte mit den Schultern. »Versuchen Sie es mal dort drin.« Mit diesen Worten ließ er sie einfach stehen. Liv stemmte den Arm gegen die Tür, um sie am Zufallen zu hindern, und schaute ihm kopfschüttelnd hinterher. Von Manieren hatte dieser Naturbursche wohl noch nie etwas gehört. Zum Glück sah er nicht aus, als würde er zur Führungsriege des Unternehmens gehören, also brauchte sie auch keinen Gedanken mehr an ihn zu verschwenden.

Sie knöpfte ihren Regenmantel auf, überprüfte den Sitz ihrer Kleidung und trat entschlossen durch die Tür.

Sie fand sich in einem langen Flur mit mehreren Türen wieder. Langsam ging an einer kleinen Kaffeeküche, auf deren Arbeitsplatte sich die benutzten Kaffeebecher stapelten, und zwei weiteren, geschlossenen Türen vorbei – natürlich beide ohne jegliche Beschriftung oder Namen.

Ihre Schritte hallten gespenstisch laut in dem leeren Flur und sie fragte sich unwillkürlich, ob das Gebäude völlig verlassen war. Aber wenn Mr. Coleman gar nicht hier war, wieso hatte der Naturbursche sie überhaupt hineingeschickt? Sie blieb stehen und schaute sich ratlos um. Konnte es sein, dass Harper ihren Besuch überhaupt nicht angekündigt hatte? Es sah nämlich wirklich nicht danach aus, als würde sie hier irgendjemand erwarten. Verärgert holte sie ihr Handy hervor und suchte die Nummer ihres Chefs.

»Hallo? Kann ich Ihnen helfen?«, fragte plötzlich eine freundliche, männliche Stimme.

Liv schaute hoch und atmete erleichtert auf. Ein gepflegter, attraktiver Mann Anfang dreißig war aus einer der geschlossenen Türen getreten und schaute sie neugierig an. Mit seiner geraden, schwarzen Jeans und dem hellblauen, gebügelten Hemd kam er ihrer Vorstellung davon, wie ein Mitglied der Führungsriege auszusehen hatte, schon beeindruckend nah. Mehr konnte sie in dieser Einöde wohl wirklich nicht erwarten.

»Mr. Coleman?«, fragte sie, obwohl sie eigentlich keinen Zweifel daran hatte, wer gerade vor ihr stand.

»Leider nicht«, entgegnete er und kam lächelnd auf sie zu. »Aber ich bin so etwas wie seine rechte Hand. Tom Collins, wie kann ich Ihnen helfen?«

Liv unterdrückte ein Stöhnen. Es wäre ja auch zu schön gewesen. »Ich suche Mr. Coleman«, erklärte sie überflüssigerweise.

»Ja, das habe ich schon verstanden.« Er schmunzelte. »Eigentlich hätten Sie ihn vorhin doch sehen müssen, er hat das Büro gerade erst verlassen.« Er beugte sich vor, um an ihr vorbei nach draußen zu zeigen. »Da hinten geht er.«

Liv folgte seinem Blick und fluchte innerlich. Sie brauchte gar nicht hinzusehen, um zu wissen, wen er meinte. Dieser Mistkerl. Er hatte sie einfach auflaufen lassen – warum auch immer. Er war nicht nur ungehobelt, sondern auch völlig unprofessionell. Kein Wunder, dass seine Firma den Bach runterging.

»Vielleicht können Sie mir ja weiterhelfen«, wandte sie sich hoffnungsvoll an Mr. Collins.

Sein Lächeln wurde noch eine Spur breiter. »Sehr gerne. Bitte kommen Sie.« Er führte sie in das Büro, aus dem er vorhin getreten war, und bot ihr einen Stuhl an. »Möchten Sie etwas trinken?«

»Ein Wasser, bitte, falls Sie eins dahaben.« Viel lieber wäre ihr ein heißer Tee gewesen, an dem sie ihre kalten Finger wärmen konnte, aber sie wollte nicht zu viele Umstände machen. Sie nahm das Glas entgegen, das er ihr reichte, und bemerkte verschämt, wie dreckig ihre Hände noch immer waren. Wieso hatte sie nicht daran gedacht, sie vorhin in der Küche zu waschen? Jetzt noch kurz zu verschwinden, wäre wohl unangebracht. Außerdem wollte sie nicht Gefahr laufen, dass Mr. Collins sich anderen Dingen zuwandte und sie einfach sich selbst überließ.

Liv unterdrückte ein Seufzen. Wann war sie eigentlich von einer gefragten Beraterin zu einer unerwünschten Bittstellerin geworden?

Sie ballte ihre Fäuste, um die schmutzigen Handflächen zu

verstecken. Sie brauchte nur ein paar Minuten, um sich zu fangen, um wieder in sicheres Fahrwasser zu gelangen. Sobald es um fachliche Themen ging, wäre sie wieder in ihrem Element.

»Also, was kann ich für Sie tun?« Mr. Collins setzte sich hinter seinen Schreibtisch und schaute sie mit gespannter Erwartung an.

»Mein Name ist Olivia Archer.« Sie reichte ihm ihre Visitenkarte. »Mr. Harper hat mich doch sicherlich schon angekündigt?« Sie ließ es wie eine Frage klingen, weil sie sich dessen inzwischen absolut nicht mehr sicher war.

»Harper?«, wiederholte Tom Collins leise. Er runzelte seine Stirn und warf einen Blick auf ihre Karte. »Harper Consulting?«, vergewisserte er sich, obwohl es dort schwarz auf weiß geschrieben stand.

»Ja.« Liv spürte den letzten Rest ihrer Selbstsicherheit schwinden, gleichzeitig regte sich ihr Trotz. »Mr. Harper hat mich gebeten zu überprüfen, ob es bei Coleman Lumber eventuell noch Optimierungspotenziale gibt.« Das hatte sie jetzt doch sehr diplomatisch ausgedrückt. Nach dem, was sie bisher gesehen hatte, war diese ganze Firma ein einziges Optimierungspotenzial.

»Aha.« Ihre Erklärung hatte Mr. Collins offensichtlich nicht überzeugt. Er schaute sie einen Moment lang unschlüssig an, dann klatschte er seine Handflächen energisch auf die Tischplatte und stand abrupt auf. »Das sollten Sie am liebsten direkt mit Matt selbst besprechen. Kommen Sie.«

Liv folgte ihm hastig und wünschte sich, sie hätte eine Ahnung, was genau hier los war.

Er marschierte so schnell über den Hof, dass sie in ihren hochhackigen Schuhen Schwierigkeiten hatte, mit ihm Schritt zu halten. Als er merkte, dass sie nicht neben ihm ging, blieb er stehen und schaute sich nach ihr um. »Entschuldigen Sie bitte, wir bekommen hier nicht häufig solche Besucher wie Sie.«

Er führte nicht aus, was er mit *solchen Besuchern* meinte,

aber das war auch nicht nötig. Liv war sich noch nie so fehl am Platz vorgekommen wie hier.

Er lächelte, wie um seinen Worten die Spitze zu nehmen, und bot ihr hilfsbereit seinen Arm an.

Sie zögerte kurz, bevor sie sich einhakte. Normalerweise wäre so etwas bei einem Kunden undenkbar gewesen. Aber diese Situation war alles andere als normal. Mit ihm an ihrer Seite fühlte sie sich deutlich sicherer und sie kam nicht umhin zu bemerken, wie stark sich sein Arm anfühlte.

Er schaute sie an und seine blauen Augen strahlten. »Falls Sie länger hierbleiben, brauchen Sie wohl andere Schuhe«, bemerkte er gutmütig.

Liv entging nicht die Verwendung des Wörtchens *falls*. Unwillkürlich fragte sie sich, was für ein Problem er – oder besser gesagt Mr. Coleman – mit ihrer Anwesenheit hatte. Ihr Chef war gerade dabei, seinem Neffen eine erstklassige Wirtschaftsberatung zu spendieren, für die andere Firmen über tausend Dollar am Tag bezahlten. Aber diese beiden kamen nicht einmal auf die Idee, sich zu bedanken, stattdessen musste sie sich für ihre Anwesenheit auch noch rechtfertigen.

Mr. Collins führte sie zu einer Gruppe von Männern, die zu einem hohen Förderband emporstarrten, von dem etwa ellenlange Holzklötze auf einen riesigen Haufen fielen. Es bereitete ihr keine Schwierigkeiten, Mr. Coleman unter den Versammelten auszumachen. Seine große, schlanke Gestalt war nicht zu verkennen. Er hatte einen Fuß auf einen Baumstumpf gestellt, seine Skizze über sein Knie gebreitet und diskutierte angeregt mit einem der Männer, der ihm eine abgesägte Holzscheibe entgegenhielt.

Er strich prüfend über die Schnittstelle und nickte nachdenklich. »Ich glaube, ich weiß, was das Problem hier ist«, drang seine Stimme an Livs Ohr, als sie nähertraten.

Die anderen Männer verstummten sofort, als sie sie bemerkten. Manche lächelten freundlich, andere schienen nur gespannt zu sein, was als Nächstes geschehen würde.

»Wir müssen das Sägeblatt neu justieren.« Mr. Coleman war der einzige, den ihr Erscheinen völlig unbeeindruckt ließ.

»Du hast Besuch, Matt.« Tom Collins tippte leicht an seine Schulter.

Langsam drehte er sich um und musterte Liv kühl von oben bis unten. »Oh, Sie schon wieder.«

»Ja, ich!«, zischte Liv aufgebracht. Sie hörte belustigtes Schnaufen und mäßigte ihre Stimme. Sie würde sich von ihm weder provozieren, noch auf sein Niveau herunterziehen lassen. Sie hatte einen Auftrag zu erfüllen und genau das würde sie tun.

Er zuckte mit den Schultern. »Wer auch immer Sie geschickt hat, Lady, Sie haben den ganzen Weg leider umsonst auf sich genommen. Wir kaufen nichts, wir investieren in keine Aktien und wir posieren auch nicht für irgendwelche Hochglanzkalender, nicht wahr, Männer?«

Zustimmendes Gegröle wurde laut und irgendwie war Liv sehr dankbar dafür. Die meisten der sie umgebenden Körper wollte sie sich lieber nicht ohne die obligatorischen Flanellhemden vorstellen, die sie verhüllten.

Sie räusperte sich indigniert. »Mein Name ist Olivia Archer«, sagte sie laut vernehmlich in die allgemeine Heiterkeit. »Ich bin Beraterin bei Harper Consulting und würde gern unter vier Augen mit Ihnen sprechen, Mr. Coleman.«

Jegliche Belustigung schwand aus seinem Gesicht. Die Stimmung schien schlagartig um mehrere Grad abzukühlen. Sein Blick wurde noch härter, fast schon feindselig. Neben sich hörte sie Tom Collins missbilligend stöhnen und fragte sich, was zum Teufel derart schlimm an ihrer Aussage war.

»Was ist los?«, zischte Matt Coleman. »Hat mein Onkel etwa Angst, dass er sein Geld nicht bekommt? Bisher habe ich immer rechtzeitig bezahlt!«

»Nein«, entgegnete Liv vorsichtig und verfluchte ihren Chef innerlich dafür, dass er offensichtlich doch mehr über das

Sägewerk wusste, als er ihr mitgeteilt hatte. Sie setzte ihr bestes Pokerface auf. »Ich denke, wir sollten das Gespräch an einem anderen Ort weiterführen, Mr. Coleman«, fügte sie kühl hinzu. Sollte *er* sich doch jetzt zur Abwechslung mal den Kopf darüber zerbrechen, was sie vielleicht wusste. Auch wenn es nur ein leerer Bluff war, verschaffte es ihr einen Moment des Triumphs, als er seinen Kiefer grimmig zusammenpresste und widerwillig nickte.

»Also gut«, sagte er. Seine Stirn glich einer Gewitterwolke, seine Stimme einem Donnergrollen. »Ich komme nachher noch mal vorbei, Jeff«, wandte er sich an den Mann, mit dem er das Holzstück betrachtet hatte. »Es wird nicht lange dauern«, fügte er mit einem finsteren Seitenblick auf Liv hinzu.

Bedauernd nahm sie wahr, wie Tom Collins sich langsam von ihrer Seite entfernte. Seine Anwesenheit hatte ihr ein gutes Gefühl vermittelt – immerhin hatte er bisher einen zuvorkommenden und kompetenten Eindruck auf sie gemacht.

»Nichts da, Tom. Du kommst mit«, kommandierte Matt Coleman und der Angesprochene verzog ertappt das Gesicht.

Zu dritt liefen sie zurück zum Bürogebäude, wobei Liv sich eher die Beine brechen wollte, als hinter den beiden Männern zurückzubleiben.

Mr. Coleman führte sie in ein Büro und ließ sich hinter den Schreibtisch fallen, ohne ihr auch nur einen Platz anzubieten. Seelenruhig schob Liv sich einen Stuhl zurecht und setzte sich ebenfalls hin. Tom Collins verharrte einen Moment, dann ließ er sich etwas abseits nieder – vermutlich, um nicht in die Schusslinie zu geraten.

»Also, worum geht es?«

»Mr. Harper – Ihr Onkel – gab mir zu verstehen, dass Ihre Firma in Schwierigkeiten stecke. Meine Aufgabe ist es, sie wieder profitabler zu machen.«

Mr. Coleman verengte misstrauisch seine Augen. »Und was bezweckt er damit?«

Liv stutzte. »Gar nichts, soweit ich weiß. Er möchte Ihnen lediglich ein wenig unter die Arme greifen.«

»Pah!«, schnaubte er. »Das kann ich mir kaum vorstellen. Wir stehen uns nicht besonders nah.«

»Ehrlich gesagt, macht er das auch gar nicht für Sie, sondern für Ihre Mutter. Er weiß, wie schwer es sie treffen würde, sollte das Sägewerk Insolvenz anmelden.«

Einen Moment lang starrte er sie mit offenem Mund an. In seinem Hirn ratterte es sichtlich. Dann grinste er plötzlich. »Sie sind also lediglich hier, um mir einen Gefallen zu tun?«

»Korrekt«, bestätigte sie. Er schien endlich begriffen zu haben, dass er hierbei nur gewinnen konnte.

»Dann kann ich Ihre Dienste ja ablehnen und Sie wieder nach Hause schicken.«

»Bitte?«, entfuhr es ihr verdattert.

»Ja. Bestellen Sie meinem Onkel einen netten Gruß von mir.« Er erhob sich, als wäre damit alles gesagt.

»Nicht so voreilig.« Liv stand ebenfalls auf. Nicht dass sie besonders viel Wert darauf legte, ausgerechnet das marode Sägewerk dieses unfreundlichen Kerls zu sanieren, aber hier ging es um weit mehr als das. Wenn sie wirklich Partnerin bei Harper Consulting werden wollte, durfte sie sich von ihm nicht so abwimmeln lassen. Kurz kam ihr der Gedanke, dass das Ganze tatsächlich nur ein perfider Test war, um ihre Eignung für die neue Stelle zu überprüfen. Dann schüttelte sie den Kopf über sich selbst. Das wäre ausgemachter Blödsinn.

»Ich werde gehen«, sagte sie fest, »sobald ich die Anweisung dazu von Mr. Harper persönlich höre. Er hat mir dieses Projekt zugewiesen und nur er kann mich davon wieder abziehen.«

»Aber es gibt kein Projekt!«, explodierte Matt Coleman. »Es gibt hier nur *meine* Firma, in die er sich ungefragt einmischt.«

»Noch hat er nichts weiter gemacht, als Ihnen eine Beraterin zur Seite zu stellen. Und genau das werde ich tun – beraten und Empfehlungen aussprechen, nicht mehr und nicht weniger. Es bleibt dann Ihnen überlassen, ob Sie sie befolgen oder Ihre Firma weiter in den Abgrund wirtschaften wollen.«

»Ach, Sie meinen also, nach fünf Minuten auf dem Hof den Zustand meines Unternehmens beurteilen zu können?«, fuhr er sie aufgebracht an.

»Nein«, entgegnete sie eisig. »Dafür hat mir schon ein Blick auf Ihre Homepage genügt.«

»Das reicht!«, zischte er und holte sein Handy hervor.

»Was hast du vor?«, fragte Tom nervös.

»Ich rufe meinen Onkel an und kläre das ein für alle Mal!«

Er wählte eine Nummer. Gespannt beobachtete Liv, was geschehen würde. Entgegen ihrer Erwartung ging Mr. Harper tatsächlich ran. Vermutlich hatte er bereits mit dem Anruf seines Neffen gerechnet. Immerhin gab es keinen Zweifel mehr daran, dass hier nichts, aber auch gar nichts im Vorfeld abgesprochen war. Liv atmete tief durch, um sich zu beruhigen. Unabhängig davon, wie sehr Matt Coleman sie auf die Palme brachte, konnte sie ihn sogar irgendwie verstehen. Es würde wohl niemandem gefallen, wenn sich jemand ungefragt und ungebeten in die Belange seines Unternehmens einmischte. Andererseits übertrieb er es ein wenig. Es sah nämlich wirklich so aus, als könnte er ein wenig professionelle Unterstützung gebrauchen. Das war er schon seinen Mitarbeitern schuldig, die alle ihren Job verlieren könnten, wenn die Firma nicht bald konkurrenzfähiger wurde.

»Pfeif deine Spionin auf der Stelle zurück!« Matts Stimme war rau vor mühsam unterdrückter Wut.

Empört schnappte Liv nach Luft. Abgesehen davon, dass er sich nicht mal ansatzweise um Höflichkeit gegenüber seinem Onkel und ihrem Chef bemühte, hatte er kein Recht, sie auch noch zu beleidigen.

Sie spürte eine warme Hand, die sich beruhigend auf ihre Schulter legte, wandte den Kopf und schaute in Toms zerknirschtes Gesicht. Entschuldigend zuckte er mit den Schultern. »Vielleicht sollten wir draußen warten?«, raunte er.

Entschieden schüttelte Liv ihren Kopf. Das kam ja so was von überhaupt nicht infrage. Sie wollte kein einziges Wort von dieser Unterhaltung verpassen, vielleicht würde sie dann endlich verstehen, was hier vor sich ging.

Sie hörte, wie Mr. Harper auf seinen Neffen einsprach, konnte jedoch nicht ausmachen, was genau er sagte.

Matts Gesicht wurde immer finsterer, bis es einer steinernen Maske glich. »Was versprichst du dir davon?«

Wieder drang die murmelnde Stimme ihres Chefs an ihr Ohr.

»Ist das dein letztes Wort?« Matts Hand krallte sich so fest um sein Handy, dass Liv schon befürchtete, er würde es in seiner Faust zerquetschen. »Wie du willst. Aber ich sag dir eins, sobald ich es mir leisten kann, bist du raus!«

War das ein Lachen am anderen Ende der Leitung? Liv war sich nicht ganz sicher, aber das mordlüsterne Funkeln, das in Matts Augen trat, würde durchaus dazu passen. Er beendete das Gespräch und schleuderte sein Smartphone scheppernd auf den Tisch.

Erschrocken zuckte Liv zusammen. Matt Coleman sah in diesem Moment überaus gefährlich aus. Seine Fäuste waren geballt, seine Nasenflügel blähten sich – der Kontrast zu den geschniegelten, beherrschten Männern, mit denen sie sich sonst eher umgab, hätte nicht größer sein können. Sie war unglaublich froh darüber, dass Tom Collins gerade an ihrer Seite war, sie hätte nicht sagen können, ob Mr. Coleman ihr sonst an die Gurgel gegangen wäre.

Er riss seinen Blick, mit dem er sie zu durchbohren drohte, von ihr los und wandte sich seinem Freund zu. »Gib ihr die Unterlagen, die sie braucht, und halte sie von dem übrigen Gelände fern!«

Er sah sie noch einmal finster an, dann stampfte er energisch davon. Betretenes Schweigen breitete sich zwischen Liv und Mr. Collins aus. Schließlich räusperte er sich.

»Es tut mir leid, dass Sie das eben mitbekommen haben, Miss

Archer. Aber wie Sie sicherlich bemerkt haben, gibt es ein paar … Unstimmigkeiten zwischen Matt und seinem Onkel. Ich entschuldige mich in aller Form bei Ihnen und hoffe, Sie nehmen das nicht persönlich. Sonst ist er wirklich nicht so.«

Wie bitte schön sollte sie das nicht persönlich nehmen?

»Was genau ist denn da los?« Sie hatte ein Recht darauf, es zu erfahren, nach dem, wie sie von beiden behandelt worden war.

Tom wandte die Augen ab. »Mason Harper hält eine nicht unwesentliche Beteiligung an der Firma. Alles andere sollte Ihnen Matt lieber selbst erzählen.«

Liv schnaufte. Darauf würde sie wohl lange warten können. Aber zumindest erklärte das Harpers Interesse an dem Sägewerk und auch Matts Hinweis auf irgendwelche Zahlungen, die er ihm leisten musste. Letztendlich ging es also auch hier – so wie überall – nur ums Geld. Ihre Zuversicht stieg. Damit kannte sie sich aus.

»Kommen Sie bitte mit in mein Büro, dort habe ich die erforderlichen Unterlagen«, riss Toms Stimme sie aus ihren Gedanken.

»Ja, sicher.« Sie erhob sich und folgte ihm über den Flur.

»Was genau brauchen Sie denn?«, fragte er, nachdem er die Tür hinter ihnen beiden geschlossen hatte.

Liv machte eine umfassende Geste. »So ziemlich alles, was Sie an Zahlen und Daten haben. Für einen ersten Überblick würde mir die Vorjahresbilanz reichen sowie ein paar Statistiken zur Mitarbeiterstruktur und Ihre Preisliste.«

Tom kratzte sich nachdenklich am Hinterkopf, dann holte er ein paar dicke Ordner aus dem Schrank hinter seinem Schreibtisch. »Die Bilanz und die Preisliste können Sie hier einsehen. Eine Mitarbeiterstatistik habe ich leider nicht. Die müsste ich erst erstellen.«

Livs Miene gefror. Sie hatte noch nie für einen Kunden gearbeitet, der nicht einmal ein rudimentäres Personalcontrollingsystem besaß. Sie setzte es direkt auf ihre mentale To-Do-Liste. »Keine Sorge, das kann auch ich übernehmen«, sagte sie dennoch freundlich. Tom Collins konnte mit Sicherheit nichts dafür. Sie öffnete ihre Tasche und holte die von ihr vorsorglich vorbereitete und unterschriebene Verschwiegenheitserklärung hervor. Normalerweise wurden solche Dinge in einem Beratervertrag geregelt, aber den gab es in diesem Fall ja nicht.

»Was ist das?« Tom musterte verwirrt das Blatt, das sie ihm reichte.

»Damit verpflichte ich mich, mit den vertraulichen Daten und Zahlen sorgsam umzugehen und sie – ebenso wie alle personenbezogenen Daten – nicht an Unbefugte weiterzugeben. Mein Abschlussbericht wird ausschließlich Mr. Harper und Mr. Coleman sowie den von ihm ausgewählten Mitarbeitern zugänglich gemacht.«

»Oh«, murmelte er etwas verlegen. »Daran habe ich gar nicht gedacht. Wir hatten hier noch nie jemand Fremden.«

»Schon gut.« Liv lächelte. »Genau deshalb bin ich ja hier, um Coleman Lumber zu einem modernen, zukunftssicheren Unternehmen zu machen.« Sie griff sich den ersten Ordner und schlug ihn auf.

»Wenn Sie noch etwas brauchen, sagen Sie Bescheid.«

»Danke.« Sie hob ihren Kopf und schaute ihn direkt an. »Danke«, wiederholte sie und meinte es wirklich ernst. »Ich weiß Ihre Hilfe sehr zu schätzen, Mr. Collins.« Ohne ihn wäre dieses Projekt von Anfang an zum Scheitern verurteilt gewesen und ihre Beförderung könnte sie wohl auch vergessen.

Er strahlte sie geschmeichelt an. »Mache ich doch gerne. Sagen Sie bitte einfach Tom, wir sind hier alle nicht so förmlich.«

»Einverstanden. Ich bin Liv.« Sie streckte ihm ihre Hand entgegen.

»Es freut mich sehr.« Er nahm ihre Finger und hielt sie eine Sekunde länger als nötig in den seinen fest.

Kapitel 3

Wütend stürmte Matt aus dem Bürogebäude. Aus dem Augenwinkel sah er, wie Jeff ihm zuwinkte, und fluchte laut. Der Vorarbeiter wartete ja noch immer darauf, dass er das Sägeblatt neu justierte. Aber dafür hatte er gerade absolut keinen Nerv. Außerdem brauchte man da eine ruhige Hand und völlige Konzentration. Und mit beidem konnte er genau jetzt nicht dienen. Er machte eine wegwerfende Bewegung in Jeffs Richtung und lief zu seinem Jeep. Dann würden sie heute eben nur zweite Wahl produzieren, er hatte gerade ganz andere Probleme.

Er glaubte seinem Onkel nicht. Von wegen, der wollte nur das Beste für das Sägewerk! Ihm ging es nur um seinen Profit, darum war es ihm schon immer gegangen und er nutzte seine finanzielle Beteiligung schamlos aus, um seinen Willen durchzusetzen, obwohl ihm rein formal keinerlei Stimmrecht über die Belange der Firma zustand. Er brauchte nur damit zu drohen, sich auszahlen lassen zu wollen, und schon tanzte Matt nach seiner Pfeife. Zweimal hatte er in den vergangenen zehn Jahren bereits seine Dividende auf diese Weise erhöht, dreimal besonders lukrative Konditionen für irgendwelche Kunden von ihm ausgehandelt. Und jetzt das.

Ging es ihm vielleicht erneut um seine Zinszahlungen? Hoffte er, mehr aus Matt herausquetschen zu können, wenn das Unternehmen mehr abwarf? Oder war da noch etwas Anderes im Gange?

Wieso sollte er sonst ausgerechnet *diese* Frau geschickt haben?

Früher, als er noch studiert und sein Onkel hin und wieder bei einer technischen Fragestellung seine Fachmeinung eingeholt hatte, hätte sie genau in sein Beuteschema gepasst – groß, schlank, hübsch und unverkennbar intelligent. Genau wie Linda, die er seinem Onkel einmal vorgestellt hatte. Hoffte dieser nun, dass Olivia Archer ihn ablenken, ihn an die Frau erinnern würde, die ihm so gründlich das Herz gebrochen hatte, dass er Jahre gebraucht hatte, um darüber hinwegzukommen?

Was zum Teufel hatte Mason Harper vor?

Egal, was es war, dieses Mal würde Matt nicht mitspielen. Sollte sie doch ihre Analysen machen, vielleicht war da wirklich etwas Brauchbares dabei – auch wenn er nicht wirklich daran glaubte. Er wusste doch, was diese aalglatten Berater machten. Sie horchten einen aus, malten ein paar hübsche Bildchen und verkauften anschließend das, was jeder in der Firma ohnehin bereits wusste, als die Entdeckung des Jahrhunderts.

Nicht mit ihm. Und auch von ihr würde er sich nicht einwickeln lassen. Ganz egal, wie anziehend sie war, wie attraktiv, wenn ihre grünen Augen zornige Funken sprühten. Wie unnahbar sie mit ihrem strengen Knoten im Nacken und dem schrägen Pony wirkte und wie sehr sie dadurch seinen Jagdinstinkt weckte, den Wunsch, ihre Barrieren niederzureißen und sie selbst zu erobern. Ganz egal, wie sein Körper auf sie reagieren mochte, mit diesem Typ Frau war er definitiv durch. Dafür hatte Linda gesorgt.

Sie würde eine Woche bleiben, ein paar Diagramme malen und dann wieder verschwinden.

Wenn er nur wüsste, was sein Onkel in Wirklichkeit wollte!

Matt achtete gar nicht darauf, wohin er fuhr. Eigentlich hatte er nur ein wenig durch die Gegend kurven wollen, bis er sich wieder beruhigte. Doch jetzt erkannte er überrascht, dass er sich auf dem Weg zu seiner Mutter befand. Auch gut. Dann konnte er sie gleich fragen, ob sie etwas damit zu tun hatte.

Er stellte den Wagen auf dem Parkplatz vor dem perfekt gepflegten Vorgarten ab und betrat das geräumige Blockhaus. Wenn sie zu Hause war, machte seine Mutter sich nie die Mühe, die Tür abzuschließen, ganz egal, wie oft er sie bereits darauf angesprochen hatte.

»Mom!«, rief er laut. »Wo bist du?«

»Küche!«, schallte es zurück.

Er folgte ihrer Stimme und öffnete die Tür. Sofort stieg ihm der Duft nach frischem Käsekuchen in die Nase.

»Matt, was für eine Überraschung!«, rief sie erfreut und lief auf ihn zu, um ihn zu umarmen. »Was ist los?«, fragte sie, nachdem sie einen Blick in sein Gesicht geworfen hatte.

Wie immer konnte er nichts vor ihr verheimlichen. Andererseits hatte er das jetzt auch nicht vorgehabt.

»Hast du mit Onkel Mason gesprochen?«, setzte er ohne Umschweife an und machte sich nicht einmal die Mühe, den Vorwurf in seiner Stimme zu verschleiern.

»Wieso? Was hat er denn jetzt schon wieder getan?« Sie seufzte traurig.

»Hast du oder hast du nicht, Mom?«, fragte er eine Spur sanfter.

»Nein.« Sie schüttelte den Kopf. »Seit Wochen nicht mehr, und auch da hatte ich nur Mae zum Geburtstag gratuliert.«

»Weiter nichts? Du hast nichts davon gesagt, dass es der Firma schlecht ginge?«

»Natürlich nicht! Geht es ihr denn schlecht?« Sie musterte ihn besorgt.

»Nein, es ist alles wie immer. Aber aus irgendeinem Grund glaubt mein Onkel, mir seine Hilfe aufzwingen zu müssen.«

»Komm, setz dich erst mal.« Sie drückte ihn auf einen der gepolsterten Stühle in der großen Wohnküche. »Willst du einen Kaffee?«

Ein Beruhigungstee wäre jetzt zwar vermutlich die klügere Wahl, doch er nickte nur.

»Und jetzt erzähl mir, was passiert ist.« Sie betätigte ein paar Knöpfe an ihrer schicken Kaffeemaschine, die er ihr letztes Weihnachten geschenkt hatte, und stellte kurz darauf einen dampfenden Becher vor ihm ab.

Er nahm einen großen Schluck und genoss das warme Gefühl, das sich daraufhin in seinem Inneren ausbreitete. Vielleicht sollte er sich auch so ein Gerät für sein Haus gönnen.

»Eine Frau ist heute im Sägewerk aufgetaucht, eine Beraterin von Harper Consulting.«

»Was?« Überrascht schaute seine Mutter ihn über den Rand ihres eigenen Bechers hinweg an.

»Offenbar ist mein Onkel der Ansicht, dass das Sägewerk dringend optimiert werden müsste, und hat sie mir auf den Hals gehetzt.«

»Und wie kommt er darauf?«

»Keine Ahnung.« Matt zuckte mit den Schultern. »Angeblich will er nicht, dass du unglücklich bist.«

Seine Mutter stellte die Kaffeetasse ab und legte ihre Hand auf die seine. »Ich habe ihm wirklich nichts gesagt, Matt. Du weißt, dass ich mich seit damals nicht mehr einmische.«

»Ja, ich weiß, Mom.« Seine Wut war plötzlich verraucht. Er drückte ihre Finger. »Ich verstehe nur nicht, was das soll.«

»Er ist kein schlechter Mensch, Matt«, sagte sie vorsichtig. »Ich weiß, ihr habt eure Differenzen, aber vielleicht will er dieses Mal wirklich nur helfen. Er hat einen sehr guten Riecher fürs Geschäft, vielleicht erkennt er irgendwas, was dir verborgen ist. Vielleicht will er die Vergangenheit ja wiedergutmachen.«

Matt schüttelte langsam seinen Kopf. Das konnte er sich nicht vorstellen. Doch er wollte sich jetzt nicht mit seiner Mutter darüber streiten, es hätte ohnehin keinen Sinn. Sie hatte ihren älteren Bruder ihr Leben lang bewundert, zu ihm aufgesehen. Und sie weigerte sich hartnäckig, ihn so zu sehen, wie er wirklich war.

»Und wie ist diese Frau, diese Beraterin?«, fragte sie neugierig.

Er zuckte mit den Schultern. »Keine Ahnung, ich habe sie kaum gesehen. Nervtötend trifft es wohl am ehesten – aufgebrezelt, selbstverliebt und der Meinung, sie würde alles besser wissen.«

Die Mundwinkel seiner Mutter zuckten. »Sie gefällt dir«,

stellte sie schmunzelnd fest.

»Nein.« Er schüttelte entschieden den Kopf. »Sie ist genau wie Linda«, fügte er hinzu, bevor sie noch etwas sagen konnte. Damit war das Thema hoffentlich erledigt.

***

»Ich mache dann mal Schluss für heute.« Tom klappte seinen Laptop zu. »Bleib auch nicht mehr zu lange, ja?«

Überrascht schaute Liv auf die Uhr. Es war gerade mal Viertel nach vier. Für sie fühlte es sich an, als wäre gerade erst Mittag gewesen, und er wollte schon nach Hause gehen?

»Sicher, schönen Feierabend.« Sie versuchte sich nichts anmerken zu lassen. Sie kannte keine Führungskraft, die so pünktlich den Stift fallen ließ. Aber was wusste sie schon, vielleicht war er bereits seit dem Morgengrauen im Betrieb, vielleicht hatte er auch nur etwas Wichtiges vor. Außerdem war Tom strenggenommen gar keine Führungskraft, wie sie inzwischen gelernt hatte. Er war nur für den Papierkram zuständig – wie er es selbst ausgedrückt hatte. Darunter fiel wohl alles, was nichts mit Technik oder Holz zu tun hatte – von Buchführung über Rechnungserstellung bis hin zu Personalverwaltung. Alles Übrige oblag Matt Colemans Zuständigkeit.

»Wir sehen uns dann morgen.« Er lächelte und wirkte, als wollte er noch etwas hinzufügen, dann winkte er ihr jedoch nur kurz zu und ging hinaus.

Liv schaute ihm hinterher. Sie konnte nicht leugnen, dass er sehr sympathisch, attraktiv und umgänglich war. Sie riss sich zusammen, sie war nicht hier, um sich einen Mann zu angeln, sondern um ihre Karriere voranzutreiben. Entschlossen zog sie sich den nächsten Ordner heran, um ihr Analysetool mit weiteren Zahlen zu füttern. Wenn sie weiterhin so gut vorankam, würde sie Mr. Coleman schon morgen die ersten Ergebnisse präsentieren können.

Wenn er sich denn dazu herabließ, sie zu empfangen.

Er war den ganzen Nachmittag über nicht mehr aufgetaucht, obwohl sie genau gesehen hatte, wie er vor ein paar Stunden über den Flur zurück in sein Büro gehuscht war, ohne sie auch nur eines Blickes zu würdigen.

Tom hatte sich nochmals für ihn entschuldigt, aber Liv konnte nicht so recht glauben, dass Matt Coleman sich normalerweise anders benahm. Immerhin hatte er sie schon unfreundlich behandelt, bevor er überhaupt wusste, warum sie kam. Sie schüttelte den Kopf. Zum Glück war sie nicht auf sein Wohlwollen angewiesen. Sie würde ihren Job machen, nach Hause fahren und keinen Gedanken mehr an den arroganten Kerl und sein unbedeutendes Unternehmen verschwenden.

Liv schreckte aus ihren Gedanken hoch, als jemand laut an den Türrahmen klopfte. Sie war so versunken in die Betrachtung der Kennzahlen gewesen, dass sie überhaupt nicht bemerkt hatte, wie die Zeit verflogen war. Sie schaute auf und wagte es kaum, ihren Augen zu trauen. Matt Coleman stand doch tatsächlich in der Tür.

»Ich mache jetzt Feierabend«, sagte er unwirsch. »Sie müssen also leider gehen. Ich schließe jetzt ab.«

»Oh.« Liv sah auf ihre Armbanduhr. Es war gerade mal kurz vor sieben. Sie hatte gehofft, noch ein oder zwei Stunden arbeiten zu können. »In Ordnung, ich rufe mir nur eben ein Taxi. Zwanzig Minuten noch, okay?«

»Nein.«

Sie hatte gerade begonnen, die Unterlagen zusammenzuräumen, und hielt verdattert in ihrer Tätigkeit inne. Was sollte das heißen? Setzte er sie etwa gerade kaltblütig vor die Tür? Sollte sie vielleicht draußen in diesem ständigen Nieselregen auf ihr Taxi warten?

»Was tun Sie da überhaupt?«, erkundigte er sich, von ihrer

Bestürzung in keinster Weise beeindruckt.

»Ich packe zusammen«, erklärte sie gepresst das Offensichtliche.

»Wieso? Sie kommen morgen doch wieder, oder?« Er klang, als würde er sich das Gegenteil wünschen.

Liv zählte innerlich bis zehn. Sie würde sich von ihm nicht provozieren lassen. Sie war ein Profi, den Umgang mit schwierigen Kunden durchaus gewöhnt. Auch wenn sie zugeben musste, dass keiner bisher *so* schwierig gewesen war wie Matt Coleman.

»Ich nutze meine Zeit gern effizient«, entgegnete sie kühl. »Und da ich hier heute nicht mehr arbeiten kann, werde ich es wohl oder übel im Hotel tun müssen.«

»Dann sollten Sie sich lieber beeilen. Der letzte Bus geht in ungefähr zehn Minuten.« Er machte sich eindeutig über sie lustig. »Normalerweise schafft man es bis zur Haltestelle locker in dieser Zeit, bei Ihren Schuhen bin ich mir allerdings nicht so sicher.«

Liv funkelte ihn böse an. Ihr Verstand raste. Gus würde mindestens zwanzig Minuten bis hierher brauchen, wenn er sofort losfuhr. Viel wahrscheinlicher war also eine Wartezeit von etwa einer halben Stunde. Die sie *mit* ihrem Stolz, aber im Nieselregen verbringen konnte. Oder sie gab Matt Coleman die Genugtuung, eilte jetzt sofort zur Bushaltestelle und kam wenigstens halbwegs trocken in ihrem Hotelzimmer an.

Sie seufzte, streifte ihren Regenmantel über und klemmte sich die dicken Ordner unter den Arm. »Schönen Abend noch, Mr. Coleman«, sagte sie bissig und verließ hocherhobenen Hauptes das Büro.

Sie kochte vor Wut, während sie zu der Bushaltestelle herüberrannte. Schon nach wenigen Minuten bedeckte ein feiner, feuchter Film ihr Gesicht und die Hose klebte ihr unangenehm an den Beinen. Falls Mr. Coleman vorgehabt hatte, sie mit dieser Aktion zu demütigen, hatte er sein Ziel voll erreicht. Trotzdem wusste sie, dass sie die richtige Entscheidung getroffen hatte, als sie zitternd vor Kälte in den warmen Bus stieg. Eine Erkältung konnte sie jetzt weiß Gott nicht gebrauchen. Und die hätte sie mit Sicherheit gekriegt, wenn sie noch länger im Freien geblieben wäre.

Der Bus brauchte ewig bis nach Fairbanks. Liv stellte ihre Füße auf die Heizung, lehnte sich mit der Stirn ans Fenster und schaute stumpf in die vorbeiziehende Landschaft hinaus. Womit hatte sie das nur verdient? Nur zwei Tage zuvor war sie von Mr. Harper als der aufsteigende Star des Unternehmens gefeiert worden, sie hatten mit ihrem Kunden Champagner geschlürft und Kaviarhäppchen gegessen. Und sie hatte keinen Zweifel an ihrer glänzenden Zukunft gehabt. Sie hätte jetzt als Partnerin in New York sein sollen, nicht nass, hungrig und kalt in Alaska.

Endlich hielt der Bus an ihrer Haltestelle an. Liv sammelte ihre Sachen zusammen, klemmte sich die Ordner erneut unter den Arm und trat aus der Tür.

Platsch. Ihr Fuß versank bis zum Knöchel in einem Schlagloch, kaltes Wasser schwappte in ihren Schuh und die Ordner gerieten ins Rutschen. Panisch krallte Liv sich daran fest. Wenn sie gleich ebenfalls in der Pfütze landeten, konnte sie ihre Karriere vergessen. Eine Beraterin, die wichtige Unterlagen in schlammigen Löchern vernichtete, konnte keiner gebrauchen. Vorsichtig arrangierte sie ihre kostbare Fracht auf ihren Armen und zog ihren Fuß aus dem Loch. Wasser schwappte bei jedem Schritt um ihre Zehen und ihre Laune erreichte einen neuen Tiefpunkt. Sie wollte nichts weiter, als sich in ihrem Hotelzimmer zu verkriechen, eine heiße Dusche zu nehmen, sich eine Pizza kommen zu lassen und sich gemütlich ins Bett zu kuscheln.

Sie hasste Alaska, sie hasste diesen Auftrag und allen voran hasste sie Matt Coleman.

***

»Du bist spät dran, ist etwas vorgefallen?«, begrüßte seine Mutter ihn besorgt, kaum dass er das Haus betreten hatte.

»Nein, Mom. Alles bestens«, beruhigte er sie schnell. Er konnte ihr ja schlecht erzählen, dass er extra hinter seinem Schreibtisch ausgeharrt hatte, um nicht *vor* Olivia Archer das Büro zu verlassen. Sie schien ohnehin keine besonders hohe Meinung von ihm zu haben. Aber er hatte nicht mit ihrem Arbeitseifer gerechnet. Wenn er sie nicht aufgescheucht hätte, wäre sie vermutlich bis Mitternacht dort sitzen geblieben, vergraben zwischen Papierstapeln, ihrem Laptop und einem Taschenrechner, den sie blind zu bedienen vermochte.

Sie war so vertieft in ihre Arbeit gewesen, dass sie nicht einmal bemerkt hatte, wie er sie beobachtete – mit ihrer großen Lesebrille auf der Nase, die Haare nach dem langen Tag nicht mehr ganz so streng gestylt, die Stirn vor Konzentration leicht in Falten gelegt.

»Matt? Ist wirklich alles in Ordnung?«

»Ja.« Er räusperte sich.

»Und, wie ist es gelaufen?«

»Was denn?«

Seine Mutter lachte. »Du hast mir ja gar nicht zugehört, hast du etwa geträumt?«

»Nein, entschuldige«, murmelte er ertappt, »ich war nur in Gedanken. Was wolltest du wissen?«

»Ob du mit deiner Beraterin gesprochen hast.«

»Worüber sollte ich denn mit ihr reden?«

Seine Mutter schüttelte ungläubig den Kopf. »Lass uns erst mal was essen, ich glaube, der Hunger beeinträchtigt gerade zu stark dein Denkvermögen.«

»Haha«, brummte Matt, doch er folgte ihr widerspruchslos in die Küche.

»Wasch deine Hände«, ermahnte sie ihn streng.

»Ja, Mom.« Er rollte mit den Augen. Sie konnte es einfach nicht lassen.

Als er aus dem Bad zurückkehrte, hatte sie ihm bereits ein großes Stück Braten auf seinen Teller gelegt. »Das sieht köstlich aus«, bemerkte er hingerissen.

»Na, das will ich doch hoffen! Ich habe schließlich lange genug in der Küche gestanden.«

Grinsend setzte Matt sich hin. Mom wollte es sich nicht nehmen lassen, ihn mindestens zweimal pro Woche zu sich zum Essen einzuladen – damit er was Anständiges zwischen die Zähne bekam – und er war der Letzte, der sich darüber beschweren wollte.

»Also, was ist jetzt mit dieser Beraterin?«, nahm sie den Faden wieder auf. »Glaubst du, sie weiß, warum Mason sie geschickt hat?«

»Keine Ahnung.« Matt zuckte mit den Schultern.

»Aber du hast mit ihr darüber gesprochen?«

»Warum sollte ich?«

Sie legte ihr Besteck nieder und schaute ihn vorwurfsvoll an. »Du kannst sie doch nicht einfach ignorieren. Vielleicht kann sie wirklich was für dich tun. Wir wissen beide, dass dein Umsatz schon seit Jahren stagniert, während Dorman Woods immer größer wird.«

»Das wird sich ändern, sobald die neue Maschine im Einsatz ist«, brummte er. »Außerdem bin ich völlig zufrieden.«

»Dennoch solltest du die Frau im Auge behalten. Sie ist nicht ohne Grund hier. Ob sie dir nun helfen oder schaden will, es ist besser, es frühzeitig zu wissen. Rede mit ihr.«

Matt räusperte sich betreten. »Ich glaube nicht, dass sie mir gegenüber besonders auskunftsfreudig sein wird.« Nicht nach dem, wie er sie heute behandelt hatte.

»Wieso? Was hast du getan?«

»Hey, wieso gehst du gleich davon aus, dass *ich* etwas getan habe?«, versuchte er, auf Zeit zu spielen.

»Weil ich dich kenne. Und gerade jetzt schaust du so, wie du es als kleiner Junge getan hast, mein Schatz, wenn du etwas ausgefressen und dich nicht getraut hast, es mir zu beichten.«

»Na ja, vielleicht war ich nicht ganz freundlich zu ihr.«

»Geht das etwas genauer?«

Er seufzte. »Ich bin nur deshalb spät dran, weil sie unbedingt so lange arbeiten musste. Ich glaube, sie hätte noch stundenlang weitergemacht, wenn ich sie nicht aus dem Büro geworfen hätte.«

»Du hast was?«, entfuhr es ihr scharf.

»Immerhin hatte ich eine *liebende* Mutter, die mit dem Essen auf mich wartete«, erinnerte er sie.

»Und was geschah dann?«

»Sie wollte sich ein Taxi rufen, aber du weißt selbst, wie lange es dauert, bis eins aus Fairbanks hier rauskommt. So lange konnte ich nicht bleiben. Also habe ich sie auf den Bus verwiesen und bin zu dir gefahren.«

Seine Mutter verschränkte die Arme vor ihrer Brust. »Lass mich das kurz zusammenfassen«, sagte sie grimmig. »Du hast eine junge Frau, die hier völlig fremd ist, bei diesem Wetter mutterseelenallein vor die Tür gesetzt, anstatt sie zu ihrem Hotel zu bringen?«

»Ja«, entgegnete er vorsichtig. Er hatte es eigentlich für einen recht gelungenen Streich gehalten, allein Olivias Gesicht war unbezahlbar gewesen – diese Mischung aus Stolz, Trotz und Fassungslosigkeit. Nur kurz hatte sich sein schlechtes Gewissen geregt, als er sie mit hochgeschlagener Kapuze, die der Wind immer wieder von ihrem Kopf riss, in ihren hochhackigen Schuhen und den schweren Ordnern unter dem Arm über den Hof rennen sah. Zweimal glaubte er, dass sie gleich stürzen würde, zweimal hatte seine Ritterlichkeit beinahe gegen seinen kindischen Impuls gesiegt, ihr alles heimzuzahlen, was sein Onkel und Linda ihm jemals angetan hatten.

Und jetzt, unter dem strengen Blick seiner Mutter, kam ihm

sein Verhalten nur noch unreif und gemein vor. Unglaublich, dass Mom – selbst mit seinen vierunddreißig Jahren – noch immer diese Wirkung auf ihn hatte.

»Aha«, war alles, was sie dazu sagte, doch er spürte deutlich ihre Missbilligung.

Bedrückt stocherte er in seinem Essen herum. Jetzt hatte Olivia Archer ihm auch noch den Abend verdorben.

***

»Und, wie war der erste Tag?«, trällerte Beths Stimme aufgeregt aus dem Hörer.

»Grauenhaft.« Liv ließ sich schwer auf das Bett sinken und schloss müde die Augen. Die heiße Dusche hatte die Kälte aus ihrem Inneren vertrieben, ihre Lebensgeister hatte sie jedoch nicht zu wecken vermocht. »Stell dir vor, Harper hat meinen Besuch nicht einmal angekündigt. Und sein Neffe war über mein Auftauchen nicht gerade erfreut. Ich habe selten einen so arroganten, unfreundlichen, ätzenden Kerl getroffen wie ihn. Er hatte mich im Regen einfach vor die Tür gesetzt, weil er *Feierabend* machen wollte. Im Regen!« Noch immer konnte sie seine Rücksichtslosigkeit nicht begreifen. »Und du kannst dir nicht vorstellen, wie kalt es hier ist! Es fühlt sich an wie gerade mal Anfang März!« Sie merkte, wie weinerlich ihre Stimme klang, und räusperte sich. Es war nicht ihre Art, Anderen die Ohren vollzuheulen.

»Ach, Süße«, entgegnete Beth mitfühlend, »halte durch. Es ist ja nur für ein paar Tage.«

»Ja, ich weiß«, seufzte Liv. »Das sage ich mir auch ständig. Und zum Glück sind ja nicht alle so. Tom zum Beispiel ist wirklich sehr nett.«

»Oh«, entfuhr es Beth interessiert. »Wir sind also schon beim Du. Erzähl mir alle schmutzigen Details, sieht er gut aus?«

»Ja, sehr gut sogar – dichte braune Haare, blaue Augen, gut in

Form – zumindest, soweit ich es erkennen konnte.«

»Yummi.«

Liv kicherte. »Lass den Blödsinn, Beth. Du weißt, dass ich mich nie auf Klienten einlasse.«

»Er ist nicht dein Auftraggeber«, hielt Beth dagegen. »Außerdem, wenn es wirklich so kalt ist, könnte er dich vielleicht ein wenig wärmen.«

»Ich werde ja nicht lange bleiben.«

»Für ein bisschen Spaß reicht schon eine halbe Stunde«, bemerkte ihre Freundin anzüglich. »Ich sag das nur, falls du dich selbst nicht mehr erinnern solltest.«

»Ich bin nicht zum Spaß hier.« Liv überging geflissentlich die Anspielung auf ihr – nicht vorhandenes – Liebesleben. »Kannst du mir morgen bitte ein paar Daten heraussuchen?«, wechselte sie unvermittelt ins Fachliche.

»Sicher, schieß los.« Beth klang nicht gerade begeistert, aber sie protestierte nicht.

»Ich brauche eine umfassende Marktanalyse – Wettbewerber, Marktanteile, Produktpalette und Preisniveau.«

»Ich klemme mich gleich morgen früh dahinter. Wie steht es denn sonst um das Unternehmen?«

»Bisher konnte ich nichts Besorgniserregendes entdecken.« Und definitiv nichts, was ihren überstürzten Einsatz rechtfertigen konnte. »Das Sägewerk läuft stabil. Es könnte deutlich erfolgreicher sein, aber gefährdet ist es nicht.«

»Und wieso hat Harper dich dann hingeschickt?«

Wenn sie das nur wüsste. »Er hat eine ziemlich hohe Beteiligung an dieser Firma. Vielleicht geht es ihm einfach gegen den Strich, dass hier Potenziale verschwendet werden. Vermutlich möchte er seine Rendite erhöhen und zugleich seiner Familie helfen. Obwohl sein Neffe das weder verdient hat noch zu schätzen weiß.«

»Du kannst ihn ja wirklich nicht leiden!«, stellte Beth überrascht fest.

Das ist noch untertrieben, hätte Liv ihr am liebsten geantwortet. Doch ihre persönlichen Gefühle gegenüber dem Firmenchef spielten keine Rolle. Sie war professionell genug, um Emotionen und Geschäft zu trennen.

»Ich drück dir die Daumen, Süße, dass es morgen besser läuft.«

»Danke«, sagte Liv leise. Das hoffte sie auch.

Kapitel 4

Mit gemischten Gefühlen betrat Matt am nächsten Morgen das Bürogebäude. Sein rüpelhaftes Verhalten gegenüber Olivia Archer tat ihm nach dem Gespräch mit seiner Mutter noch mehr leid, doch alles in ihm sträubte sich dagegen, sich bei ihr zu entschuldigen. Schließlich war er nicht dazu verpflichtet, den Chauffeur für sie zu spielen, auch wenn sie es in der Schickimicki-Welt, aus der sie stammte, vermutlich so gewohnt war.

Im Flur roch es nach frisch aufgebrühtem Kaffee, Tom war also, wie meist auch, schon vor ihm da. Matt schnappte sich in der Küche einen Becher und füllte ihn mit dem heißen Lebenselixier, dann steuerte er das Büro seines Freundes an. Sie hatten es sich angewöhnt, ihren ersten Kaffee gemeinsam zu trinken und dabei über die Belange der Firma zu sprechen – Mitarbeiterfragen, neue Anschaffungen und die Entwicklungen des Markts.

Ohne anzuklopfen, lief er hinein und blieb wie angewurzelt stehen. Tom war nicht allein. *Sie* war bei ihm, saß auf *seinem* Platz und lachte Tom über den Rand ihrer Tasse hinweg fröhlich an. Beide schienen sich prächtig zu amüsieren. Ihre grünen Augen funkelten und ihr Gesicht wirkte nicht ansatzweise so streng und ernst wie am Vortag.

So sah sie also aus, wenn sie jemanden mochte.

Sie schaute hoch, begegnete seinem Blick und ihre Fröhlichkeit verschwand so abrupt, als hätte jemand einen Schalter umgelegt. Aus irgendeinem Grund versetzte ihm dieser Wechsel einen unangenehmen Stich. Hielt sie ihn etwa für einen Unmenschen, in dessen Gegenwart sie nicht einmal lachen durfte?

»Guten Morgen«, brummte er verstimmt in die Runde und trat den Rückzug an. Hier störte er offensichtlich nur.

»Guten Morgen, Mr. Coleman.« Ihre Stimme klang

emotionslos, kühl, professionell.

Er nickte knapp und machte Anstalten, die Tür zu schließen.

»Mr. Coleman?«, hielt sie ihn zurück. Er mochte es nicht, wie sein Name sich aus ihrem Mund anhörte – so förmlich, so distanziert. Kaum jemand sprach ihn je mit seinem Nachnamen an, nicht einmal seine Kunden, die er zum Teil seit seiner Kindheit kannte.

»Ja?«, fragte er überrascht. Er hatte geglaubt, dass sie nach gestern Abend kein Wort mehr freiwillig an ihn richten würde. Aber offensichtlich war sie nicht so unreif wie er.

»Machen Sie heute wieder um sieben Uhr Feierabend? Dann kann ich mir das Taxi entsprechend vorbestellen. Die gestrige Heimfahrt war etwas ... umständlich gewesen.«

Matt kam sich vor wie der letzte Idiot. »Machen Sie das.« Er hörte selbst, wie unfreundlich seine Worte wieder geklungen hatten, aber eine Rechtfertigung oder gar Entschuldigung hätte die Situation ganz unerträglich für ihn gemacht.

»Ein Taxi?«, wiederholte Tom in diesem Moment mit gespielter Entrüstung. »Da weiß ich etwas Besseres. Ich könnte dich heute gegen sieben hier abholen und dann essen wir gemeinsam eine Kleinigkeit. Wie wär's?«, fragte er charmant.

Verärgert starrte Matt seinen Freund an. Du? Sie waren inzwischen beim Du? Und er lud sie auch noch zum Essen ein? Das war so was von keine gute Idee! Diese Frau war höchstwahrscheinlich nur hier, um für seinen Onkel zu spionieren, und Tom ließ sich von ihr widerstandslos um den Finger wickeln. Matt presste grimmig seinen Kiefer zusammen und überlegte fieberhaft, wie er jetzt noch dazwischengehen könnte.

»Das ist wirklich sehr freundlich von dir. Danke, Tom.« Sie lächelte strahlend und Matt ballte die Fäuste. Vielleicht könnte er Tom ja mit irgendeiner dringenden Aufgabe von ihr fernhalten. »Aber ich möchte heute Abend noch einiges durchgehen.« Sie klopfte mit der flachen Hand auf die dicken Ordner, die sich neben ihr auf dem Tisch stapelten.

Sein Freund wirkte ebenso verdattert wie er selbst.

»Oh, okay. Sicher«, murmelte Tom. Matt konnte sehen, wie schwer es ihm fiel, seine Enttäuschung zu überspielen.

»Aber vielleicht kannst du mir einen Tipp geben, wo man hier zu Mittag essen kann«, warf Olivia ein. »Ich habe schon länger nichts Vernünftiges mehr im Bauch gehabt.«

»Selbstverständlich.« Toms Gesicht hellte sich auf.

»Ich gehe dann mal«, warf Matt mürrisch in die Runde und war sich nicht einmal sicher, ob sie sein Verschwinden überhaupt bemerkten.

In seinem Büro ließ er sich hinter seinen Schreibtisch fallen und fuhr den Laptop hoch. Wenige Sekunden später erschien die Skizze der neuen Sägemaschine auf dem Schirm, an der er schon seit über einem halben Jahr tüftelte. Doch dieses Mal vermochte dieses technische Problem seine Aufmerksamkeit nicht zu fesseln. Immer wieder schweiften seine Gedanken zu Olivia ab. Hatte er sie womöglich falsch eingeschätzt? Wenn sie wirklich auf Hintergrundinformationen aus war, hätte sie dann nicht mit Tom ausgehen sollen? Und was zur Hölle trieben die beiden nebenan eigentlich? Ganz deutlich konnte er das Lachen seines Freundes hören. Sollten sie nicht arbeiten?

Argh! So konnte er sich unmöglich konzentrieren. Entschlossen stand er auf und knallte die Tür seines Büros nachdrücklich zu. Im Nebenraum wurde es still. Na also, geht doch.

Lustlos wandte er sich seinem Laptop zu, verschob hier eine Achse, setzte da ein weiteres Getriebe ein und fuhr überrascht zurück, als plötzlich eine Fehlermeldung aufblinkte. Er blinzelte und schaute sich sein Werk genauer an. Hatte er wirklich gerade diesen Blödsinn fabriziert?

Frustriert wischte Matt sich über das Gesicht. Was war nur los mit ihm? Er hatte beinah das Ergebnis tagelanger Arbeit zunichte gemacht. Er schloss das Programm, ohne zu speichern, und starrte nachdenklich auf die Wand.

Vielleicht hatte seine Mutter ja recht. Vielleicht sollte er Olivia besser kennenlernen. Wie sollte er sonst einschätzen, ob sie Freund oder Feind war und was sein Onkel im Schilde führte?

Sein Herzschlag beschleunigte sich bei dem Gedanken daran, zu ihr herüberzugehen. Matt fluchte. Es war nicht Wut, die sein Blut schneller durch seine Adern fließen ließ, erkannte er erschrocken, es war Anziehung.

Sie entsprach genau dem Typ Frau, auf den er tief in seinem Inneren stand und auf den er nie wieder hereinfallen wollte.

Er hatte geglaubt, in den letzten Jahren seine Abwehrmechanismen perfektioniert zu haben – und normalerweise funktionierten sie auch. Wann immer eine Frau von diesem Schlag auftauchte – ehrgeizig, selbstbezogen, nicht von hier – genügte es, ihr die kalte Schulter zu zeigen, und irgendwann rauschte sie von alleine beleidigt ab. Bisher war das nicht schwierig gewesen, da es kaum gemeinsame Berührungspunkte zwischen ihm und diesen Frauen gegeben hatte. Doch jetzt standen die Dinge anders. Er hatte also genau zwei Möglichkeiten. Er konnte den Kontakt zu ihr auf das Mindeste beschränken und den Rest Tom überlassen – allein bei dem Gedanken daran spürte er einen irrationalen Groll gegenüber seinem Freund in sich aufsteigen. Oder er schaffte es, seine Reaktion auf sie in den Griff zu bekommen und sich auf das Wesentliche zu konzentrieren – das Wohlergehen seiner Firma.

Natürlich konnte er das! Er war erwachsen, verflucht noch mal, und kein pubertierender Teenager. Und *so* nötig hatte er es nun auch wieder nicht.

Es klopfte an seiner Tür. Wenn man vom Teufel sprach …

»Herein«, brummte er und tatsächlich steckte Olivia Archer ihren hübschen Kopf durch die Tür.

»Mr. Coleman, haben Sie ein paar Minuten Zeit?«

»Worum geht es denn? Ich habe eigentlich viel zu tun.« Er wandte sich seinem Laptop zu und tat, als würde er irgendetwas darauf studieren. Es war kindisch und albern, aber er wollte sie auf keinen Fall merken lassen, wie sehr ihre Anwesenheit ihn beschäftigte.

»Ich möchte gern ein paar Zahlen mit Ihnen durchgehen. Wann würde es Ihnen besser passen? Ich hätte ja einen Terminvorschlag geschickt, aber ich habe keinen Zugriff auf Ihren Kalender.«

Natürlich nicht. Und selbst wenn, würde ihr das nicht viel nützen. Er hatte alles in seinem Kopf.

»Schon gut.« Er seufzte und klappte den Laptop zu, damit sie nicht sehen konnte, dass der Bildschirm leer war. »Ob jetzt oder später spielt eigentlich keine Rolle.«

»Ich fasse mich kurz«, versprach sie knapp und er merkte ihre Verstimmung. Vermutlich war sie daran gewöhnt, ihre Präsentationen vor freudestrahlenden, erwartungsvollen Gesichtern zu halten, die glaubten, gleich die ultimative Wahrheit aus ihrem Mund zu hören.

Sie stellte ihren Laptop auf seinen Schreibtisch und drehte ihn so, dass sie beide darauf schauen konnten, bevor sie sich ihm gegenüber hinsetzte. Der Hauch ihres blumigen, dezenten Parfüms streifte seine Nase und er konnte nicht anders, als ihn ganz tief einzuatmen. Sie roch nach Maiglöckchen und Frühlingswind. Er hätte nie mit so einem Duft bei ihr gerechnet, und doch passte er irgendwie zu ihr, verlieh ihrer geschäftstüchtigen Erscheinung eine weiche, feminine, jugendliche Note, ließ die Frau hinter dem Consultant erkennen. Er schluckte und verscheuchte hastig diese unerwünschten Gedanken.

»Als Erstes möchte ich Sie beruhigen, alle relevanten Kennzahlen sind noch im grünen Bereich«, setzte sie ohne Umschweife an und rief ein paar Grafiken auf. »Ihre Werte liegen fast durchgängig im unteren Durchschnitt der

Unternehmen vergleichbarer Größenordnung. Sobald mir weitere Daten vorliegen, werde ich die Darstellung selbstverständlich um die Besonderheiten der holzverarbeitenden Industrie ergänzen.« Sie klickte sich durch ein paar weitere Folien, auf denen lauter Abkürzungen wie ROI, KPI, FTE und sonstige Großbuchstaben standen.

Matt blinzelte. Ein paar von ihnen sagten ihm sogar etwas, aber wie zum Teufel hatte sie es geschafft, das alles in nur einem Tag vorzubereiten – inklusive Wettbewerbsdaten? Er spürte widerwilligen Respekt in sich aufsteigen, gepaart mit der Neugier auf ihre Ergebnisse.

Aber so leicht wollte er sich nicht einwickeln lassen. »Na, dann ist doch alles in Ordnung«, sagte er leichthin. »Wenn alles im grünen Bereich liegt, ist Ihre Arbeit hier wohl erledigt.«

Sie starrte ihn so überrascht an, als hätte er plötzlich chinesisch gesprochen. »Bei allem Respekt, unterer Durchschnitt ist alles andere als *in Ordnung*«, widersprach sie ihm. Er konnte sehen, wie viel Mühe es ihr machte, ihren Ärger über seine Äußerung herunterzuschlucken. »Das bedeutet lediglich, dass Ihnen etwa sechs bis zwölf Monate bleiben, um Ihr Unternehmen neu auszurichten.«

»Ach.« Er verschränkte seine Arme vor der Brust. Es bereitete ihm ein fast schon teuflisches Vergnügen, sie aus der Fassung zu bringen. »Und Sie werden mir gleich mit Sicherheit erzählen, was ich alles besser machen kann. Immerhin haben Sie das Gelände bereits vor«, er schaute demonstrativ auf seine Uhr, »fast vierundzwanzig Stunden erstmals betreten. Das macht Sie in Beraterkreisen ja schon fast zu einer Expertin!«

Sie kniff verstimmt die Lippen zusammen und er merkte, dass er schon wieder ein wenig über das Ziel hinausgeschossen war.

»Ich *bin* eine Expertin«, stellte sie grimmig klar. »Vielleicht nicht für den hochkomplexen Prozess, einen Baum knapp oberhalb seiner Wurzel abzusägen, aber dafür, was ein Unternehmen *jeglicher Art* erfolgreich macht – oder auch nicht.«

Sie atmete tief durch und verbarg ihren Unmut hinter einer Maske der Professionalität, die nichts von dem nach außen dringen ließ, was sie in ihrem Inneren dachte.

Mit Bedauern nahm Matt diese Veränderung wahr und schalt sich im selben Augenblick einen Narren.

»Wie Sie sehen können, Mr. Coleman«, er zuckte unangenehm berührt zusammen, als sie seinen Namen so überkorrekt betonte, »bildet Ihre Homepage den ersten großen Block, den Sie angehen sollten.«

»Wieso? Was stimmt denn damit nicht?« Es war der reine Trotz, der aus ihm sprach. Seit über einem Jahr nahmen Tom und er sich immer wieder vor, sie zu verbessern, doch es kam ständig etwas Anderes dazwischen.

»Nun, sie bietet potenziellen Kunden keinerlei Informationen, keinen Grund, ausgerechnet bei Ihnen zu kaufen. Das Design ist veraltet und wenig ansprechend«, zählte sie unbarmherzig auf.

Matt starrte sie verärgert an. *So* schlecht war die Seite nun auch wieder nicht. Außerdem hatte sie keine Ahnung, wovon sie gerade sprach. »Mein Vater hatte unsere Homepage entworfen. Das war das Letzte, was er vor seinem Tod für die Firma gemacht hat.« Zufrieden erkannte er, dass ihr dies ein wenig den Wind aus den Segeln nahm.

»Es tut mir leid, das wusste ich nicht«, entgegnete sie eine Spur sanfter. »Aber das ändert nichts an meiner aktuellen Einschätzung. Das Andenken Ihres Vaters würde mit einem Unternehmen auf Erfolgskurs viel besser geehrt als durch eine Homepage, die Kunden vergrault. Auf einer Unterseite kann man gern sein Lebenswerk und seine Verdienste um das Unternehmen würdigen. Das würde dem Ganzen einen sehr persönlichen, authentischen Zug verleihen und zeigen, dass hinter dem Sägewerk reale Menschen stehen, die mit Herz und Seele dabei sind.«

Matt räusperte sich. Er hätte gern etwas dagegengehalten, aber das konnte er nicht, ohne als völlig verbohrt oder schlicht und ergreifend dämlich dazustehen. Gleichzeitig wurmte es ihn, dass sie nun die Lorbeeren für etwas einstrich, was er selbst längst schon gewusst hatte. Typisch Berater eben. »Ich denk drüber nach«, brummte er.

Sie nickte. »Die Seite von Dorman Woods kann bei dem Konzept als Vorbild dienen. Sie ist ausgesprochen gut.«

Auch das wusste er schon, ohne dass sie es ihm unter die Nase rieb. »Was noch?«

Sie ließ sich von seinem unfreundlichen Ton nicht beirren. »Mir ist aufgefallen, dass Sie so gut wie keine Werbung für Ihre Produkte machen.«

»Wieso sollte ich? Unsere Kunden arbeiten schon seit Jahren, wenn nicht Jahrzehnten mit uns zusammen. Sie wissen auch so, was sie bei uns bekommen. Und ich sehe nicht ein, was ein halbnacktes, sich auf Baumstämmen räkelndes Mädchen über die Qualität unserer Arbeit aussagen soll.« Er hoffte sehr, dass sie ihm hierbei Dorman Woods nicht auch noch als Vorbild hinstellen würde. So eine Kampagne hatte sein schärfster Konkurrent nämlich tatsächlich gestartet und war damit einige Wochen lang *die* Lachnummer der Region gewesen.

»Das habe ich auch nicht gemeint«, sagte sie und musterte ihn überrascht. Wunderte sie sich etwa darüber, dass er über die Entwicklungen in seiner Branche informiert war? »Aber wir sollten das Thema Werbung nicht außer Acht lassen. Was ist eigentlich Ihr USP?«

»Mein was?«

Sie lächelte nachsichtig. »Was ist einzigartig an Coleman Lumber? Was hebt Sie vom Wettbewerb ab? Gibt es etwas, was Sie besser können?« Sie klang, als würde sie nicht recht daran glauben.

»Ja, gibt es«, erklärte er überaus zufrieden. *Er* war der USP – die von ihm konstruierten Maschinen arbeiteten besser, effizienter, sauberer als alle anderen in der gesamten Branche. Keiner lieferte so hochwertiges, glattes Holz wie er. Und er war gespannt, wie sie auf diese Offenbarung reagieren würde, freute sich auf ihren Gesichtsausdruck, wenn sie erfuhr, dass er kein ungehobelter Hinterwäldler, sondern ein erstklassiger Ingenieur war.

»Und das wäre?«

Matt stockte. Wieso sollte er ihr irgendetwas beweisen? Was für eine Rolle spielte es schon, was sie von ihm hielt? »Unser Holz ist besser«, erwiderte er knapp.

Sie atmete tief durch und er bekam den Eindruck, als würde sie innerlich bis zehn zählen. Matt hatte Mühe, sein Grinsen zu verbergen. Es war fast schon süß, wie krampfhaft sie sich bemühte, nicht aus der Haut zu fahren.

»Können Sie das vielleicht etwas weiter ausführen? Wenn ich eine erfolgreiche Strategie ausarbeiten soll, muss ich das Geschäft verstehen.«

»Wieso denn das?« Er lachte auf. »Ich dachte, Berater kommen nur, um einem die Dinge zu erzählen, die man ohnehin schon weiß, und am Ende eine fette Rechnung zu stellen.«

»Und woher nehmen Sie diese Einsicht?« Ihr Ton wurde eisig.

Aus seinen Studienprojekten bei der Automobilindustrie, zum Beispiel, oder aus der Zusammenarbeit mit seinem Onkel. »Ich habe meine Quellen«, sagte er jedoch nur.

»Da Sie die Rechnung dieses Mal nicht bezahlen müssen, kann es Ihnen doch egal sein. Sie können hierbei nur gewinnen.«

»Bezahlen kann man auf vielfache Weise«, beschied er ihr grimmig.

Ihr Blick wurde forschend. »Was hat Ihr Onkel Ihnen eigentlich getan?«

»Ich würde sagen, das geht Sie überhaupt nichts an.«

»Natürlich.« Sie atmete tief durch. »Und wie machen wir nun weiter?«

»Es ist Ihr Projekt. Sie können tun, was auch immer Ihnen beliebt.«

Sie presste ihre Lippen fest zusammen. Ihre Augen glänzten feucht. Ob vor Wut oder Enttäuschung vermochte er nicht genau zu sagen. Sie klemmte sich ihren Laptop unter den Arm und verließ wortlos den Raum.

Matt starrte ihr hinterher und fühlte sich unterirdisch mies. Er hatte keine Ahnung, wie er sich ihr gegenüber verhalten sollte. Sie hatte wirklich einiges auf dem Kasten, war aufrichtig bemüht und viel sympathischer, als gut für ihn war. Was man von ihm leider nicht behaupten konnte. Langsam ließ er seine Stirn auf die kühle Tischplatte sinken und sog den letzten Rest ihres Parfüms, der noch immer in der Luft hing, sehnsüchtig in seine Nase ein.

***

»Und, wie ist es gelaufen?«, fragte Tom neugierig, sobald sie wieder sein Büro betrat.

Hilflos zuckte Liv mit den Schultern. »Ich habe keine Ahnung, was ich noch machen soll. Es ist, als würde ihn seine Firma überhaupt nicht interessieren. Ganz egal, was ich sage oder tue, er blockt einfach nur ab. Ich habe die halbe Nacht an dieser Präsentation gesessen und er hat nicht einmal einen Blick dafür übrig gehabt.« Sie biss sich auf die Lippe, um ihre Tränen zurückzuhalten. Es war nicht ihre Art, vor Fremden zu heulen, überhaupt weinte sie so gut wie nie.

Es war bestimmt nur die Übermüdung und die Enttäuschung darüber, dass in den letzten Tagen nichts mehr nach Plan verlief. Ihr war, als würde ihr Leben plötzlich auseinanderfallen. Wenn sie es nicht einmal schaffte, einen verbohrten *Holzfäller* zu überzeugen, wie sollte sie dann Partnerin in einem Beratungsunternehmen werden?

Ihre Beförderung war längst überfällig. Wie die meisten Consultingfirmen verfolgte auch Harper bei seiner Personalpolitik das bewährte *Up or Out*-Prinzip. Entweder man schaffte in der vorgesehenen Zeit seinen Aufstieg oder man verließ das Unternehmen. Es gab niemanden, der sein Leben lang einfacher Berater blieb. Sie hatte genau zwei Jahre gebraucht, um es zur Projektleiterin zu bringen. Jetzt stand der nächste große Schritt an. Und sie wusste nicht, was sie tun sollte, wenn er ihr nicht gelang. Sie liebte ihre Arbeit, sie liebte das, was sie tat – und für diese eine Sache hatte sie keinen Plan B in der Tasche, hatte in den vergangenen Jahren niemals gedacht, dass sie einen brauchen würde. Bis jetzt.

»Hey, Liv, alles in Ordnung?« Fürsorglich berührte Tom ihren Arm.

»Ich weiß es nicht«, murmelte sie resigniert und wischte sich entmutigt über das Gesicht.

»Er scheint dich ja wirklich getroffen zu haben«, sagte er überrascht. »Das verstehe ich nicht, sonst ist er wirklich nicht so.«

»Das sagtest du schon gestern«, erwiderte sie müde. »Dann muss es wohl wirklich an mir liegen.«

»Das kann ich mir, ehrlich gesagt, nicht vorstellen.«

Sie lächelte über die aufrichtige Bewunderung in seiner Stimme.

»Soll ich mit ihm sprechen?«

»Nein.« Liv schüttelte entschieden ihren Kopf. Sie ließ niemals andere ihre Kämpfe ausfechten. Sie holte tief Luft und straffte ihre Schultern. »Ist nicht so wichtig, was er von mir hält. Ich mache meine Arbeit, so gut ich eben kann, und dann fahre ich weg. Wenn er keine Managementberatung wünscht, bin ich umso schneller hier fertig.«

»Und wie schnell ist das genau?« Die Mischung aus Sorge und Widerwillen in Toms Stimme war richtiggehend süß. Sie genoss durchaus die kleine Flirterei mit ihm, auch wenn sie wusste, dass daraus niemals mehr werden würde.

»Wenn ich das Wochenende durchmache, werde ich Mr. Coleman wohl spätestens am Dienstag das Ergebnis meiner

Unternehmensbewertung mitteilen.«

»Oh.« Tom nahm vorsichtig ihre Hand. »Dann kann ich auf keinen Fall zulassen, dass du am Wochenende arbeitest.« Er zwinkerte ihr bedeutungsvoll zu. »Außerdem möchtest du wohl kaum abreisen, ohne unsere einmalige Landschaft bewundert zu haben, oder?«

»Das ist ein verführerisches Angebot.« Auch wenn sie sich nicht übermäßig für verregnete Wälder interessierte, hätte sie in Toms Gesellschaft durchaus ihren Spaß daran haben können, wenn da nicht ihre Regeln wären.

»Aber?«, fragte er resigniert.

»Aber ich gehe nicht mit Mandanten aus.«

»*Er* ist dein Mandant«, er deutete in Richtung von Matts Büro, »nicht ich.«

Liv lachte. »Du bist nah genug dran. Das würde alles nur komplizierter machen. Mr. Coleman kann mich auch so schon nicht leiden.«

»Ich glaube nicht, dass es daran liegt«, murmelte Tom leise.

Liv überging seinen Einwand. »Aber wenn du mal nach Chicago kommen solltest, ruf mich an.« Sie lächelte.

»Allein das wäre die Reise wert.« Er drückte leicht ihre Finger.

Lautes Klappern im Flur ließ sie ihm erschrocken ihre Hand entziehen.

»Keine Sorge, das ist nur Lucy mit dem Mittagessen.«

»Lucy?«

»Ja. Sie ist mit Bob, einem der Jungs, verheiratet und sorgt dafür, dass wir nicht verhungern. Gestern musste sie ihre Mutter zum Arzt fahren, deshalb war sie nicht da.« Er schaute Liv abschätzend an. »Sie kocht wirklich gut, aber wenn du möchtest, können wir auch irgendwohin fahren, wo es etwas … gemütlicher ist. Immerhin habe ich dir ein Mittagessen versprochen.«

»Ich würde Lucys Kochkünste gern ausprobieren.« Vielleicht

könnte sie so zumindest ein gewisses Gespür dafür bekommen, was diese Firma und die Menschen, die hier arbeiteten, ausmachte.

»Okay. Aber wenn es dir zu viel werden sollte, sag einfach Bescheid, ja? Und wir verschwinden.«

Unsicher, was dieser Zusatz bedeuten sollte, folgte Liv ihm nach draußen. Im Flur stand ein vollbeladener Geschirrwagen, den eine hübsche Frau in den Dreißigern gerade aus der Kaffeeküche geschoben hatte. Sie trug eine dunkle Jeans, feste Boots und eine lange Hemdbluse. Ihre dunklen Haare hatte sie zu einem lockeren Pferdeschwanz gebunden, aus dem sich bereits einige Strähnen gelöst hatten. Sie bemühte sich, den Wagen durch die Ausgangstür zu manövrieren, die immer wieder zufiel.

»Kann ich dir helfen, Lucy?« Hilfsbereit sprang Tom an ihre Seite.

»Ja, danke.« Sie überließ ihm die Tür und strich sich ein paar Haare aus der Stirn. »Irgendjemand hat schon wieder den Keil verschlampt. Wenn ich den erwische, ziehe ich ihm nicht nur die Ohren lang!«, schimpfte sie gutmütig.

»Ich war's nicht!«, versicherte Tom ihr eilig.

»Keine Angst.« Sie keuchte angestrengt, als sie sich mit ihrem Gewicht gegen den Wagen stemmte. »Ich habe da eher deinen Chef im Verdacht, als Rache dafür, dass ich ihm früher immer die Sandschippe geklaut habe«, erklärte sie lachend.

»Ich bin unschuldig!«, erklang es weiter hinten. Liv schaute sich um und sah Matt Coleman grinsend aus seinem Büro treten. Das Lächeln veränderte alles. Anstelle eines arroganten, grimmigen Kerls erschien da plötzlich ein charmanter – und überaus attraktiver – Mann. Und endlich verstand Liv, was Tom damit meinte, wenn er sagte, Matt Coleman sei gar nicht so übel.

Er drehte seinen Kopf, schaute sie an und einen irrwitzigen Moment lang hoffte Liv, er würde sie genauso anstrahlen. Aber das tat er nicht. Sein Gesicht verhärtete sich für den Bruchteil einer Sekunde, dann riss er seinen Blick von ihr los und ging an ihr vorbei, als hätte er sie gar nicht gesehen.

»Lass mich das machen, Lucy«, sagte er und drückte den Geschirrwagen nach vorn. »Du solltest dich in deinem Zustand nicht so sehr anstrengen.«

»Hat Bob etwa schon geplaudert?«, rief sie in gespielter Entrüstung.

»Nimm's ihm nicht übel. Er wusste nicht, wie er mir sonst eine Gehaltserhöhung aus dem Kreuz leiern sollte.«

»Und, hat es geklappt?«

»Frag ihn am besten selbst.« Er grinste schelmisch.

»Du bist ein Schatz!«, rief sie und stellte sich auf die Zehenspitzen, um ihm einen Kuss auf die Wange zu geben.

Liv fühlte sich seltsam fehl am Platz, als würde sie einem Familientreffen beiwohnen, bei dem sie nichts verloren hatte. Sie überlegte, einfach wieder zurück ins Büro zu gehen und sich in ihren Zahlen zu vergraben, als Tom ihren Namen rief. »Komm schon, Liv.«

Mit gemischten Gefühlen trat sie durch die Eingangstür. Matt und Lucy hatten den Wagen bereits an die Wand geschoben und mehr und mehr Männer strömten aus allen Ecken des Werksgeländes herbei. Zwei weitere kamen mit je einem riesigen Topf in den Händen vom Parkplatz her auf sie zu.

»Danke, Jungs«, rief Lucy ihnen gutgelaunt zu. »Stellt sie hier ab. Dann dürft ihr euch auch als Erste bedienen.«

»Das lasse ich mir nicht zweimal sagen«, brummte einer der Männer zufrieden, hob den Deckel und schöpfte sich ein Schälchen mit Eintopf voll.

Die übrigen stellten sich in einer langen Reihe auf. Das ganze Prozedere schien ziemlich eingespielt zu sein.

»Komm mit.« Tom packte Liv an der Hand und zog sie mit sich nach vorne.

»He, nicht vordrängeln, Tommi!«, ermahnte ihn ein älterer Mann mit graumeliertem Bart.

»Ladies first, Brian.« Demonstrativ hielt er Livs Hand in die Höhe. »Ich kann doch nicht riskieren, dass unser Gast nichts abbekommt.«

Tapfer lächelte Liv in die Runde, als sich etwa fünfzig Augenpaare gespannt auf sie richteten.

»Du bist also Olivia?«, begrüßte Lucy sie und reichte ihr eine dampfende Schale.

»Ja.« Liv nahm ihren Teller samt Löffel entgegen. »Danke.«

»Bob hat mir schon einiges von dir erzählt.«

»Hat er das?« Sie konnte sich nicht erinnern, einen Bob bereits getroffen zu haben.

»Du bist *das* Gesprächsthema.« Sie zwinkerte ihr verschwörerisch zu.

»Ist das jetzt gut oder schlecht?«

Lucy lachte. »Lass dich von den Jungs hier bloß nicht einschüchtern. Sie geben sich gern bärbeißig, sind im Grunde aber alle ganz lieb.«

Zumindest waren sie es zu Lucy. »Ich werde es mir merken.« Liv schaute sich nach einem Sitzplatz oder Ähnlichem um, dabei fiel ihr Blick erneut auf Matt. Er sah wütend aus.

»Was macht *sie* denn hier?«, zischte er Tom leise zu. »Ich dachte, ihr wolltet irgendwohin essen fahren, nicht, dass ich das gutheißen würde.«

»Dann haben wir eben unsere Meinung geändert. Und außerdem brauche ich deine Erlaubnis nicht!«

Die Gespräche um sie herum verstummten. Alle lauschten gespannt der Unterhaltung zwischen Matt und Tom. Liv wünschte sich, sie könnte auf der Stelle im Erdboden versinken. Noch nie war sie Anlass für ein derart unprofessionelles Verhalten gewesen, erst recht nicht vor versammelter Mannschaft. Es spielte keine Rolle, dass sie keinerlei Schuld traf. Es würde Gerede geben, über sie, Tom und Matt.

Vielleicht sollte sie wirklich verschwinden, das Feld räumen, in Ruhe ihre Suppe löffeln und sich wieder an die Arbeit begeben. Doch Matts Verhalten weckte ihren Widerspruchsgeist. Sie hatte nichts getan, um diese Behandlung zu verdienen. Wenn *er* ein Problem hatte, sollte *er* auch gehen.

»Du weißt, dass ich sie hier nicht haben will!«, fuhr dieser gerade völlig unbeeindruckt fort.

»Was ist eigentlich mit dir los? Sie will doch nur helfen!«

»Ähm, Jungs, ich glaube, ihr solltet euren Streit lieber drinnen fortsetzen«, mischte Lucy sich glücklicherweise ein, bevor die Situation noch weiter eskalieren konnte.

»Nicht nötig!«, schnaufte Matt. »Es gibt dazu nichts mehr zu sagen.« Abrupt wandte er sich ab und rauschte davon.

Nachdenklich schaute Lucy ihm hinterher, dann wandte sie sich Liv zu. »Du bist also Olivia«, wiederholte sie ihre Worte von vorhin. »Interessant.«

Liv hatte keine Ahnung, was das nun wieder bedeuten sollte, und nicht die geringste Lust, es herauszufinden. Am liebsten hätte sie sich irgendwohin verkrochen und gewartet, bis ihr Gesicht nicht mehr so flammend rot war. Zumindest fühlte es sich für sie so an. Noch nie in ihrem gesamten Leben, von ihrer Karriere ganz zu schweigen, hatte sie einen derart peinlichen Moment erlebt. Und sie wusste nicht einmal, wodurch er ausgelöst worden war.

»Hier, setz dich zu mir.« Lucy zeigte auf einen abgesägten Baumstumpf. Die meisten Männer saßen einfach auf dem Boden, aber Lucy wurde offensichtlich eine besondere Behandlung zuteil.

Liv folgte stumm ihrer Einladung. Tom stellte sich an die Wand gelehnt neben sie.

»Du bist also 'ne Beraterin?«, fragte plötzlich einer der Männer, die vorhin die Suppentöpfe geschleppt hatten.

»Ja.«

»Und du willst Matt jetzt erzählen, was er zu tun hat?« Er lachte schallend. »Kein Wunder, dass der Junge so durch den Wind ist.«

»Lass sie in Ruhe, Jack«, warf Lucy kopfschüttelnd ein. »Du weißt selbst, dass niemand Matt dazu bringen kann, etwas zu tun, was er nicht will.«

Ein paar weitere Männer kamen hinzu. Einer von ihnen ging direkt zu Lucy und gab ihr einen festen Kuss auf den Mund. »Hallo, Schatz. Geht's dir gut?«

»Aber sicher tut es das!« Lucy rollte mit den Augen, aber Liv merkte sofort, dass ihr die Fürsorge ihres Mannes sehr gefiel. »Los, schnappt euch einen Teller, solange der Eintopf noch heiß ist.«

»Was ist denn mit Matt los? Er kam gerade wie ein Wahnsinniger in unsere Halle hereingerauscht.«

»Tja, das würden wir alle gern wissen.« Lucy grinste bedeutungsvoll.

»Werden wir jetzt entlassen?«, meldete sich ein junger Mann weiter hinten schüchtern zu Wort. Liv brauchte eine Weile, um zu begreifen, dass die Frage an sie gerichtet war.

»Natürlich nicht«, entgegnete sie verwirrt. »Wie kommst du bloß darauf?«

»Das zeigen sie doch immer so im Fernsehen. Erst kommen irgendwelche Berater, schauen sich alles an und dann werden Leute gefeuert, weil sie angeblich nicht gut genug sind.«

Vereinzelt erhob sich zustimmendes Gemurmel. Liv warf Tom einen unsicheren Blick zu und fragte sich gleichzeitig, woher die gesamte Belegschaft bereits Bescheid über sie wusste. Genau das sollte durch klare Absprachen mit der Geschäftsführung vermieden werden. Aber natürlich hatte Mr. Coleman kein Interesse an einem vernünftigen Gespräch mit ihr gehabt. Wie hatte er es doch so schön formuliert? Es war ihr Projekt, also konnte sie machen, was auch immer sie wollte. Vielleicht sollte sie seinen Mitarbeitern einfach genau das sagen. Und er konnte dann zusehen, wie er die Wogen wieder glättete.

Neugierig, besorgt, erwartungsvoll starrten die Männer sie an. Liv seufzte. Eigentlich hätte in Abwesenheit von Matt Coleman nun Tom das Wort ergreifen sollen, doch er blieb ebenfalls stumm. Also musste sie wohl oder übel in die Bresche springen.

»Hier wird niemand entlassen«, verkündete sie fest. Sie hatte keinen Zweifel daran, dass ein Mann, der einem Arbeiter eine Gehaltserhöhung gab, bloß weil dessen Frau schwanger war, niemanden feuern würde, ohne dass er es *wirklich* verdient hatte. Selbst wenn sie eine entsprechende Empfehlung äußern sollte. In diesem Punkt hatte Lucy definitiv recht, Matt Coleman ließ sich nicht reinreden. »Und ich bin nur hier, um Mr. Coleman dabei zu unterstützen, das Unternehmen noch erfolgreicher zu machen, damit Sie alle auch in Zukunft einen sicheren und guten Arbeitsplatz haben.«

»Sehr schön formuliert«, raunte Tom neben ihr anerkennend.

»Und du denkst, dass Matt das nicht allein schafft?« Jack grinste provokativ.

»Ähm.« Liv räusperte sich und suchte fieberhaft nach den richtigen Worten. Ein klares, ehrliches Ja! wäre jetzt vermutlich nicht ganz angemessen. »Als Unternehmensberaterin habe ich Einblicke in verschiedenste Unternehmen, weiß genau, was funktioniert und was nicht, und kann für jedes Problem die optimale Lösung liefern, die sich schon an anderer Stelle bewährt hat.« Sie lächelte zufrieden, als sie Toms bewundernden Blick auffing. Diese Klippe hatte sie auch hervorragend gemeistert.

Jack war jedoch nicht so leicht zu beeindrucken. »Unternehmensberater – sind das nicht diese Leute, die einem erst die Armbanduhr abnehmen, um anschließend mit wichtigtuerischer Miene die Uhrzeit zu verkünden? Und sich dafür dann auch noch bezahlen lassen?«

Die Männer schnauften und lachten. Und auch Liv konnte nicht verhindern, dass sich ein Schmunzeln auf ihre Lippen stahl. Sie kannte haufenweise Beraterwitze – dieser war ja noch vergleichsweise harmlos – und sie besaß genügend Humor, um über den Wahrheitsgehalt darin lachen zu können.

»Aber nur, wenn der Besitzer die Uhr nicht vernünftig zu lesen weiß«, gab sie schlagfertig zurück. »In allen anderen Fällen helfen wir ihm zu erkennen, ob es vor- oder nachmittags ist.«

»Würde ein Blick aus dem Fenster nicht das Gleiche bewirken?«

»Bestimmt. Nur denken die Meisten nicht daran, auch mal aus dem Fenster zu schauen. Wenn man sich zu intensiv oder zu lange mit etwas beschäftigt, verliert man leicht den Überblick. Und deshalb bin ich hier.« Auch wenn sie bezweifelte, dass Matt Coleman irgendetwas davon annehmen würde, was sie ihm vorschlug.

Tom schaute demonstrativ auf seine Uhr. »Ich glaube, die Pause ist gleich vorbei, was meinst du, Liv?« Er streckte ihr fragend seinen Arm entgegen. Die Arbeiter johlten belustigt.

»Sieht ganz so aus«, bestätigte sie. »Und keine Sorge, diese Erkenntnis stelle ich euch nicht in Rechnung«, fügte sie grinsend hinzu.

Die Männer erhoben sich feixend und brachten ihre leeren Schüsseln nach vorn.

»Für eine Heuschrecke bist du gar nicht so übel, Mädel.« Jack zwinkerte ihr im Vorbeigehen freundschaftlich zu.

Liv strahlte. Sie konnte nicht einmal sagen, wieso ihr die Anerkennung eines bärbeißigen, älteren Arbeiters irgendetwas bedeutete, aber das tat sie. Es fühlte sich gut an, dass die Männer sie akzeptierten, obwohl sie aus einer ganz anderen Welt kam als der, die sie kannten. Mehr als einer nickte ihr zu oder lächelte sie schüchtern an, bevor er sich wieder seiner Arbeit zuwandte.

Schließlich waren nur noch Lucy, Tom und sie übrig.

»Willst du mit ihm reden oder soll ich?«, fragte die junge Frau plötzlich. Liv folgte ihrem Blick. Matt Coleman war hinter der großen Werkshalle aufgetaucht und musterte stumm ihre Gruppe. Er schien nicht erfreut zu sein. Livs Laune erreichte unvermittelt einen neuen Tiefpunkt. Es spielte keine Rolle, dass die Männer sie mochten, dass Tom hinter ihr stand. Solange Matt sie weiterhin so kategorisch ablehnte, kämpfte sie hier auf verlorenem Posten. Lag es wirklich nur an seinem Groll gegen seinen Onkel oder hatte seine Abneigung noch einen anderen, verborgenen Grund?

»Ich mache das schon«, entgegnete Tom entschieden und marschierte auf Matt zu.

Mit einem unguten Gefühl in der Magengegend schaute Liv ihm hinterher. Sie wollte nicht, dass sie sich ihretwegen stritten – das wäre weder konstruktiv noch professionell.

Sie schluckte und wandte sich ab. »Kann ich dir helfen?«, fragte sie Lucy, die gerade das schmutzige Geschirr zusammenräumte.

»Gerne. Kannst du vielleicht die Töpfe in die Küche tragen? Und mir dann mit dem Wagen helfen?«

»Sicher.« Liv zwang sich zu einem Lächeln, doch ihre Gedanken weilten bei den beiden Männern. Was würde Tom ihm sagen? Und würde Matt ihm seine Einmischung übelnehmen? Würde er Liv dann endgültig vor die Tür setzen, unabhängig davon, was sein Onkel von ihm verlangte? Es war immerhin nach wie vor Matts Sägewerk. Und soweit sie das aus den Unterlagen ersehen konnte, war Harper lediglich als stiller Gesellschafter beteiligt, das hieß, er hatte keinerlei Mitspracherecht bei den Belangen der Firma.

Lucy hielt ihr die Tür auf, damit sie mit dem großen Topf hindurchgehen konnte. »Mach dir nichts draus«, sagte die junge Frau, die Livs Gesichtsausdruck richtig gedeutet haben musste. »Matt tut sich manchmal etwas schwer damit, neue Freundschaften zu schließen.«

»Das will ich doch auch gar nicht!«, widersprach sie vehement und erkannte im selben Moment verwundert, dass das so nicht ganz stimmte. Es wurmte sie, dass er sie dermaßen ablehnte. Sie *wollte* von ihm gemocht werden. Sie wollte seine Hochachtung und seinen Respekt. Sie wollte das aber nur, weil es förderlich für den Erfolg ihres Projektes wäre. Sie selbst mochte ihn schließlich auch nicht. Nicht im Geringsten.

»Wie auch immer«, ließ Lucy sich amüsiert vernehmen. »Lass ihm einfach etwas Zeit.«

Liv nickte stumm. Es hatte wohl keinen Sinn, Lucy zu erklären, dass sie in wenigen Tagen wieder fort sein würde. Entweder er kriegte sich bis dahin ein oder eben nicht. Ihr konnte es egal sein. Mr. Harper war derjenige, der ihre Arbeit beurteilen würde, ihn musste sie mit ihren Ergebnissen zufriedenstellen, nicht Matt.

Kapitel 5

»Was ist eigentlich dein Problem?«, fuhr Tom ihn ohne Umschweife an, sobald er ihn erreicht hatte.

Matt zuckte überrascht zurück. Er hatte gesehen, dass sein Freund aufgebracht war, aber nicht mit einem direkten Angriff gerechnet. Tom war schon immer der umgänglichere, diplomatischere von ihnen beiden gewesen. Diese Olivia musste es ihm ja richtig angetan haben, dass er derart Partei für sie ergriff.

Aus irgendeinem Grund stachelte diese Erkenntnis seine Wut nur noch mehr an.

»Mein Problem?«, gab er aufgebracht zurück. »Mein Problem ist, dass du dich wie ein verliebter Tölpel an Miss Archer ranschmeißt.«

»Du meinst *Liv*?« Tom grinste schadenfroh. Er genoss es sichtlich, ihm unter die Nase zu reiben, wie eng er bereits mit dieser Frau war. »Bist du etwa eifersüchtig?«, fügte er süffisant hinzu.

»Pah!«, schnaufte Matt. »Ich und eifersüchtig? Worauf denn?«

»Ach, komm schon«, Tom senkte die Stimme und zog ihn ein Stück mit sich fort.

Matt folgte ihm widerwillig, denn auch ihm entging nicht, dass ihre Unterhaltung zu viel Aufmerksamkeit erregte. Er konnte förmlich sehen, wie spitz die Ohren seiner Männer wurden, während sie vorgaben, fleißig zu arbeiten.

»Man müsste schon blind oder vom anderen Ufer sein, um nicht auf Liv abzufahren«, setzte Tom seinen Gedankengang fort. »Und ich weiß aus zuverlässiger Quelle, dass du beides nicht bist.«

»Und weiter?«

»Willst du mir etwa tatsächlich weismachen, dass ihr Anblick dich kaltlässt? Die langen Beine, die schlanke Taille, das hübsche Gesicht. Oh, und erst dieser strenge Knoten in ihrem Nacken.«

Matt spürte, wie sein Gesicht immer düsterer wurde, während Tom ihn so offensichtlich aufzog. »Wieso gründest du nicht einen Fanclub?«, zischte er. »Und ich passe in der Zwischenzeit auf, dass sie unserer Firma keinen irreparablen Schaden zufügt.«

Tom wurde schlagartig ernst. »Was meinst du damit?«

Das fragte er jetzt nicht wirklich? »Hat sie dich schon dermaßen um den Finger gewickelt, dass dein Verstand völlig ausgeschaltet ist? Sie arbeitet für meinen Onkel! Besser gesagt, sie spioniert für ihn.«

»Ja, sicher«, Toms Stimme triefte vor Sarkasmus. »Weil alles, was wir hier machen, so unglaublich geheim ist.«

»Es gibt durchaus ein paar Dinge, die nicht für die Konkurrenz bestimmt sind«, erinnerte Matt ihn schneidend.

»Weißt du, was ich glaube?« Tom kniff die Augen zusammen und musterte ihn prüfend.

»Was denn?«

»Ich denke, du suchst verzweifelt nach Gründen, sie nicht zu mögen.«

Matt spürte, dass er damit genau ins Schwarze traf. »Auf jeden Fall muss ich mir von dir nicht weismachen lassen, wie toll sie ist. Sie mag durchaus hübsch sein, aber das ist auch schon alles.«

»Das würdest nicht sagen, wenn du dir die Mühe machen würdest, sie kennenzulernen.«

»So wie du?« Er legte alle Skepsis, die er aufbringen konnte, in seine Worte. Glaubte Tom tatsächlich, er würde diese Frau kennen, nach nicht mal zwei Tagen?

»Ja.« Er nickte. »Du hättest sie vorhin beim Mittagessen sehen sollen. Sie hat sich den Fragen, Sticheleien und Sorgen der Jungs gestellt und alles ganz souverän gemeistert.«

»Oh, dann bin ich ja beruhigt. Das beweist natürlich, dass sie keine aalglatte Unternehmensberaterin mit unklaren Absichten ist.«

»Spar dir den Sarkasmus«, zischte Tom. Auch er wurde zunehmend wütend. »Sie hat sich alle Mühe gegeben, dich in einem guten Licht dastehen zu lassen. Sie möchte dir wirklich helfen.«

»Wieso ist es dir überhaupt so wichtig, was ich von ihr halte? Ich denke, du bist selber scharf auf sie.«

Tom zuckte mit den Schultern. »Sie hat mir einen Korb gegeben.«

»Und?«

»Sie sagte, sie geht nicht mit Kunden aus.«

»Vernünftige Einstellung.«

Tom atmete tief durch. Matt fühlte sich unter dem bohrenden Blick seines Freundes mit einem Mal äußerst unbehaglich. »Was ist?«

»Ich weiß, dass sie dir gefällt. Sie ist genau dein Typ.«

Matt zählte innerlich bis zehn. Tom war zu weit gegangen, und das wusste er. »Sie ist genau der Typ Frau, mit dem ich ein für alle Mal fertig bin«, presste er mühsam hervor. »Und dieses Gespräch ist beendet.« Er wandte sich ab.

»Warte! Sie ist *nicht* Linda!«

»Sie ist nah genug dran.« Matt konnte selber nicht fassen, dass er sich erneut auf diese Unterhaltung einließ, aber er würde es jetzt endgültig klarstellen. »Sie gehört nicht hierher. Du glaubst doch nicht etwa, dass sie für dich oder mich oder irgendeinen anderen Mann ihre Karriere, ihr schickes Großstadtleben, die Partys und Designerklamotten sausen lässt, um hier in der Wildnis zu hausen?«

Linda zumindest hatte es nicht getan, obwohl sie bereits über ein Jahr zusammen gewesen waren, als er nach dem Tod seines Vaters unvermittelt die Leitung des Sägewerks übernahm. Er war so unglaublich verliebt in sie gewesen, dass er keinen Moment lang daran gezweifelt hatte, dass sie mit ihm gehen würde. Aber das hatte sie nicht getan. Sie war ganz entrüstet darüber gewesen, dass er sie überhaupt gefragt, dass er das von ihr *verlangt* hatte. Sie hatte geschrien und getobt. In seiner Verzweiflung hatte er es sogar mit einer Fernbeziehung versuchen wollen, wollte alles tun, um sie bloß nicht zu verlieren. Doch nur knapp drei Wochen nach seiner Abreise war sie bereits mit einem Anderen zusammen.

»Du musst sie ja nicht gleich heiraten«, entgegnete Tom ruhig. »Aber ein bisschen Spaß wird doch noch erlaubt sein.«

»Spaß?«, wiederholte Matt langsam.

»Ja, Spaß. Du magst dich vielleicht nicht mehr erinnern, aber früher hatten wir eine ganze Menge davon.«

»Du möchtest sie lediglich flachlegen?« Allein bei dem Gedanken daran schüttelte es ihn innerlich und er musste an sich halten, um seinem Freund nicht an die Gurgel zu springen.

Ein amüsiertes Funkeln stahl sich in Toms Augen. »Natürlich nicht. Und du musst mich auch nicht gleich dafür verprügeln.« Er deutete auf Matts geballte Fäuste.

Matt zwang sich, sich zu entspannen. »Was willst du dann?«, murmelte er gequält.

»Ich gebe zu, ich finde Olivia Archer unglaublich faszinierend, und ich hätte nichts gegen eine heiße, wenn auch kurze Affäre mit ihr einzuwenden. Aber erstens hat sie mir bereits einen Korb gegeben – vorerst zumindest. Und zweitens glaube ich, dass sie dir guttun würde.«

»Was meinst du mit *vorerst*?«, fragte Matt scharf.

»Mehr hast du aus meiner Rede nicht herausgehört?«, zog Tom ihn grinsend auf. »Sie sagte, ich kann mich gerne bei ihr melden, wenn ich mal in Chicago bin.«

»Na dann, viel Spaß euch beiden.« Dieses Gespräch verwirrte ihn und er wusste noch immer nicht, was Tom überhaupt von ihm wollte. Seit Olivias Auftauchen war sogar das Verhältnis zu seinem ältesten und besten Freund kompliziert geworden. In nur knapp zwei Tagen hatte sie alles durcheinandergewirbelt. Er hoffte sehr, dass sich diese Entwicklung bis zu ihrer Abreise nicht linear fortsetzte.

»Du bist ein unglaublicher Sturkopf, weißt du das?« Es war offensichtlich eine rhetorische Frage, denn Tom fuhr, ohne ein Antwort abzuwarten, fort. »Wie lange ist dein letztes Date jetzt her? Sechs Monate oder sieben?«

»Fünf«, hielt Matt aufs Geratewohl dagegen, bloß um das letzte Wort zu haben.

»Von mir aus«, stimmte Tom ihm großmütig zu. »Keine der Frauen in den letzten drei oder vier Jahren hatte dich ernsthaft interessiert, keine auch nur annähernd eine so heftige Reaktion ausgelöst wie Liv.«

»Wie meinst du das?«

»Ich kenne dich doch. Du fühlst dich zu ihr hingezogen. Und nur dein dämlicher Groll auf deinen Onkel liegt dir im Weg. Sie selbst hat nichts getan, um deine Missbilligung zu verdienen. Im Gegenteil, sie reißt sich ihren süßen Hintern auf, um einen soliden Zukunftsplan für diese Firma aufzustellen. Wusstest du, dass sie die halbe Nacht an der Präsentation gearbeitet hat, die sie dir heute Morgen vorstellte und die du kaum eines Blickes gewürdigt hast? Oder dass sie vorhat, das Wochenende durchzumachen, nur um hier schneller verschwinden zu können?«

Nein, das wusste er nicht. Und unverzüglich regte sich sein schlechtes Gewissen. Mal wieder.

Wahrscheinlich tat er ihr wirklich unrecht und sie war tatsächlich so nett, wie Tom ihn glauben lassen wollte.

»Gut. Ich werde versuchen, freundlicher und objektiver zu ihr sein«, lenkte er ein. Eigentlich hatte er das ja ohnehin vorgehabt, aber Toms vertraulicher Umgang mit ihr hatte wieder den Höhlenmenschen in ihm geweckt. Er kannte sie doch kaum, warum störte es ihn dann so sehr?

»Tu, was immer du für richtig hältst. Aber wenn du bis zu ihrer Abreise nichts unternimmst, werde ich mir schon bald einen Städtetrip nach Chicago buchen.«

»Mach doch.« Matt gab sich alle Mühe, völlig unbeeindruckt zu klingen.

Tom lachte auf. »Wer's glaubt.« Er drehte sich um und entfernte sich ein paar Schritte. Dann blieb er wieder stehen und sah ihn an. »Falls du noch einen Vorwand für morgen brauchst, sie wollte mehr über die Firma erfahren, sehen, wie alles funktioniert. Dann wirkt es nicht so sehr wie ein Date.«

***

»Ich mache jetzt Feierabend. Soll ich Sie nach Fairbanks fahren?«

Überrascht schaute Liv hoch und wagte ihren Augen nicht zu trauen. Sie hatte sich nicht getäuscht. Matt Coleman stand in der Tür und wartete auf ihre Antwort.

»Danke, aber das ist nicht nötig.« Sie schaute auf die Uhr. Es war halb sieben. »Das Taxi wird in einer halben Stunde hier sein.« Oder wollte er sie jetzt schon wieder vor die Tür setzen? Eine halbe Stunde früher als angekündigt?

»Gut. Dann ziehen Sie die Eingangstür bitte hinter sich zu, wenn Sie gehen, in Ordnung? Mein Büro habe ich schon abgeschlossen.«

Liv blinzelte ein paarmal, während sie versuchte, die Bedeutung seiner Worte zu erfassen. So einfach war das also? Dann war es gestern wirklich nichts als reine Schikane gewesen? Sie war so empört, dass sie nicht einmal den Gruß erwiderte, mit dem er sich von ihr verabschiedete. So ein Arschloch!

Sie hatte gehofft, dass Toms Einmischung die Wogen zwischen ihnen ein wenig glätten würde, aber er hatte sich den ganzen Nachmittag nicht bei ihr blicken lassen und auch keinen Kommentar zu ihrer Präsentation am Morgen geschickt. Allmählich bezweifelte sie, dass er ihr überhaupt richtig zugehört hatte.

Sie sah auf ihre Aufzeichnungen für das neue

Homepagekonzept, an dem sie die letzten Stunden gearbeitet hatte, und fragte sich plötzlich, warum sie das tat. Weder wollte er ihre Hilfe noch hatte er sie verdient.

Doch sie wusste, dass sie es nicht für ihn tat. Sie tat es für Tom, Jack und all die anderen Männer, die ihre Jobs hier brauchten und liebten. Und nicht zuletzt für ihre eigene Karriere, für ihre Lebensziele, die sie auf jeden Fall erreichen wollte.

Matt selbst konnte ihr gestohlen bleiben.

Schade eigentlich.

Heute hatte sie gesehen, wie anders er sein konnte. Es hatte nichts als Fürsorge und Freundlichkeit in der Art gelegen, wie er mit Lucy umgegangen war – keine Arroganz, keine Kälte. Seine Augen hatten regelrecht gestrahlt und unwillkürlich fragte sie sich, ob da mal mehr zwischen den beiden gewesen war. War die dunkelhaarige Frau mit den sanften, ebenmäßigen Zügen und den schön gerundeten Kurven der Typ, der ihm ein Lächeln entlocken konnte? Wenn ja, brauchte sie sich wohl nicht zu wundern. Der Kontrast zu ihr hätte kaum stärker sein können. Sie selbst war grünäugig und sehr hell, ihre Figur eher schlank als üppig.

Tom schien das nicht zu stören. Aber obwohl sie ihn wirklich mochte, obwohl sie ihn sogar nach Chicago eingeladen hatte, fehlte da dieses Prickeln, diese Aufregung, der Wunsch, ihm unbedingt zu gefallen.

Überhaupt hatte sie dieses Prickeln bisher nur selten erlebt. Vielleicht war sie dafür zu rational, zu kopfgesteuert. Derzeit hatte sie in ihrem Leben noch keinen Platz für einen Mann und ihr Herz beugte sich dem Diktat der Vernunft.

Matts Bild schob sich unerwartet in ihren Geist – braungebrannt, groß, männlich, mit dem nachlässig verwegenen Bartschatten im Gesicht. Sie schüttelte über sich selbst verwundert ihren Kopf. Sie konnte wohl von Glück reden, dass er ein beschränktes Ekelpaket war. Wären sein Charakter und sein Verstand genauso anziehend wie sein Äußeres, würde das eine ziemlich gefährliche Mischung ergeben.

Das Hupen eines Autos riss sie aus ihren Gedanken. Erschrocken schaute sie auf ihre Armbanduhr. Es war drei vor sieben. Sie sollte sich beeilen. Schnell sammelte sie ihren Laptop und die Ordner ein, warf sich den Mantel über den Arm und lief nach draußen. Sorgsam zog sie die Eingangstür hinter sich zu und drückte noch einmal kurz dagegen, um sich zu vergewissern, dass sie wirklich ins Schloss gefallen war. Ein kleiner, trotziger Teil von ihr hätte sie zwar am liebsten sperrangelweit offen stehen gelassen, aber wenn etwas wegkam, würde es unweigerlich auf sie zurückfallen.

Gus wartete bereits auf dem Hof auf sie. »Wieso wollen Sie das alles mitschleppen?« Missbilligend nahm er ihr einen der Ordner ab, bevor er zu Boden segeln konnte. »Es ist doch Wochenende.«

»Nicht für alle von uns«, gab sie mit einem kleinen Lächeln zurück, das jede weitere Diskussion unterbinden sollte. Sie hatte ohnehin vollauf damit zu tun, auf dem steinigen Boden nicht umzuknicken. Zum Glück hatte der Regen heute eine Pause eingelegt und sie trug überdies ihre von Gus reparierten Stiefeletten, sodass sie nicht Gefahr lief, erneut nasse Füße zu bekommen. Doch ihre Absätze waren immer noch viel zu hoch und für die Bodenverhältnisse alles andere als geeignet.

»Sie sollten sich wirklich bequemere Schuhe zulegen«, kommentierte er. »In Fairbanks gibt es ein paar nette Läden, da werden Sie bestimmt was Passendes finden.«

»Ich bleibe ja nicht mehr lange.« Und anschließend hätte sie keine Verwendung für gummierte Boots, oder was auch immer die Läden hier unter Damenschuhen verstehen sollten.

»Wie Sie meinen.« Gus streckte den Arm aus und umfasste ihren Ellbogen. »Nehmen Sie es mir nicht übel, aber ich kann nicht mit ansehen, wie Sie hier herumstöckeln, Mädchen. Ich habe keine Lust darauf, Sie gleich mit einem Bänderriss ins Krankenhaus fahren zu müssen.«

Mit Gus' Hilfe erreichte sie sicher und unversehrt den Wagen und eine halbe Stunde später verabschiedete er sich von ihr am Eingang des Hotels.

»Soll ich Sie morgen ein wenig herumfahren? Ihnen die Gegend zeigen?«

»Das ist sehr freundlich, aber nicht nötig, danke.« Sie hatte zu tun und außerdem deckte ihr Spesenkonto keine Vergnügungsfahrten durch die Wildnis ab.

»Dann sehen wir uns Montag um acht?«

Sie nickte. »Schönes Wochenende, Gus.«

»Ihnen auch. Und überlegen Sie sich das noch mal mit den Schuhen.« Er zwinkerte ihr freundlich zu und lief zurück zu seinem Wagen.

Livs Magen knurrte, als sie die Hotelhalle betrat. Lucys Eintopf war wirklich gut gewesen, doch nicht einmal sie konnte mit einer kleinen Schüssel Suppe über den Tag kommen – ganz egal, was ihre Mutter stets zu behaupten pflegte. Sie lief schnell in ihr Zimmer hinauf, um ihre Sachen abzulegen, und steuerte dann das Hotelrestaurant an, aus dem es verführerisch nach Essen roch.

»Entschuldigen Sie, bitte.«

Überrascht blieb Liv stehen und musterte eine ältere, etwa sechzigjährige Frau, die auf sie zukam. Die Frau war adrett gekleidet, in eine gerade Hose aus weich fallendem Stoff und einen dünnen Rollkragenpullover. Ihre kurzen, dunklen Haare waren sorgfältig frisiert, sie hatte ein dezentes Make-up aufgelegt und auf der Nase trug sie eine modische, markante Brille. Die Frau lächelte. Verwirrt schaute Liv sich um. Die Fremde konnte auf keinen Fall sie gemeint haben, doch außer sich konnte sie niemanden entdecken.

»Tut mir leid, dass ich Sie so überfalle.« Die Frau hatte sie nun erreicht. »Sind Sie Olivia Archer?«

»Jaaa«, entgegnete Liv vorsichtig.

»Martha Coleman«, sie streckte ihr die Hand entgegen, »ich

freue mich, Sie kennenzulernen. Mein Sohn hat mir schon viel von Ihnen erzählt.«

»Hat er das?« Livs Verstand raste. Wenn das Matts Mutter war, war sie gleichzeitig die Schwester von Mr. Harper. Was konnte sie von ihr wollen?

»Oh ja. Haben Sie vielleicht ein paar Minuten Zeit für mich?«

»Sicher«, seufzte Liv. Ihr Abendessen würde warten müssen. Abgesehen davon, dass sie es sich nicht leisten konnte, diese Frau vor den Kopf zu stoßen, war sie neugierig. Matt Coleman hatte mit seiner *Mutter* über sie geredet? Sie ignorierte das leichte Flattern, das sich bei diesem Gedanken in ihrem Inneren regte. Es war gewiss nichts Gutes, was er über sie berichtet hatte.

»Sie wollten bestimmt gerade essen, wenn es Ihnen recht ist, leiste ich Ihnen kurz Gesellschaft. Sie hatten heute mit Sicherheit noch nichts Anständiges im Bauch.«

»Bis auf die Suppe von Lucy.«

»Oh ja, das Mädchen versteht was von ihrem Handwerk. Sie ist ein wahrer Glücksgriff für die Jungs.« Martha setzte sich in Bewegung und Liv folgte ihr verwundert. Sie war gespannt, wohin diese Unterhaltung führen würde. Sie suchten sich einen freien Tisch am Fenster aus und Martha wartete schweigend ab, während Liv die Speisekarte studierte.

»Möchten Sie denn nichts essen?« Sie kam sich komisch dabei vor, der älteren Dame etwas vorzukauen.

»Nein, nein. Ich habe schon gegessen. Ich nehme nur einen Kaffee.«

Der Kellner erschien und Liv bestellte sich gegrillten Lachs. Frischer als hier würde sie den Fisch wohl kaum bekommen können.

»Also, worüber möchten Sie mit mir sprechen?«, fragte sie, nachdem er wieder gegangen war.

Martha atmete tief durch und schaute auf ihre ineinander verschränkten Hände. Auf einmal wirkte sie ziemlich nervös. Livs Anspannung stieg.

Schließlich hob die Frau ihren Kopf und schaute Liv fest in die Augen. »Warum sind Sie hier?«

Liv räusperte sich ungläubig. Sie hatte mit vielem gerechnet, aber nicht damit. »Mr. Harper hat mich hergeschickt.«

»Ja, aber warum?«

»Um seinem Neffen zu helfen. Wenn Sie mehr wissen wollen, müssen Sie ihn schon selber fragen.«

Martha studierte aufmerksam ihr Gesicht, ihre Augen schienen sich regelrecht in sie hineinzubohren. Ungerührt erwiderte Liv ihren Blick. Sie konnte nicht behaupten, dass ihr diese Musterung besonders gefiel, wenn sie ehrlich war, fand sie sie sogar ein klein wenig beleidigend, doch sie hatte nichts zu verbergen. Und vielleicht würde diese verwirrende Frau dann endlich verschwinden und sie in Ruhe ihr Essen genießen lassen. Wenn es denn mal kam.

Martha nickte, als hätte sich irgendetwas für sie bestätigt, und sie entspannte sich. »Sie müssen wissen, mein Verhältnis zu meinem Bruder ist nicht mehr das beste«, sagte sie bedauernd. »Es gibt Spannungen zwischen Matt und ihm, an denen ich nicht ganz unschuldig bin.«

Liv spitzte aufmerksam die Ohren. Würde sie jetzt endlich erfahren, was es mit diesem ominösen Zerwürfnis auf sich hatte?

»Matts Vater hatte die Firma vor ihm geleitet. Er war ein herzensguter Mensch, aber leider kein begnadeter Geschäftsmann.«

Zumindest die zweite Eigenschaft lag anscheinend in der Familie, dachte Liv.

»Vor rund zehn Jahren starb er ganz überraschend an einem Schlaganfall. In dem einen Moment stand er noch vor mir und im nächsten krümmte er sich schon auf dem Boden. Er erreichte nicht einmal das Krankenhaus.« Sie verstummte und atmete zitternd ein.

»Das tut mir leid«, sagte Liv mitfühlend. Es musste furchtbar für Martha gewesen sein und vermutlich auch für Matt.

»Danke.« Sie tätschelte Livs Hand. »Matt war zu diesem Zeitpunkt noch an der Uni, hatte gerade seinen Abschluss gemacht.«

Er hatte wirklich studiert? Was denn, Holzfällerei an der University of Alaska? Er machte nicht gerade einen interessierten Eindruck auf sie.

Martha schien nichts von ihrer Verwunderung zu bemerken, denn sie fuhr unbeirrt fort. »Eigentlich wollte er noch ein paar Jahre am MIT bleiben, er hatte eine wirklich lukrative Forschungsstelle in Aussicht.«

Liv schnappte überrascht nach Luft. »*Dem* MIT?«, krächzte sie. Einer der besten technischen Eliteschulen? Irgendwie konnte sie sich Matt dort überhaupt nicht vorstellen.

Zum Glück erschien gerade jetzt der Kellner mit dem Essen und ersparte Liv weitere Peinlichkeiten. Rasch klappte sie ihre Kinnlade wieder zu und nutzte die Zeit, um sich zu sammeln, während der Mann ihren Teller abstellte und ihr das mitgebrachte Besteck reichte.

»Oh ja.« Martha nippte an ihrem Kaffee. »Er hatte eine glänzende Zukunft vor sich, wollte sogar noch einen MBA-Abschluss machen, um neben der Technik auch das wirtschaftliche Verständnis zu haben, das er brauchte, um das Sägewerk wirklich erfolgreich führen zu können.«

Liv war sich nicht sicher, dass sie gerade von demselben Mann sprachen. Wie sollte diese Schilderung zu dem passen, was sie selbst in den letzten zwei Tagen erlebt hatte? Er hatte sich nicht die Bohne für ihre Analysen, Kennzahlen oder Vorschläge interessiert. Ebenso wenig wie für die Zukunft des Sägewerks. Hatte *sie* ihn so falsch eingeschätzt oder hatte er seiner Mutter all diese Zeit nur etwas vorgegaukelt?

»Auf jeden Fall wollte ich ihm diese Pläne nicht verbauen. Also habe ich ihm nichts von den Schwierigkeiten erzählt, in denen die Firma nach dem Tod seines Vaters steckte. Ich habe mich nie viel in die Belange des Sägewerks eingemischt und die

Führung des Unternehmens einfach dem technischen Leiter übertragen. Mein Mann hatte ihn wenige Jahre zuvor eingestellt und wir sind immer gut mit ihm ausgekommen. Leider war er der Aufgabe nicht gewachsen. Er war kein schlechter Kerl, aber, wie ich dann feststellen musste, einfach nicht … fähig.« Sie zuckte unglücklich mit den Schultern. »Ein größerer Kredit wurde fällig und wir hatten nicht das Geld dafür. Also habe ich Mason um Hilfe gebeten. Er schaffte es irgendwie, die erforderliche Summe zu beschaffen, und rettete uns … wenn auch nur kurzfristig.« Sie seufzte. »Er schlug mir vor, das Sägewerk zu zerschlagen und alle Maschinen sowie die dazugehörende Waldfläche meistbietend zu verkaufen. Seinen Berechnungen zufolge würde er dann sein Geld mit einem kleinen Zinsgewinn zurückbekommen und für mich würde auch noch etwas übrigbleiben. Das konnte ich Matt natürlich nicht länger verheimlichen. Und als er das erfuhr, ging er auf die Barrikaden. Er überwarf sich mit seinem Onkel und konnte ihn nur davon abhalten, das eingesetzte Kapital wieder zurückzuziehen, indem er ihm eine gute Rendite versprach. Mason war immer noch dagegen. Doch er ist kein Unmensch, also ließ er Matt gewähren. Matt verschrieb sich mit Leib und Seele der Rettung des Sägewerks. Drei Jahre lang gab es für ihn nichts Anderes als Arbeit. Mehr als einmal dachte ich, er hätte sich hoffnungslos übernommen, doch er weigerte sich stur aufzugeben.« Unbändiger Stolz klang in ihrer Stimme. »Und er hatte es geschafft. Er hatte das Ruder irgendwie herumgerissen. Es folgten gute, ruhige Jahre. Natürlich schwelgen wir nicht gerade in Luxus, aber es geht uns nicht schlechter als damals, als sein Vater noch bei uns war. Und dann tauchen Sie plötzlich auf.« Sie zuckte mit den Schultern. »Da ist es doch verständlich, dass er nervös wird.«

Liv nickte langsam. Ja, jetzt konnte sie tatsächlich ein wenig nachvollziehen, was in ihm vorging und wieso er ihr gegenüber so misstrauisch war. Natürlich entschuldigte dies in keinster

Weise sein sonstiges Verhalten. »Wenn ihm wirklich so viel an dem Wohlergehen seines Unternehmens liegt, sollte er endlich aufhören, mich zu sabotieren«, entfuhr es ihr.

»Wie meinen Sie das?«

»Ihr Sohn ist weder bereit, sich meine Vorschläge in Ruhe anzuhören, noch hat er mir irgendwelche Einblicke in die Prozesse und die Strategie des Unternehmens gewährt und darüber hinaus keine Möglichkeit ausgelassen, mir zu zeigen, wie störend und unerwünscht ich bin.«

Betretenes Schweigen breitete sich zwischen ihnen aus und Liv stopfte sich ein Stück Lachs in den Mund. Sie hatte ihn bestimmt nicht bei seiner Mutter anschwärzen wollen, aber es hatte ihr gutgetan, das alles einmal auszusprechen.

»Es tut mir leid«, sagte Martha betroffen.

»Danke, aber es ist nicht Ihre Schuld.« Liv zwang sich zu einem Lächeln. »Und es ist auch nicht wichtig. Er ist eben ein schwieriger Mandant, so etwas kommt vor. Ich werde einfach meine Arbeit beenden und wieder abreisen.«

»Und was geschieht dann?«

»Dann kann Mr. Coleman mit den Ergebnissen anstellen, was auch immer ihm beliebt. Und ich widme mich anderen Projekten. Natürlich wären meine Ergebnisse besser, wenn er mich unterstützen würde, aber ich kann ihn schlecht dazu zwingen.«

»Glauben Sie, dass das Sägewerk wirklich in Schwierigkeiten ist?«

»Noch nicht. Aber es könnte bald dazu kommen. Doch das habe ich ihm auch bereits gesagt.«

»Und Sie könnten das verhindern?«

»Ja. So außergewöhnlich ist seine Lage nun wirklich nicht. Viele mittelständischen Betriebe kämpfen mit ähnlichen Schwierigkeiten.«

»Und Sie sind nur hier, um zu helfen?«, vergewisserte sie sich.

Liv unterdrückte ein genervtes Seufzen. »Das habe ich doch schon gesagt.« Energisch spießte sie eine Kartoffel auf. Es war ein harter Tag und dieses Gespräch drehte sich irgendwie im Kreis.

»Bitte verzeihen Sie. Aber Sie müssen verstehen ...«

»Nein.« Liv schüttelte ihren Kopf. »*Sie* müssen verstehen, oder besser gesagt, Ihr Sohn. Es ist mir egal, ob Sie mir vertrauen. Es wäre sicherlich angenehmer für mich und würde mir meine Tätigkeit sehr erleichtern, aber letztendlich hat es keinerlei Einfluss auf mich. Es ist *Ihr* Unternehmen, um das es hier geht, nicht meins. Ich spreche lediglich Empfehlungen aus, es ist nicht meine Schuld, wenn sie nicht befolgt werden. Und noch etwas: Ich finde es weder verwunderlich noch verwerflich, dass Mr. Harper an der Rentabilität seiner Investition interessiert ist. Ich kenne niemanden, dem es gleichgültig wäre, was mit einer halben Million Dollar geschieht!« Sie verstummte und merkte beschämt, dass sie sich in Rage geredet hatte. Doch sie hatte diese dauernden Unterstellungen einfach satt. »Falls Sie Ihren Sohn sehen, richten Sie ihm bitte aus, dass ich ihm am Montagnachmittag die Ergebnisse präsentieren werde, falls er Zeit hat, sie mit mir durchzugehen. Am Dienstag reise ich ab«, schloss sie eisig.

Martha Coleman leerte ihre Tasse und erhob sich. »Danke, dass Sie sich Zeit für mich genommen haben«, sagte sie würdevoll.

Liv schluckte. Sie hatte die Frau nicht so anfahren wollen und wollte erst recht nicht wissen, was für ein Bild sie von sich abgegeben hatte. Martha Coleman hielt sie jetzt bestimmt für eine besserwisserische, arrogante, selbstbezogene Schnepfe. Doch sie wusste nicht, wie sie sich entschuldigen sollte.

Ist doch egal!, schrie der letzte Rest von Trotz in ihrem Inneren. Du wirst sie ohnehin niemals wiedersehen. Und außerdem hattest du mit jedem Wort recht.

»Ich werde es meinem Sohn ausrichten.«

»Danke«, murmelte Liv kleinlaut. »Und einen schönen Abend noch.«

»Das bleibt abzuwarten«, entgegnete Martha mit dem Anflug eines Schmunzelns.

Verwirrt fragte Liv sich, was das bedeuten sollte. Zumindest schien die Frau ihr den Auftritt nicht ganz so übel zu nehmen, wie sie befürchtet hatte. Von dieser kleinen Geste ermutigt, stellte Liv die Frage, die ihr schon seit Beginn ihres Gesprächs im Kopf herumgeisterte. »Warum sind *Sie* heute eigentlich gekommen?«

Martha schenkte ihr einen undefinierbaren Blick. »Ich wollte mir nur persönlich die Frau ansehen, die meinen Sohn derart aus der Bahn geworfen hat.«

Während sie nach oben ging, grübelte Liv über das Gehörte nach. Es wollte immer noch nicht in ihren Kopf, dass Matt einen Abschluss an einer technischen Eliteuni hatte. Ihr fiel das Gespräch ein, das sie am Vorabend ihrer Abreise mit Beth geführt hatte. Ihre Freundin hatte nach Matt Coleman recherchiert und ein Foto vom MIT gefunden. Sie hatten es als abwegig abgetan, und da Liv es nicht selbst gesehen hatte, konnte sie das Bild natürlich auch nicht mit ihrem bärbeißigen Klienten in Verbindung bringen.

Sobald sie ihr Zimmer betrat, schnappte sie sich ihren Laptop und klappte ihn auf. Es wurde Zeit, dass sie die Recherche in eigene Hände nahm.

Tatsächlich spuckte die Suchmaschine nach nur wenigen Sekunden eine Reihe von Bildern und Einträgen aus, die sich zweifelsfrei auf Matt bezogen. Schnell blätterte Liv sie durch und überflog den Inhalt.

Das Internet bestätigte Marthas Geschichte. Wie es aussah, war Matt ein aufstrebender Ingenieur gewesen, der für seine Konstruktionen mehrfach ausgezeichnet worden war. Es gab sogar eine Reihe von Patenten, an denen er beteiligt war.

Ein Bild erweckte besonders ihre Aufmerksamkeit. Es zeigte einen jungen Matt in weißem Hemd und einem schwarzen Anzug. Er war glatt rasiert und seine Haare ein wenig kürzer als jetzt, doch schon damals hatte er unverschämt gut ausgesehen. Livs Herzschlag beschleunigte sich, während sie diese jüngere Ausgabe von ihm in Gedanken mit der aktuellen verglich. Der Mann im Anzug – erfolgreich, ehrgeizig, kultiviert – entsprach viel mehr ihrem üblichen Männergeschmack. Hätte sie ihn damals getroffen, er hätte ihr bestimmt so manche schlaflose Nach beschert. Jetzt wirkte er reifer, verschlossener, aber auch abenteuerlicher und verwegener. Es schien, als hätte er sich seiner jeweiligen Umgebung perfekt angepasst, und sie fragte sich unwillkürlich, welche ihm lieber war, welche mehr seinem wahren Naturell entsprach.

Sie klickte weiter und entdeckte noch ein Bild, das aus der gleichen Zeit stammen musste. Wieder trug er einen Anzug, doch dieses Mal hielt er eine wunderschöne Blondine in seinem Arm. Die beiden gaben ein wahrlich perfektes Paar ab und ihr Anblick jagte Liv einen kleinen Stich durchs Herz – sie waren so jung, so strahlend, so offensichtlich verliebt. Sie suchte nach einer Unterschrift, die ihr verraten würde, wer dieses blonde Gift war, das sich so eng an seine Seite schmiegte.

Irritiert hielt sie in ihren Bemühungen inne, als ihr klar wurde, was sie da überhaupt tat. Seine Verflossene sollte sie überhaupt nicht interessieren. Denn er war mit Sicherheit nicht mehr mit ihr zusammen. Diese Frau passte ungefähr genauso in die Wildnis von Alaska wie ein Elefant in einen Porzellanladen.

Oder war sie ihm doch hierher gefolgt? Für einen Mann wie ihn würden sicherlich manche so einiges auf sich nehmen. Sie wusste nichts über sein Privatleben. Eigentlich wusste sie so gut wie gar nichts über ihn – außer dass er ein begnadeter Entwickler war, der seine Karriere aufgegeben hatte, um sein Familienunternehmen zu retten, dass er unglaublich attraktiv war und dass er sie selbst – aus welchen Gründen auch immer –

absolut nicht ausstehen konnte.

Sie klickte weiter und entdeckte ein Bild von ihm am Strand, nur mit Badeshorts bekleidet, das irgendjemand vermutlich irgendwann auf Facebook gepostet hatte. Schnell klappte sie ihren Laptop zu, bevor sie der Versuchung nachgeben konnte, genauer hinzusehen.

Liv schnaufte und fuhr sich durch die Haare. Was tat sie da eigentlich? Sein Beziehungsstatus – und sein Körper – gingen sie absolut nichts an. Er war ein Kunde, ein ziemlich garstiger sogar, sie wollte auf keinen Fall die professionelle Distanz zu ihm verlieren.

Zugegeben, das war viel einfacher gewesen, als sie ihn für ein arrogantes, ungebildetes Arschloch gehalten hatte, doch die Tatsache, dass sie seine Beweggründe nun ansatzweise verstand, änderte nichts an seinem Verhalten ihr gegenüber.

Sie schnappte sich ihr Handy und wählte Beths Nummer. Sie würde sie bitten, ihr für Dienstag einen Flug nach Hause zu reservieren. Je schneller sie von hier verschwand, desto besser für sie.

Es klingelte so lange, dass Liv sich schon besorgt fragte, ob Beth bereits zu Bett gegangen war. In Chicago musste es kurz vor Mitternacht sein und normalerweise war ihre Freundin um diese Zeit eigentlich noch wach.

»Hallo, Liv.« Gerade als sie auflegen wollte, ging Beth endlich ran.

»Habe ich dich gestört?« Hoffentlich war kein Kerl bei ihr.

»Nein, nein, alles bestens«, versicherte Beth hastig. »Wie … wie ist es heute gelaufen?«

Eine gute Frage. Liv wusste immer noch nicht, was sie von Matt Coleman – oder seiner Mutter – halten sollte, fest stand nur, dass er sie beschäftigte, und zwar deutlich mehr, als er es eigentlich sollte. Die ihr zur Verfügung stehenden Zahlen reichten gerade mal aus, um eine halbwegs fundierte Schätzung des Unternehmenswerts vorzunehmen und ein paar ziemlich allgemeine Empfehlungen auszusprechen. Und es sah nicht danach aus, dass sich daran etwas ändern würde. »Bescheiden«, fasste sie ihre Situation seufzend zusammen.

»Oh, das tut mir leid.« Beth hörte sich irgendwie komisch an, angespannt.

»Ist bei dir alles in Ordnung?«

»Sicher. Alles gut!«

Sie bildete sich das definitiv nicht nur ein. »Was ist los?«

Stille folgte ihren Worten. »Beth?« Nun machte sie sich tatsächlich Sorgen.

Ihre Freundin atmete tief durch. »Eigentlich wollte ich dir das nicht sagen, wo du doch auch so schon mies drauf bist. Und strenggenommen dürfte ich es ja auch gar nicht wissen ...«

»Was ist los?« Liv betonte überdeutlich jedes einzelne Wort.

»Adam Cooper hat das New York-Projekt bekommen.«

»Bist du sicher?«

»Ja. Ich habe es zufällig mitgekriegt, als er mit Nancy die Einzelheiten seiner Reiseplanung durchging.«

Die Worte hämmerten in Livs Ohren. Sie war froh, dass sie gerade auf ihrem Bett saß, denn plötzlich hatte sie das Gefühl, der Raum würde sich um sie herum drehen. Das konnte nicht wahr sein. Es war *ihr* Projekt. Harper hatte es ihr so gut wie versprochen.

Hatte er das wirklich? Nein, er hatte das Projekt nie erwähnt, sie selbst hatte sich bloß Hoffnungen darauf gemacht. Sie war ja so dämlich. Hatte er sie extra in die Pampa geschickt, damit Cooper freie Bahn hatte? Hatte er überhaupt vor, sie zur Partnerin zu ernennen, oder hatte er sie damit bloß hinhalten wollen? Wieso ausgerechnet Cooper? Sie war deutlich besser als er. Sie hatte es verdient, nach New York zu gehen. Wie konnte Harper ihr das bloß antun?

»Liv? Liv, sag doch etwas!« Beths Stimme klang regelrecht panisch.

»Was soll ich dazu noch sagen?«, entgegnete sie erschöpft. Sie fühlte sich ausgenutzt und betrogen, irgendwo in Alaska auf ein Abstellgleis verfrachet, während ein inkompetenter Blödmann in einem Sportwagen an ihr vorbeizog.

»Kannst du mir bitte für Dienstag einen Rückflug buchen?«

»Du wirst aber nichts Unüberlegtes tun, oder?«, fragte Beth panisch.

Natürlich nicht. Liv tat so etwas nicht. Sie war stets beherrscht und vernünftig. Und was brachte ihr das? Nichts. Absolut gar nichts. Außer einem nichtssagenden Auftrag am Rande der Welt.

»Du darfst nicht verraten, dass du es schon weißt, und vor allem nicht von mir. Harper schmeißt mich bestimmt raus, wenn er das hört.«

»Keine Sorge«, murmelte Liv träge. Sie fühlte sich wie erschlagen. »Ich bin hier einfach schon fast fertig.«

»Oh, das ist doch gut, oder?«, sagte Beth erleichtert. »Dann bist du bald wieder in der Zivilisation. Du wirst schon sehen, die nächsten Tage vergehen wie im Flug. Und dann wirst du endlich befördert.« Sie versuchte eindeutig, Liv aufzuheitern. Nur, dass ihr das mit ihrem Geplapper dieses Mal nicht gelang. Liv war sich wegen der Beförderung absolut nicht mehr sicher. Erst Alaska, dann die Sache mit New York – das konnte kein Zufall sein. Doch eins schwor sie sich, wenn Harper sie bis Ende nächster Woche nicht zur Partnerin machte, war sie raus. Sie war eine der besten Mitarbeiterinnen, die er hatte. Und wenn er das nicht zu schätzen wusste, war das sein Problem. Sie jedenfalls hatte nicht vor, sich länger so herumschubsen zu lassen.

»Danke, dass du es mir gesagt hast. Und denk bitte an den Flug.«

»Ja, sicher. Lass dich nicht unterkriegen, Süße.«

»Ich doch nicht. Gute Nacht, Beth.«

»Danke, dir auch.«

Kapitel 6

Unsicher blieb Matt vor der schlichten Tür stehen. Er wusste gar nicht, warum er hier war. Nein, das stimmte nicht ganz. Er wusste es schon, er war sich bloß nicht sicher, ob er hier sein *wollte*. Doch diese Entscheidung hatte seine Mutter ihm abgenommen.

Seit er ein kleiner Junge gewesen war, hatte sie ihm nicht mehr so gründlich den Kopf zurechtgestutzt wie am vorigen Abend. Er konnte es noch immer nicht fassen, dass sie tatsächlich hinter seinem Rücken Olivia Archer aufgesucht hatte.

Doch Mom hatte ihn überhaupt nicht zu Wort kommen lassen, als er sich dahingehend beschwert hatte. Auf jeden Fall war sie der felsenfesten Überzeugung, dass Olivia keinen geheimen Plan verfolgte und er völlig zu Unrecht eine wirklich nette – und überdies sehr hübsche – junge Frau ziemlich mies behandelte. Sie meinte, wenn er nur halb der Mann wäre, zu dem sie ihn erzogen hätte, würde er sich bei Miss Archer entschuldigen und dankend all die Hilfe annehmen, die sie ihm jetzt noch zu gewähren bereit war.

Matt konnte nicht verstehen, was diese Olivia nur an sich hatte, dass sie nach Tom nun auch seine Mutter so mühelos auf ihre Seite gezogen hatte. Wie konnte es sein, dass die beiden Menschen, denen er in seinem Leben am meisten vertraute, die immer blind für ihn da gewesen waren, plötzlich in *ihrem* Team mitspielten?

Er wusste, seine Mutter würde keine Ruhe geben. Und wenn irgendwann irgendetwas bei dem Sägewerk schieflief, würde sie ihn mit Sicherheit daran erinnern, dass er Miss Archer hätte anhören sollen. Also hatte er nachgegeben. Es war ja nicht so, als hätte ihre Arbeit nicht ein paar gute Ansätze.

Nach dem wenig erfreulichen Telefonat mit seiner Mutter hatte er den Rest des Abends damit verbracht, die Präsentation zu studieren, die Olivia ihm geschickt hatte. Er würde das zwar niemals öffentlich zugeben, aber es waren durchaus einige interessante Ideen darin. Natürlich hatte sie keine Ahnung vom Holzgeschäft und die meisten ihrer Analysen waren ziemlich oberflächlich, aber die kleine Stimme in seinem Inneren räumte ein, dass es nicht allein ihre Schuld war. Wenn er das Ausgangsmaterial betrachtete, das ihr zur Verfügung gestanden hatte, waren ihre Ergebnisse scharfsinnig und exzellent. Wenn er direkt mit ihr kooperiert hätte, hätten sie das Sägewerk tatsächlich zukunftssicher ausrichten können.

Zum Glück war es noch nicht zu spät dafür.

Er würde sich nicht bei ihr entschuldigen. Aber er war bereit, ihr zuzuhören. Und ihr ein paar Einblicke zu gewähren in das, was sein Unternehmen ausmachte.

Er hob seine Faust und klopfte fest gegen ihre Tür.

»Wer ist da?«, ertönte ihre überraschte Stimme.

»Matt … Matt Coleman.« Er räusperte sich.

»Mr. Coleman, stimmt etwas nicht?« Sie öffnete die Tür und musterte ihn besorgt und misstrauisch zugleich.

Matt, der schon seine vorbereitete Ansage abspulen wollte, stockte. Olivia sah einfach bezaubernd aus und er brauchte einen Moment, um zu verstehen, was an ihr jetzt so anders war. Sie hatte nach wie vor ihre Businesskleidung an. Selbst allein und am Samstag trug sie eine weich fallende, schwarze Stoffhose, die ihre langen Beine betonte, und einen hellblauen Pullover mit V-Ausschnitt, der den Ansatz ihrer festen, runden Brüste erkennen ließ. Ein dünnes Goldkettchen glitzerte in ihrem Dekolleté und zog den Blick förmlich darauf.

Gestern hatte sie noch eine Bluse unter dem Pulli getragen und plötzlich wünschte er sich, sie hätte sie heute immer noch an. Für diesen Anblick brauchte sie ja einen Waffenschein. Er schluckte und riss seine Augen entschlossen von ihrem Ausschnitt los, bevor sie merkte, dass er wie ein pubertierender Teenager auf ihre Brüste starrte.

»Mr. Coleman?«, wiederholte sie ungeduldig. »Hat es Ihnen

die Sprache verschlagen?«

»Nein, natürlich nicht.« Endlich erkannte er, was an ihr so anders war – von der fehlenden Bluse mal abgesehen. Statt des eleganten Knotens im Nacken trug sie ihre Haare heute in einem verspielten, hohen Pferdeschwanz, aus dem sich bereits einige Strähnen gelöst hatten und nun ihr ebenmäßiges Gesicht umrahmten.

Das nahm ihr etwas von der Unnahbarkeit, der kühlen Überlegenheit und Professionalität, die sie sonst für gewöhnlich ausstrahlte – zumindest ihm gegenüber.

»Ich habe mich nur gefragt, ob Sie niemals eine Pause machen?« Er versuchte, sein inneres Chaos durch seine schroffe Stimme zu überspielen.

»Wie bitte?«

»Na, sehen Sie sich doch an. Es ist Samstagmorgen und Sie haben mit Sicherheit wieder über irgendwelchen Analysen gebrütet. Oder haben Sie etwa immer einen Taschenrechner in der Hand?«

Sie folgte seinem Blick und schien das kleine Gerät gerade erst zu bemerken. Ein ertappter Ausdruck schlich sich auf ihr Gesicht, verschwand jedoch wieder schnell.

»Meine Zeit ist kostbar, daher nutze ich sie gern«, erwiderte sie kühl. »Und keine Sorgen, ich werde überaus angemessen für meine Überstunden bezahlt. Außerdem liebe ich meinen Job.«

Er zeigte auf den überladenen Schreibtisch hinter ihr, auf dem sich neben ihrem Laptop Mappen und Ausdrucke türmten. »Sie *lieben* das da?«, entfuhr es ihm fassungslos. »Dann haben Sie noch nie die wahre Bedeutung dieses Wortes gespürt.« Und irgendwie gefiel ihm dieser Gedanke.

Nein! Stopp! Auf den Pfad wollte er sich ganz sicher nicht begeben. Was war bloß los mit ihm?

Sie biss ihren Kiefer zusammen.

Matt fluchte innerlich. Jetzt hatte er sie schon wieder beleidigt, dabei hatte er sich doch mit ihr aussöhnen wollen.

»Gibt es einen bestimmten Grund für Ihren Besuch, Mr. Coleman«, presste sie verärgert hervor, »oder wollten Sie bloß meine Freizeitgestaltung kritisieren? Ich habe nämlich noch einiges zu tun, bevor ich am Dienstag abfliege.«

»Daraus wird leider nichts.« Nicht einmal sie konnte in so kurzer Zeit ein vernünftiges Konzept erarbeiten. Nun, da er sich dazu entschlossen hatte, mit ihr zusammenzuarbeiten, wollte er es auch richtig tun.

»Mein Rückflug ist bereits gebucht.« Sie verschränkte abwehrend die Arme vor ihrer Brust.

Nein, er würde auf keinen Fall noch einmal dorthin schauen.

»Und meine Anschlussprojekte warten.«

»Es tut mir leid, mir war nicht bewusst, dass Ihre Beratungsleistung hier auf nur drei Tage beschränkt ist.«

»Fünf«, korrigierte sie ihn.

Er grinste. Irgendwie begann die ganze Sache ihm ein wenig Spaß zu machen. »Das Wochenende zählt man doch nicht mit. Außerdem dachte ich, meinem Onkel wäre am Erfolg des Sägewerks gelegen.«

»Natürlich.« Sie blinzelte verunsichert.

»Sehr schön. Dann sollten wir das jetzt in Angriff nehmen.«

»Wie meinen Sie das?«

»Wir machen eine kleine Tour.«

»Wohin?« Sie schaute ihn an, als hätte er den Verstand verloren.

»Eine private Führung durch das Sägewerk und die angrenzenden Ländereien.«

Sie schien immer noch nicht überzeugt. Er konnte es ihr nicht ganz verübeln. Vielleicht war das Ganze doch keine so gute Idee. Er wollte nicht, dass sie ihn für einen Stalker oder Psychopathen hielt, denn, ihrem Gesicht nach zu urteilen, gingen ihre Überlegungen ungefähr in diese Richtung.

Hastig hielt er ihr den mitgebrachten Beutel entgegen. »Mit den besten Grüßen von meiner Mutter.«

Zögernd streckte sie ihre Hand danach aus. »Was ist da drin?«, erkundigte sie sich so vorsichtig, als würde sie eine tickende Bombe oder eine giftige Schlange darin vermuten.

»Wanderschuhe.« Er setzte sein charmantestes Lächeln auf und hoffte, dass es reichen würde, ihr Misstrauen zu vertreiben. »Es ist nicht zu übersehen, dass Ihr Schuhwerk für diese Gegend nicht gerade geeignet ist.« Er schaute demonstrativ auf ihre Füße, die in hochhackigen Pumps steckten, was ihre Beine noch länger erscheinen ließ.

Verdammt. Er war wirklich zu lange ohne weibliche Gesellschaft ausgekommen. Wobei das vermutlich auch keinen Unterschied gemacht hätte. Olivia Archer war ein einziger wahrgewordener Männertraum.

Als sie sich umdrehte, um die Tüte mit den Schuhen in ihr Zimmer zu stellen, zeichnete sich auf ihrem festen, runden Po keine Spur eines Schlüpfers ab. Er konnte nur erahnen, was für ein sündiger Hauch von Nichts sich unter ihrer Hose verstecken musste. Sein Mund wurde trocken. Es war definitiv keine gute Idee. Er hätte es Tom überlassen sollen, sie überall herumzuführen. Doch er wusste genau, wo dieser Ausflug in diesem Fall geendet hätte, und das konnte er einfach nicht zulassen.

Olivia Archer war keine Frau für eine Nacht. Besser gesagt, war sie keine Frau, die Tom nach einer Nacht vergessen könnte. Er wollte nicht riskieren, dass ihre Abreise seinem Freund das Herz brach. Lieber lief er selbst einen Tag lang mit einer im Schritt viel zu engen Hose herum.

»Sie meinen das wirklich ernst?«

Matt hatte keine Ahnung, wovon sie sprach. Hatte er was verpasst? Er riss sich zusammen und nickte zögernd.

»In Ordnung, dann ziehe ich mich schnell um.«

Sie drückte die Tür vor seiner Nase zu und er lehnte sich seufzend gegen die Wand, während er gewaltsam versuchte, sich nicht vorzustellen, was sie auf der anderen Seite gerade trieb.

***

Verwirrt ließ sich Liv auf das Bett sinken. Sie hatte keine Ahnung, was dieser Sinneswandel plötzlich sollte. Und auch nicht, wie sie selbst dazu stand. Noch vor zwei Tagen hätte sie es als selbstverständlich erachtet, dass Matt Coleman sich Zeit für sie nahm, ihr die Unternehmensstrategie erläuterte, ihr alles zeigen ließ, um anschließend in Ruhe weitere Maßnahmen zu diskutieren. Doch jetzt?

Sie hatte sich damit abgefunden, dass dieses Projekt von vorne bis hinten ein Reinfall war – was ihr jedoch absolut nicht angekreidet werden konnte. Und natürlich freute sie sich schon auf ihren Heimflug. Schließlich wartete in Chicago ihre Beförderung auf sie und irgendein neues, spannendes Projekt – auch wenn es nicht mehr New York werden würde. Die Wut und die Enttäuschung darüber saßen noch immer tief, doch sie schluckte sie tapfer hinunter. Alles zu seiner Zeit. Sobald sie wieder zu Hause war, würde sie Harper zur Rede stellen. Aber erst musste sie die Sache mit Matt Coleman zu Ende bringen.

Wenn sie nur wüsste, was er vorhatte. Zwei Tage lang hatte er sie kaum eines Blickes gewürdigt und jetzt war er auf einmal da und hatte sie ganz eindeutig taxiert. Sie hatte genau gesehen, wie er ihre Brüste angestarrt hatte. Es war ein Wunder, dass ihm dabei nicht auch noch Sabber aus dem Mund gelaufen war.

Kurzentschlossen schnappte sie ihren Schal und wickelte ihn sich so um den Hals, dass er ihren Ausschnitt verdeckte. Sie hoffte, dass das Signal eindeutig genug war. Dann schaute sie in die Tüte. Darin lag ein Paar bereits getragener, aber gut erhaltener Wanderschuhe. Vermutlich stammten sie tatsächlich von seiner Mutter. Liv zögerte. Sie passten absolut nicht zu ihrem Outfit, schienen für die Welt da draußen aber deutlich geeigneter zu sein als alles, was sie dabeihatte. Sie schlüpfte hinein und stellte erleichtert fest, dass sie halbwegs passten.

Schade, dass sie keine dickeren Socken eingepackt hatte. Aber irgendwie würde es mit ihren Nylonstrümpfen schon gehen.

Liv schnappte sich ihren Mantel und steckte das Tablet in ihre Handtasche. Sie nutzte es gern, wenn sie unterwegs oder in Besprechungen war, um sich Notizen zu machen, Daten zu erfassen oder auf die Schnelle eine kleine Analyse zu erstellen. Da sie nicht wusste, was genau Matt Coleman ihr zeigen würde, wollte sie für alle Eventualitäten gerüstet sein.

Dann verließ sie das Zimmer und zog die Tür hinter sich zu.

»Die Schuhe stehen Ihnen«, bemerkte er mit einem Grinsen, das etwas Anzügliches an sich hatte.

»Danke.« Pikiert schlang Liv den Mantel enger um sich. Vielleicht war das doch keine gute Idee. Was, wenn das mit der Führung nur ein Vorwand war? Was, wenn er noch ganz andere Absichten mit ihr hatte?

Es ist Matt Coleman!, rief sie sich mit Nachdruck ins Gedächtnis. Mr. Unfreundlichkeit in Person. Es war wahrscheinlicher, dass er ihr irgendeinen dummen Streich spielen wollte, um sie endgültig zu vergraulen, als dass er ein romantisches Interesse an ihr hatte. In jedem Fall konnte es nicht schaden, wenn irgendjemand darüber Bescheid wusste, dass sie mit ihm unterwegs war.

Sie gab ihren Zimmerschlüssel an der Rezeption ab und zückte ihr Handy.

»Was haben Sie vor?«, fragte er neugierig und hielt ihr zuvorkommend die Hoteltür auf.

Überrascht schaute sie auf. Er hatte ja doch Manieren.

»Ich rufe kurz meine Kollegin an, damit sie sich nicht wundert, wo ich stecke.«

»An einem Samstag?« Er sah sie mit hochgezogenen Augenbrauen an.

Fast hätte sie ihm gesagt, dass Wochentage keine Bedeutung für sie hatten. Dass sie sich nur dann wirklich freinahm, wenn sie mal ihre Mutter besuchte, doch auf einmal kam es ihr armselig vor, zugeben zu müssen, dass in ihrem Leben nichts außer der Arbeit existierte. Sie liebte das, was sie tat, ihre Arbeit *war* ihr Leben, doch sie bezweifelte, dass sie ihm das wirklich begreiflich machen könnte. Sie wollte nicht, dass er sie für einen gestörten Workaholic hielt, das war sie nicht – sie hatte lediglich klare Prioritäten in ihrem Leben. Und einen Plan, damit es keinesfalls in so einem Chaos endete wie das ihrer Mutter.

»Beth ist auch meine Freundin«, erklärte sie und wählte ihre Nummer. Die Mailbox sprang an. Rasch sprach sie ihr drauf, dass sie den ganzen Tag mit Matt Coleman unterwegs sein würde, dann wünschte sie ihr einen schönen Samstag und legte auf.

»Sie trauen mir nicht«, erkannte er amüsiert und drückte auf die Fernbedienung an seinem Schlüsselbund.

Die Lichter eines dunkelgrünen Jeeps auf dem Hotelparkplatz blinkten auf.

»Meine Mutter hat mich immer davor gewarnt, zu Fremden ins Auto zu steigen«, gab sie schulterzuckend zurück. »Erst recht, wenn sie unklare Absichten verfolgen.«

Sie öffnete die Beifahrertür – bevor er es für sie tun konnte – und stieg ein. Es war immerhin ein geschäftlicher Termin, da sollte man es mit der Ritterlichkeit nicht übertreiben.

Er setzte sich hinter das Steuer und schnallte sich an. »Meine Absichten sind völlig klar«, nahm er den Faden wieder auf. »Ich möchte das Beste für meinen Betrieb.« Er startete den Motor und fuhr los.

»Das ist löblich. Doch Ihr Sinneswandel kommt sehr überraschend für mich.« Sie wandte den Kopf und sah ihn direkt an. »Wieso tun Sie das?«

»Okay.« Er nickte bedächtig. »Ich schätze, Ihre Frage ist berechtigt.«

Gespannt wartete sie auf seine Antwort. Stattdessen zog er jedoch seine Unterlippe zwischen die Zähne und konzentrierte sich auf den Verkehr.

Liv nutzte die Gelegenheit, um ihn ausgiebig zu betrachten. Nur selten war ihr ein so attraktiver und so verschlossener Mann begegnet. In ihrem Beruf hatte sie mit unterschiedlichsten Menschen zu tun und meist fiel es ihr leicht, ihre Motive und Beweggründe einzuschätzen und ihre Reaktionen bis zu einem gewissen Punkt zu erahnen. Doch Matt Coleman entzog sich ihrer Klassifikation. Er war weder so ungehobelt noch so unfreundlich, wie es anfangs den Anschein gehabt hatte. Sie hatte ihn völlig falsch eingeschätzt. Und sie hatte nicht die geringste Ahnung, was hinter dieser Stirn mit den zwei waagerechten Falten vor sich ging, die in ihr den Wunsch weckten, alle Sorgen und Anspannung mit ihren Fingerspitzen von dort fortzustreichen.

Plötzlich drehte er den Kopf und ihre Blicke trafen sich. Fasziniert versank sie in der stahlgrauen Tiefe seiner Augen und hatte selbst keine Ahnung, wonach sie darin eigentlich suchte.

Ein Kribbeln durchlief ihren Körper, sie fühlte sich wie elektrisiert. Sie schluckte und wandte abrupt ihren Kopf ab. Aus dem Augenwinkel sah sie, dass er nun ebenfalls starr geradeaus blickte, die Hände fest um das Lenkrad gekrallt.

Befangen spielte Liv mit dem Reißverschluss ihrer Tasche. Dieser Moment war unglaublich intensiv, fast schon intim gewesen. Sie räusperte sich. Je schneller sie dieses alberne Empfinden hinter sich ließen, desto besser. »Sie wollten mir noch sagen, wieso Sie Ihre Meinung über das Angebot Ihres Onkels geändert haben«, erinnerte sie ihn und vermied es wohlweislich, sich selbst dabei ins Spiel zu bringen.

»Ähm, ja.« Seine Stimme klang rau, doch er ging, ohne zu zögern, auf ihre Vorlage ein. »Wie Sie sicherlich wissen, haben mein Onkel und ich einige Differenzen.« Während er sprach, gewann seine Stimme ihren alten Klang und die Sicherheit zurück. Und auch Liv entspannte sich zusehends. Sie hatten sich lediglich in die Augen geschaut, und das nicht einmal mit Absicht. So etwas war ganz natürlich und wurde sogar in jedem

Kommunikationstraining empfohlen. Trotzdem vermied sie es geflissentlich, noch einmal in seine Richtung zu blicken.

»Ich habe befürchtet, dass Ihr Erscheinen nur dazu dient, mir irgendwie zu schaden.«

»Das verstehe ich nicht. Ihr Onkel hat eine beträchtliche Summe in Ihr Sägewerk investiert. Es wäre idiotisch von ihm, Ihnen schaden zu wollen.«

Er verzog das Gesicht. »Sie kennen meinen Onkel nicht.«

»Doch, das tue ich. Ich arbeite bereits seit über fünf Jahren mit ihm zusammen. Und ich kann Ihnen versichern, er hat einen ausgezeichneten Sinn fürs Geschäft.«

»Vielleicht ist ja genau das das Problem.«

Sie verstand absolut nicht, worauf er hinauswollte. Aber das spielte wohl auch keine große Rolle. »Und was ist heute anders als gestern?«

»Man hat mich überzeugt, dass ich Ihnen vertrauen kann. Und dass ich vielleicht nicht ganz fair Ihnen gegenüber gewesen bin«, räumte er zerknirscht ein.

»Man?«, fragte Liv schmunzelnd. Sie hätte nicht gedacht, dass es Tom tatsächlich gelingen würde, zu ihm durchzudringen.

»Oh ja, Sie haben ein paar eifrige Fürsprecher.« Er schüttelte seinen Kopf, als könnte er es noch immer nicht glauben.

»Wirklich?«, entfuhr es ihr verwundert. Sie hatte bisher nur eine Handvoll Leute hier getroffen. Sollte Lucy ein gutes Wort für sie eingelegt haben?

»Bei meiner Mutter müssen Sie einen ziemlichen Eindruck hinterlassen haben. Daher auch die Schuhe.«

Damit hatte Liv nun wirklich nicht gerechnet.

»Sie wirken überrascht.«

»Ja, das bin ich auch. Ich meine, nichts gegen Ihre Mutter, ich fand sie sehr fürsorglich und sympathisch. Aber ich hatte, ehrlich gesagt, nicht den Eindruck, dass das Gespräch besonders gut verlaufen ist.«

»So kann man sich irren. Sie haben sie jedenfalls restlos

davon überzeugt, dass Sie keine geheimen Absichten verfolgen.«

»Da bin ich aber erleichtert.« Die beiden schienen eine echt verquere Familie zu sein. Es hatte ja schon paranoide Züge, hinter ihrem Erscheinen eine hinterhältige Verschwörung zu vermuten.

»Ich fürchte, wir haben nicht gerade den besten Eindruck auf Sie gemacht.« Er klang schuldbewusst und reumütig.

Stoisch weigerte Liv sich, in seine Richtung zu schauen. Sie wusste, wenn sie ihn ansah, würde ihr Widerstand schmelzen. »Ich hatte nicht das Gefühl, dass Sie es darauf angelegt hätten.«

»Sie haben recht, habe ich nicht. Aber es tut mir dennoch leid.«

War das etwa eine Entschuldigung? »Ist schon gut. Sie hatten Ihre Gründe.« Liv überlegte fieberhaft, wie sie das Thema wechseln konnte. Diese Unterhaltung wurde ihr viel zu persönlich. Er war ein Mandant – nicht mehr und nicht weniger – und genauso sollte sie ihn endlich behandeln. »Was steht heute auf der Agenda?«, fragte sie möglichst nüchtern.

Er straffte seine Schultern, als hätte ihr Tonfall ihn aufgerüttelt und daran erinnert, warum sie überhaupt hier waren. »Zuerst habe ich an eine kleine Führung durch das Sägewerk gedacht. Da heute nicht gearbeitet wird, können wir uns alles in Ruhe ansehen. Und am Nachmittag wollte ich zu den Jungs rausfahren und Ihnen zeigen, was die so treiben.«

»Welche Jungs?«

»Meine Holzfällertrupps, natürlich.«

Ach ja. Sie hatte gelesen, dass der Großteil seiner Belegschaft aus angelernten Baumfällern bestand. Im Sägewerk selbst arbeiteten nur rund fünfzig von ihnen. »Heute ist doch Samstag«, ließ sie sich missbilligend verlauten. Schließlich hatte er selbst sie oft genug daran erinnert.

»Touché.« Er grinste und ihr Blick blieb an den kleinen Grübchen hängen, die dabei auf seinen Wangen erschienen. Ein warmes Gefühl stieg in ihr auf.

Es wurde wirklich Zeit, dass sie nach Hause kam. Und dieses Mal würde sie sich nicht widersetzen, wenn Beth sie in irgendeine Bar schleppte, um ihre Rückkehr zu feiern. Es war zu lange her, dass sie das letzte Mal etwas Dampf abgelassen hatte, sonst würde sie der Anblick dieses unrasierten Hinterwäldlers gewiss nicht derart aus der Fassung bringen.

»Aber anders geht es leider nicht.« Matt hatte zum Glück nichts von ihrem inneren Aufruhr mitbekommen und sprach seelenruhig weiter. »Die Männer arbeiten in Schichten und haben für den Samstag natürlich auch einen Ausgleichstag in der Woche frei.«

Sie erreichten die Hofeinfahrt zum Sägewerk und Matt hielt seinen Jeep an. Hastig sprang Liv heraus, froh darüber, der Enge des Wagens zu entkommen, in der sie sich Matts Präsenz nur allzu bewusst war.

Draußen schlug ihr kühler Wind entgegen und sie fröstelte. Der Schal erwies sich als eine wirklich gute Idee.

Matt bot ihr galant seinen Arm an, doch sie lehnte kopfschüttelnd ab. Sie wollte weitere Vertraulichkeiten um jeden Preis vermeiden.

Erfreut stellte sie fest, dass sie mit ihren neuen Boots keinerlei Schwierigkeiten hatte, mit ihm Schritt zu halten. Der Kies knirschte leicht unter ihren Füßen, doch in den luftgefederten Schuhen hatte sie das Gefühl, wie auf Wolken zu schweben.

»Ich denke, das Verwaltungsgebäude sparen wir uns«, sagte Matt gutgelaunt. »Das kennen Sie ja schon zur Genüge.«

Gespannt folgte Liv ihm zu der ersten großen Halle, deren Tür mit einem blinkenden Schloss gesichert war. Nicht einmal am Verwaltungsgebäude, das die sensiblen Daten enthielt, war eine derartige Sicherheitsvorrichtung angebracht. Dahinter musste sich wirklich etwas Besonderes verbergen. Matt holte eine Chipkarte aus der Tasche und zog sie durch den dafür vorgesehenen Schlitz. Es klickte leise und er öffnete die Tür.

Die Halle war in Halbdunkel getaucht. Nur durch die rundherum angebrachten Fenster drang Licht ins Innere, das jedoch kaum die Mitte des riesigen Raums erreichte, wo ein gewaltiges, metallisches Ungetüm thronte.

Matt knipste das Licht an. »Das ist das Herzstück unseres Betriebs«, erklärte er voll Liebe und Stolz und sie beeilte sich, angemessene Bewunderung zu heucheln.

Er trat näher und legte seine Hand auf eine schwarz lackierte Strebe, strich mit den Fingern darüber, als würde er nach kleinsten Unebenheiten suchen.

Liv folgte ihm und legte den Kopf in den Nacken, um besser sehen zu können. Sie meinte, Förderbänder, gezackte Stahlblätter und ein dickes Rohr mit einem Ventilator zu erkennen. Ihr technisches Verständnis reichte gerade noch aus, um dies als eine riesige Sägemaschine zu identifizieren. Aber ob das jetzt besonders beeindruckend war oder nicht, vermochte sie nicht zu beurteilen.

Matt wandte sich ihr zu. »Sie wollten wissen, was uns vom Wettbewerb unterscheidet – das ist es.« Er streichelte erneut über das glatte Metall, seine Augen strahlten. »Kommen Sie mit!« Noch bevor Liv fragen konnte, was genau das Besondere an dieser Maschine war, ergriff ihre Hand und zog sie mit sich fort.

»Hier.« Er blieb stehen und drückte ihre Finger auf eine Holzplatte. »Fühlen Sie mal.«

Verwirrt tat Liv wie geheißen. Diese ganze Situation hatte etwas leicht Surreales an sich.

»Niemand sonst bekommt einen so glatten Schnitt hin wie wir«, erklärte er stolz.

Erleichtert atmete Liv auf. Sein Verhalten ergab endlich ein wenig Sinn.

»Das Holz muss kaum nachpoliert werden, wenn es aus unserem Sägewerk kommt. Das ist besonders für die Möbelindustrie einen Aufpreis wert. Ein Kunde lässt das Sägemuster sogar so, wie es ist, und lackiert nur noch drüber.«

»Daher also Ihre starke Stellung im höherpreisigen Segment«, fasste Liv die Aussage zusammen.

»Ja«, brummte er. Er schien geknickt. Vermutlich hatte er mehr Begeisterung von ihr erwartet.

Liv ließ ihre Hand erneut über das Brett gleiten. »Unglaublich«, murmelte sie. »Man braucht gar keine Angst vor Splittern zu haben. Wow!«

»Netter Versuch, aber Sie haben ein ganz klein wenig übertrieben«, sagte er und seine Grübchen erschienen erneut.

Liv erwiderte sein Lächeln, dann besann sie sich darauf, weshalb sie hier war. »Es ist gut, der Konkurrenz voraus zu sein, aber wie stellen Sie sicher, dass es so bleibt? Was hindert zum Beispiel Dorman Woods daran, die gleiche Maschine zu bestellen?«

»Das Patent, das auf meinen Namen läuft.«

Livs Augen wurden rund. »*Sie* haben diese Anlage gebaut?«

»Nein. Ich habe sie konstruiert und entworfen.«

Natürlich, er kam vom MIT. Und in den Berichten stand, dass er ein ausgezeichneter Entwickler war. »Wow!« Dieses Mal brauchte sie ihre Begeisterung nicht zu heucheln.

»Das Patent läuft noch fünfzehn Jahre. Sie sehen also, dass die Zukunft des Sägewerks durchaus gesichert ist.«

»Dem würde ich zustimmen, wenn Sie irgendwo noch ein ähnliches Wunderding für das Niedrigpreissegment haben«, sagte sie leise. Sie wollte weder seine Leistung noch seinen Stolz schmälern, aber sie wurde nicht dafür bezahlt, ihm Honig ums Maul zu schmieren. Der Markt für hochwertiges Holz schwand zusehends. Wie überall waren immer weniger Kunden bereit, für bessere Qualität einen höheren Preis zu bezahlen. Und selbst wenn es nicht so wäre – fünfzehn Jahre waren keine ausgesprochen lange Zeit, nicht für ein Unternehmen.

»Wie meinen Sie das?« Er klang ernüchtert, aber nicht sonderlich überrascht. Wieso sollte er auch? Er war weder blind noch dumm.

»Sie wissen vermutlich selbst, dass Sie sich breiter aufstellen müssen, wenn Sie eine Chance gegen Dorman Woods haben wollen.«

»Ja, ich weiß«, seufzte er und eine senkrechte Falte erschien auf seiner Stirn. »Ich bin bereits dran, aber es erweist sich als nicht ganz so einfach.«

»Vielleicht kann ich helfen?«

»Das glaube ich kaum. Es sei denn, sie können den Knoten lösen, den ich gerade in meinem Hirn hab«, er klopfte sich mit dem Zeigefinger leicht gegen die Stirn. »Und mir ein paar Hunderttausend Dollar verschaffen.«

»In Ihre Hirnknoten mische ich mich lieber nicht ein, aber über das Geld sollten wir reden, wenn ich alles gesehen habe«, sagte sie optimistisch.

Kapitel 7

Fasziniert schaute Matt zu, wie Liv um die Anlage herumging, sich alles ansah, hin und wieder eine Frage zur Technik oder dem dazugehörenden Prozess stellte. Nichts Hochkomplexes oder gar Geheimes, und doch alles Details, die ihm vor Augen führten, welch schnelle Auffassungsgabe sie besaß und mit welchem Engagement sie sich seiner Firma widmete. Und das, obwohl er alles getan hatte, um ihr die Lust daran zu vergällen. Allein durch ihre Anmerkungen hatte er zwei neue Ideen, wie er die Maschine, die sie sich gerade ansah, noch verbessern konnte. Es war unglaublich, wie viel Begeisterung diese Frau, die er für eine hochgestylte Zahlendreherin gehalten hatte, für die Technik zeigte. Und wie verdammt scharf sie aussah, während sie sich über eine Strebe beugte, um einen besseren Blick ins Innere des Gehäuses werfen zu können.

»Ist etwas?« Sie drehte sich um und schaute ihn fragend an.

Matt beeilte sich, sein Gesicht unter Kontrolle zu bringen. »Nein, alles bestens«, sagte er schnell. »Wir sollten jetzt bloß weitergehen.«

Er sah, wie sie ihre Finger aneinander rieb, da sie bei der Besichtigung vermutlich etwas schmierig geworden waren, und zückte ein Taschentuch. Bevor er überhaupt darüber nachdenken konnte, was er da tat, nahm er ihre Hand in die seine, um sie abzuwischen.

Die Berührung jagte einen Stromschlag durch seinen Körper. Schon wieder spürte er diese befangene Intimität zwischen ihnen wie am Morgen in seinem Auto, als sich ihre Blicke zufällig begegnet waren. Noch nie hatte er so strahlend grüne Augen gesehen wie die ihren – offen und geheimnisvoll zugleich.

»Danke, ich schaffe das schon selbst.« Behutsam entwand sie ihm ihre Finger.

Er ließ sie so abrupt los, als hätte er sich verbrannt. Nur mit Mühe gelang es ihm, vor ihr nicht auch noch zurückzuweichen.

Was zur Hölle trieb er da eigentlich?

Er dachte an den vollen Picknickkorb, der hinten in seinem Jeep stand. Das war eine selten bescheuerte Idee von ihm gewesen. Heute Morgen noch hatte er gedacht, es wäre das Einfachste, wenn er etwas zu essen einpackte, anstatt den ganzen Weg in die Stadt zurückzufahren, bloß weil es Mittagszeit war. Doch jetzt wäre er furchtbar gern unter Menschen mit ihr gewesen. Vielleicht würde das ihre verwirrende Wirkung auf ihn abschwächen. Sie war auf der Durchreise, Herrgott noch mal! Und selbst wenn nicht, ließ sie sich nicht mit Kunden ein, das hatte sie Tom bereits sehr deutlich gesagt.

Dennoch war da ein kleiner Teil von ihm, der ihm einflüsterte, dass sie vielleicht anders reagieren würde, wenn *er* sie nach einem Date fragte.

»Wohin gehen wir jetzt?« Ihre Stimme hatte wieder diesen geschäftsmäßigen Klang, der seinen erhitzten Gefühlen einerseits einen Dämpfer verpasste und sie andererseits weiter anstachelte. Es war so unglaublich sexy, wenn sie sich streng und unnahbar gab.

Nein, sie gab sich nicht nur so, sie *war* es wirklich. Und er ließ lediglich seine Fantasien mit sich durchgehen.

»Mr. Coleman?«

Wieso nur musste sie stets so förmlich sein? »Nennen Sie mich doch einfach Matt.«

Sie zögerte. »Ich denke nicht, dass das angebracht wäre.«

Er stutzte. Ärger und Eifersucht wallten in ihm auf. Bei Tom hatte sie kein Problem damit gehabt! Er biss sich auf die Zunge, bevor diese Worte aus seinem Mund herauspurzeln konnten. Er wollte nicht kindisch klingen.

Vielleicht sollte er sie wirklich in die Stadt zurückbringen, sie in ihrem Hotel absetzen und selbst nach Hause fahren, um eine lange Dusche zu nehmen und zu versuchen, Olivia Archer und die letzten Tage vollständig zu vergessen. Aber er hatte ihr einen Ausflug versprochen. Und nach dem, was er sich bereits geleistet hatte, wollte er sie nicht noch einmal vor den Kopf stoßen.

»Wir fahren jetzt raus zu den Jungs«, entschied er schließlich. Auf keinen Fall wollte er länger mit ihr alleine bleiben.

Gemeinsam verließen sie die Halle und er verschloss sorgfältig die Tür hinter sich.

»Was ist eigentlich da drin?« Neugierig deutete sie auf das zweite Gebäude, das sich gleich dahinter befand.

Es war ja klar, dass sie den Finger zielsicher in die Wunde legen würde. Matt seufzte. »Das wäre wohl mein *Weißer Wal*.«

Ihre Brauen schossen überrascht in die Höhe. »Wie in Moby Dick?«

Die Tatsache, dass sie ihn auf Anhieb verstand, dass sie die Parallele zu dem Lieblingsbuch seiner Kindheit so mühelos zog, löste ein warmes Gefühl in seiner Brustgegend aus. »Ja, genau.«

»Und wonach jagen Sie, Captain Coleman?«

»Nach der perfekten Maschine, die Bretter zum günstigsten Preis in ungewohnt hoher Qualität liefert.«

Sie schüttelte ungläubig den Kopf. »Das haben Sie also gemeint, als sie sagten, sie arbeiten daran. Ich habe Ihnen tatsächlich bisher gar nichts Neues erzählt.«

»Ganz so weit würde ich nicht gehen, es waren schon einige sehr interessante Anhaltspunkte dabei.«

»Und wieso ist diese Maschine Ihr Weißer Wal?«

»Weil sie nicht so funktioniert, wie sie es sollte.« Er zuckte frustriert die Schultern. »Auf dem Papier sah alles so richtig aus, aber seit sie aufgebaut ist, produziert sie einen Fehler nach dem anderen. Davon lassen wir uns die Laune heute jedoch nicht verderben. Kommen Sie.«

Gemeinsam mit ihr lief er über den Hof zu seinem Auto zurück.

»Es ist wärmer geworden«, stellte Olivia erfreut fest und knöpfte ihren Mantel auf. Im Auto streifte sie sich dann auch noch den Schal ab. Das Goldkettchen über ihrem Brustansatz funkelte.

Matt biss die Zähne zusammen und krallte die Hände in das Lenkrad. Er würde da nicht hinschauen, auf gar keinen Fall, und auch nicht auf ihre schlanken, langen Beine, die sie lässig übereinandergeschlagen hatte.

Wie sollte er die halbe Stunde Fahrt bloß überstehen? Schon jetzt pochte es unangenehm in seinem Schritt und er war sich ihrer Gegenwart mehr als bewusst. Selbst die Luft schien zu knistern. So unauffällig wie möglich atmete er tief durch und startete den Motor. Das würde ja heiter werden.

»Danke, dass Sie sich Zeit für mich genommen haben, Mr. Coleman.«

Er brummte zustimmend. Ihm stand der Sinn gerade nicht nach Small Talk.

»Ist es in Ordnung, wenn ich schon mal ein paar Dinge vorbereite?« Sie holte ein Tablet aus ihrer Handtasche und legte es sich auf den Schoß.

»Sie machen wohl nie eine Pause?«, entfuhr es ihm überrascht. Ihr Leben schien ausschließlich aus Arbeit zu bestehen. Auch wenn es ihr noch so viel Spaß machte, gesund war das mit Sicherheit nicht. Wie gut, dass das nicht sein Problem war.

»Ich möchte dieses Projekt einfach möglichst schnell zu einem guten Abschluss bringen, um Ihre Zeit nicht über Gebühr zu beanspruchen.«

Ging es ihr wirklich um seine Zeit oder vielmehr um die ihre? Was erwartete sie nach ihrer Rückkehr, dass sie es so eilig hatte?

Schlagartig wurde ihm bewusst, dass er rein gar nichts über sie wusste. Vielleicht arbeitete sie jetzt so hart, weil jemand zu Hause auf sie wartete? Ein Freund, ein Verlobter, ein Ehemann. Nein, ausgeschlossen. Sie hätte wohl kaum Tom zu sich eingeladen, wenn sie in festen Händen gewesen wäre. Dennoch studierte er aus dem Augenwinkel ihre Finger, die geschickt über den Touchscreen des Tablets flogen. Da war nur ein schmaler Goldring mit eingelassenen Diamantensplittern auf dem

Mittelfinger der rechten Hand, nichts, das auf irgendeine Beziehung hindeuten würde – und auch keine verblichenen Spuren, wie er mit einem seltsamen Gefühl der Befriedigung feststellte.

»Was werden Sie machen, wenn Sie hier fertig sind?« Die Frage war aus seinem Mund heraus, bevor er sie zurückhalten konnte.

Sie schaute von der Grafik auf, die sie gerade erstellte. »Ich bin sicher, Mr. Harper hat schon ein neues Projekt für mich parat.«

War da etwa Bitterkeit in ihrer Stimme?

»Das ist also Ihr Leben? Alle paar Wochen in einer anderen Stadt, bei einem anderen Kunden?«

»Sie wissen doch, wie das läuft.«

»Wird das nicht irgendwann zu viel?« Für ihn selbst wäre es die Hölle, sich nirgendwo wirklich niederlassen, nirgendwo Wurzeln schlagen zu können, ständig von neuen Menschen umgeben zu sein, mehr Zeit in einem Hotel zu verbringen als in seinem eigenen Haus.

Sie zuckte mit den Schultern. »Für die meisten schon.«

»Aber nicht für Sie?«

»Bisher noch nicht. Ich finde es spannend, mich immer wieder auf neue Menschen, neue Projekte, neue Ideen einzulassen. Und man lernt unglaublich viel. Wenn ich irgendwann mal keine Lust mehr darauf habe, habe ich die besten Chancen auf einen neuen Job – vielleicht sogar bei einem ehemaligen Kunden.« Sie lächelte enthusiastisch.

Dann aber bestimmt nicht bei mir, fuhr es Matt missmutig durch den Kopf. Sein kleines Sägewerk hätte ihr keine Herausforderung zu bieten. Und bezahlen könnte er sie vermutlich auch nicht.

Halt! Selbst darüber nachzudenken, war völlig absurd. Er wollte sie gar nicht hierhaben, wozu auch?

Den Rest der Fahrt über hüllte er sich in Schweigen. Und sie schien sich nicht im Geringsten daran zu stören, so flink, wie sich ihre Finger über das Tablet bewegten. Nur hin und wieder runzelte sie nachdenklich ihre Stirn oder zog ihre rosa schimmernde Unterlippe zwischen die kleinen perlweißen Zähne – ein Anblick, der ihm jedes Mal einen heißen Schauer über den Rücken jagte.

Selten war Matt so froh gewesen, an einem Zielort anzukommen, wie dieses Mal. Als er anhielt, packte Olivia ihr Tablet weg und schaute zum vermutlich ersten Mal aus dem Fenster.

»Wo sind wir?«, entfuhr es ihr überrascht.

Matt versuchte sich vorzustellen, wie es für sie aussehen mochte – eine einsame, kaum befestigte Straße, an der sich zu beiden Seiten gewaltige Fichten türmten. Er war am Straßenrand stehen geblieben, wenige Meter hinter der Abzweigung, die zum Ort der Baumfällarbeiten führte. Nichts deutete darauf hin, dass sie sich nur etwa fünf Gehminuten von dreißig seiner Männer befanden – nichts, bis auf das leise Kreischen der Motorsägen, natürlich.

Olivias Augen flackerten nervös. Entweder hörte sie die Sägen nicht oder dieses Geräusch trug nicht gerade dazu bei, ihre Nerven zu beruhigen.

Matt grinste vergnügt in sich hinein. »Steigen Sie aus«, befahl er ihr knapp.

Zögernd öffnete sie die Tür. »Was wollen wir hier?« Ihre Stimme klang dünn in der klaren, dünnen Luft der Berge.

»Haben Sie etwa Angst?«, fragte er mit tiefer Stimme und ging um den Wagen herum auf sie zu.

Kämpferisch reckte sie ihr Kinn. Er sah, wie ihre Hand in der Tasche ihres Mantels verschwand. »Sollte ich das denn?«

Ihre Haltung beeindruckte ihn. Er atmete aus und ließ die Spannung aus seinem Körper entweichen. »Es tut mir leid, ich wollte Sie nicht erschrecken«, sagte er leise. »Aber Sie hätten gerade Ihr Gesicht sehen sollen.« Seine Mundwinkel zuckten.

»Eigentlich sollte ich jetzt ja beleidigt sein, weil Sie mir anscheinend nicht vertrauen, aber ich will ja nicht so sein.«

»Zu gütig«, murmelte sie.

Als er sich abwandte, um den Korb aus dem Kofferraum zu holen, sah er, wie sie die Augen verdrehte.

»Was ist da drin?« Neugierig deutete sie auf den Picknickkorb.

»Mittagessen«, gab er gutgelaunt zurück.

»Gott sei Dank.« Sie lächelte. »Ich dachte schon, Sie wollen mich verhungern lassen.«

Er schaute demonstrativ auf seine Armbanduhr. »Na, so spät ist es nun auch wieder nicht.« Es war gerade erst halb zwei. Die Führung durch das Sägewerk hatte deutlich länger gedauert, als er gedacht hatte. Aber er hatte auch nicht mit ihrem Interesse gerechnet. Es war eine reine Pflichtübung für ihn gewesen. Nie hätte er erwartet, dass es ihm so viel Spaß machen würde.

»Manche von uns sind eben schon seit sechs Uhr auf den Beinen.« Sie beäugte interessiert den Picknickkorb. »Hat Ihre Mutter den für uns gepackt?«

»Na, Sie haben ja eine schöne Meinung von mir. Erst halten Sie mich für einen Sittenstrolch und dann trauen Sie mir nicht einmal zu, ein paar Sandwiches zu schmieren?«

Olivia schnaubte belustigt. »Ich wollte Ihnen nicht zu nahe treten. Ich habe lediglich den Eindruck, dass in dieser Gegend noch die traditionelle Rollenverteilung vorherrscht.«

»Dann haben Sie aber Annie noch nicht getroffen.«

»Wer ist Annie?«

»Meine Vorarbeiterin. An der Motorsäge oder Axt steckt sie jeden Kerl problemlos in die Tasche.«

»Die würde ich gerne mal kennenlernen.«

»Oder lieber nicht.« Er verzog übertrieben das Gesicht. »Sie passen genau in ihr Beuteschema.«

»Oh, Sie meinen, sie mag Frauen?«

»Nein.« Er lachte amüsiert. »Annie mag niemanden,

vielleicht mit Ausnahme ihrer Kettensägen.«

»Danke für die Warnung, ich werde mich in Acht nehmen.«

»Keine Sorge, sie hat heute frei.« Und selbst wenn nicht, gäbe es auf der Lichtung wohl mehr als einen Mann, der Olivia Archer liebend gern beschützen würde.

***

Je weiter sie in den Wald hineingingen, desto lauter wurde das Sirren der Kettensägen. Liv warf Matt, der neben ihr schritt, einen verstohlenen Seitenblick zu. Das war das Aufregendste und Abenteuerlichste, das ihr seit Langem passiert war. Und das lag nicht nur an der Wildnis, durch die sie gerade marschierte, sondern auch an dem Mann, mit dem sie das tat.

Dieser Ausflug fühlte sich für sie mehr und mehr nach einem Date an. Natürlich würde sie dafür sorgen, dass alles rein beruflich blieb – etwas Anderes kam absolut nicht infrage, doch ihr entging weder die Art und Weise, wie Matt … *Mr. Coleman* sie ansah, noch konnte sie leugnen, dass es ihr durchaus gefiel. Seine Nähe brachte ihren Körper zum Kribbeln und vorhin im Wagen hatte sie sich nur in die Arbeit gestürzt, um sich von seiner beunruhigenden Gegenwart abzulenken. Trotzdem war sie sich jeder seiner Bewegungen überdeutlich bewusst gewesen, hatte den dezenten Duft nach Sägespänen, Sandelholz und Bergamotte, den er verströmte, die ganze Zeit über in ihrer Nase gehabt.

»Vorsicht!« Matt streckte seinen Arm aus und zog sie hastig zur Seite. Liv verlor das Gleichgewicht und wäre gestürzt, hätte er sie nicht festgehalten. Scheppernd rollte ein Lastwagen an ihnen vorbei. Erschrocken starrte Liv ihn an. Bei dem herrschenden Lärmpegel hatte sie ihn gar nicht gehört.

»Alles in Ordnung?« Besorgt schaute Matt ihr ins Gesicht. Er hielt sie noch immer fest umklammert. Deutlich spürte sie die Wölbung seiner Armmuskeln. Und auch seine Brust, gegen die sich ihre Schulter drückte, fühlte sich hart und unglaublich gut an.

Liv senkte ihren Blick. Auf keinen Fall würde sie ihm jetzt in die Augen sehen.

»Ja, danke.« Sie befreite sich vorsichtig aus seiner Umarmung und hatte den Eindruck, dass er sie nur bedauernd losließ. Und ein verrückter Teil von ihr wünschte sich, dass er es nicht tat. Dass er einfach seinen Kopf senkte und sie küsste. Dass sie endlich erfuhr, ob er genauso gut schmeckte, wie er roch.

Fast meinte sie schon seine Lippen auf den ihren zu spüren und brachte schnell etwas mehr Abstand zwischen sie beide.

Sie konnte jetzt wirklich keine Komplikationen gebrauchen.

»Woher kam dieser LKW denn so plötzlich?« Sie war sicher, dass die Straße vorher noch frei gewesen war.

»Von da drüben.« Falls Matt enttäuscht war, ließ er es sich nicht anmerken. Er deutete mit der Hand auf eine Lücke zwischen den Bäumen. Jetzt, wo sie ihre Aufmerksamkeit wieder mehr auf ihre Umgebung und weniger auf ihren Begleiter richtete, erkannte sie, dass der Wald sich weiter vorne lichtete, und sah mehrere Gestalten in Warnwesten und Schutzhelmen umherhuschen.

»Wir sind da«, stellte Matt das Offensichtliche fest.

Obwohl Liv nun wirklich kein Wildnisfan war, tat ihr der Anblick, der sich ihr gleich darauf bot, fast körperlich weh. Vor ihr lag eine große, gerodete Fläche, die mit herausragenden Baumstümpfen übersät war.

»Oh«, entfuhr es ihr enttäuscht.

Matt musterte sie überrascht. »Kein schöner Anblick, was?«

»Nein, wirklich nicht.«

»Keine Angst, das wird nicht lange so bleiben.«

»Wie meinen Sie das?«

»Dieses Areal ist fast ganz abgerodet. Sobald die Jungs hier fertig sind, beginnen wir mit der Aufforstung.«

»Sie pflanzen neue Bäume?«

»Genau.«

»Aber es wird ewig dauern, bis diese hoch genug sind.«

»Deshalb ist unser Waldgebiet auch so groß. Und deswegen dürfen wir unsere Produktionsmenge auch nicht unendlich steigern. Billigholz hin oder her.«

Liv nickte. Irgendwie fand sie es tröstlich, dass diese kahle Fläche, die wie eine offene Wunde in dem ansonsten waldbedeckten Berghang wirkte, nicht für immer so bleiben würde.«

»Ich dachte, Sie machen sich nichts aus Bäumen?« Schon wieder lag diese Neugier in seinen Augen.

»Mache ich mir auch nicht«, entgegnete sie brüsk. »Ich denke bloß gern wirtschaftlich.« Sie wollte bei ihm nicht den Eindruck erwecken, ihr würde hier irgendetwas gefallen. Denn das tat es nicht. Nicht im Geringsten. Sie mochte keine Berge, keinen Wald und erst recht keinen Matsch.

»Kommen Sie, ich stelle Sie ein paar Jungs vor. Und dann gibt es endlich etwas zu essen.«

Die Männer legten ihre Arbeit nieder, als sie die Neuankömmlinge bemerkten.

»Hey, Matt!«, grüßten sie ihn fröhlich. Manche klopften ihm sogar freundschaftlich auf die Schultern. Dies war kein Manager, der seine Angestellten bei der Arbeit kontrollierte, er war eher ein Freund, dem sie auf gleicher Höhe begegneten.

»Du hast uns ja eine wahre Augenweide mitgebracht!«

Liv spürte, wie sie ein klein wenig errötete, als sich immer mehr Blicke wohlwollend auf sie richteten.

»Ist das die Beraterin? Wow, die ist ja heiß!« Ein junger Bursche strahlte sie ziemlich frech an.

»Mäßige deine Zunge, Jake!«, wies Matt ihn unverzüglich zurecht. Die Strenge in seiner Stimme gefiel ihr.

»Aber recht hat er, Junge«, lachte ein älterer Mann gutgelaunt. »Wo hast du sie bloß gefunden?«

»Ich würde eher sagen, dass sie mich gefunden hat.«

»Willst du uns ein wenig zur Hand gehen? Das würde die Lady bestimmt sehr beeindrucken.«

»Heute nicht«, wehrte er grinsend ab. »Ich will nur mal zeigen, was ihr hier so treibt. Also strengt euch an, Leute.«

»Was meinte der Mann mit *zur Hand gehen*?«, fragte Liv neugierig, während er mit ihr zu einem etwas abseits gelegenem Baumstamm rüberging.

»Ach, das mache ich manchmal.« Er stellte den Picknickkorb ab und reichte ihr ein Sandwich. »Wenn ich am Wochenende nichts zu tun habe oder den Kopf freikriegen will. Es ist besser als jedes Work-out.«

Das glaubte sie ihm sofort. Das erklärte wohl auch seinen athletischen Körper. Offensichtlich gab es doch einen Unterschied, ob man seine Muskeln echter Arbeit oder einem Fitnessstudio verdankte. Ob sich der Rest von ihm wohl genauso gut anfühlte wie das, was sie bisher gespürt hatte?

»Stimmt etwas nicht mit Ihrem Sandwich?«, fragte er schmunzelnd.

Ertappt senkte Liv den Kopf und hoffte, dass ihr ihre unanständigen Gedanken nicht zu deutlich ins Gesicht geschrieben standen. Normalerweise reagierte sie nicht so stark auf Männer – ganz egal, wie gut sie auch aussehen mochten. Es musste wohl an der vielen ungewohnt frischen Luft liegen.

Hastig wickelte sie das Brot aus und biss hinein. »Sehr gut«, lobte sie und es stimmte. Andererseits war sie inzwischen so hungrig, dass sie vermutlich auch Sägespäne gegessen hätte, wenn er nur genügend Mayo drauftat.

Während sie kaute, beobachtete sie die Männer, die ihre Arbeit wieder aufgenommen hatten. Zumindest die meisten von ihnen. »Was tut er da?« Sie deutete auf einen jungen Mann in ungefähr ihrem Alter, der eine große Axt besorgniserregend hoch und schnell durch die Luft schwang.

»Das ist Andy«, erklärte Matt nicht im Mindesten alarmiert.

»Ich schätze, Sie haben einen neuen Fan.«

»Wie kommen Sie darauf?«

»Er versucht offensichtlich, Sie mit seiner Kraft und Geschicklichkeit zu beeindrucken.«

»Ist das nicht gefährlich?«

»Er ist ein großer Junge, er weiß, was er tut.«

»Bitte rufen Sie ihn her.«

Matt zog unwillig die Brauen zusammen. »Jetzt sagen Sie bloß nicht, dass das funktioniert?«

»Natürlich nicht«, entgegnete sie kopfschüttelnd und fragte sich zugleich, ob Matt womöglich eifersüchtig war. »Ich will bloß nicht, dass er sich selbst verstümmelt.«

»Diese Sorge ist gänzlich verschwendet«, brummte er, doch er rief den Mann wie gewünscht zu sich.

Freudestrahlend trat Andy näher. »Hallo schöne Frau.«

»Hallo.« Liv sparte sich eine Anrede, da sie in jedem Fall nur verlieren konnte. »Eine beeindruckende Vorstellung.«

»Danke.« Er straffte seine Schultern. »Wenn Sie möchten, kann ich Ihnen heute Abend noch mehr davon zeigen. Wie wär's?« Er ließ seine Augenbrauen zweimal nach oben schnellen und Liv konnte sich ein Grinsen nicht verkneifen. Er schien nett zu sein – auf eine noch unreife, jugendliche Art – und er sah gar nicht schlecht aus, doch neben Matt wirkte er wie ein schlaksiger Jüngling.

»Es tut mir wirklich leid, aber ich lasse mich nie mit Kunden ein«, entgegnete sie freundlich.

»Hä?« Hilfesuchend wandte Andy sich Matt zu, dessen Miene sich bei ihren Worten verdüstert hatte.

»Sie ist als Beraterin für das Sägewerk hier«, übersetzte er, »deshalb geht sie mit niemandem aus, der bei uns arbeitet.«

»Schon klar!« Andy sah ihn bedeutungsvoll an. »Ein Abendessen mit *mir* ist nicht drin, aber ein Picknick mit *dir* ist völlig in Ordnung.«

»Das ist rein beruflich«, betonte Matt.

»Sicher doch.« Andy grinste. »Dann viel Spaß noch bei eurer *Arbeit*.«

»Zisch endlich ab.«

»Bin schon weg.« Er schulterte seine Axt und lief zurück zu seinen Kollegen.

»Tut mir leid«, entschuldigte Matt sich zerknirscht.

»Braucht es nicht«, winkte Liv ab. »Irgendwie sind sie alle ziemlich charmant.«

Matt lachte auf. »Ich glaube, *so* hat sie noch nie jemand bezeichnet.«

»Na gut, vielleicht nicht direkt charmant«, räumte sie ein. »Aber freundlich und direkt. Ja, ich glaube, das ist es. Ihre Jungs sind so anders als die Menschen, mit denen ich sonst oft zu tun habe, so … ehrlich.«

»Manchmal zu direkt«, brummte Matt. »Aber es verirren sich auch nicht oft so schöne Frauen wie Sie hierher.«

»Was machen die Männer hier genau?«, wechselte Liv rasch das Thema. Matt hatte es Andy selbst gesagt, sie waren nicht zum Vergnügen hier, auch wenn es ihr immer leichter fiel, das zu vergessen.

Matt seufzte und schob sich den Rest seines Sandwichs in den Mund. »Wir haben hier vier Dreierteams, die die Bäume fällen. Einer hat das Kommando, er bestimmt, wo und wie genau gesägt werden soll. Liegt ein Baum unten, sind die Aufräumtrupps dran. Sie entfernen die Zweige, sortieren, stapeln und verladen das Holz.«

»Und das war's?«

»Im Wesentlichen schon. Es hört sich nicht sonderlich kompliziert an, erfordert aber eine gute Gruppendynamik. Und es geht sehr auf die Knochen, das können Sie mir glauben.«

»Das kann ich mir vorstellen.«

»Vielleicht wollen Sie es auch mal ausprobieren?« Er sah sie abschätzend an.

Liv verzog unsicher das Gesicht. Schlug er ihr etwa gerade

vor, einen Baum zu fällen? »Ich fürchte, ich bin nicht ganz passend angezogen.«

»Es muss ja nichts Großes sein. Wir können einfach ein paar dicke Äste auf den Lastwagen laden, oder so.«

»Weshalb?«

»Ihr Erscheinen hat die Belegschaft ein wenig verunsichert. Mehr als ein halbes Dutzend Mitarbeiter haben sich bei mir erkundigt, ob ihre Jobs in Gefahr sind. Sie haben die Mitarbeiterdaten gesehen, Sie wissen selbst, dass viele keine Ausbildung besitzen. Sie haben nicht gerade viele Alternativen.«

»Und was wird sich daran ändern, wenn ich ein paar Zweige durch die Gegend schleppe?«

»Dann sehen die Männer, dass Sie zu verstehen versuchen, was sie hier leisten. Und Sie werden besser nachvollziehen können, wieso die Jungs nur fünfunddreißig Stunden pro Woche arbeiten, und das hoffentlich bei Ihren Auswertungen berücksichtigen.«

»Haben Sie Angst, dass ich Stellen streichen lassen will?«

Er sah sie ernst an. »Ja, irgendwie schon. Ich weiß, dass wir sehr personalintensiv arbeiten. Aber das bringt die Tätigkeit so mit sich.«

»Das ist mir durchaus bewusst.« Sie war weder dumm noch ein Unmensch. »Und selbst falls ich eine solche Empfehlung aussprechen sollte, die Entscheidung über die Umsetzung läge immer noch bei Ihnen. Es ist Ihre Firma, Mr. Coleman.«

»Das sagen Sie, aber ob mein Onkel das auch so sieht, steht auf einem ganz anderen Blatt.«

Liv schüttelte ihren Kopf und stand auf. Sie hatte keine Lust, sich wieder mit seiner Paranoia bezüglich seines Onkels auseinanderzusetzen. »Kommen Sie, lassen Sie uns diesen Männern beweisen, dass ihre Annie nicht die einzige Frau ist, die richtig anpacken kann«, verkündete sie enthusiastisch.

***

Ungläubig schaute Matt zu, wie Olivia sich einen Weg durch das Unterholz suchte. Er hätte nie damit gerechnet, dass sie sich tatsächlich darauf einließ. Linda hätte es mit Sicherheit nicht getan. Er versuchte, sich seine ehemals große Liebe in dieser Situation vorzustellen, doch es gelang ihm nicht. Linda hatte ihn überhaupt nur ein paarmal nach Hause begleitet und dabei nie die asphaltierten Wege verlassen – was ihren Bewegungsradius in dieser Gegend ziemlich eingeschränkt hatte.

Im Geist verglich er diese beiden Frauen, die sich bei oberflächlicher Betrachtung so ähnlich schienen, und stellte fest, dass es gar nicht ging. Er sah nur Olivia. Linda war zu einem blassen Schemen verkommen, substanzlos und verschwommen, er schaffte es nicht einmal, sich ihre Züge vor Augen zu führen.

Er zuckte mit den Schultern und eilte Olivia hinterher. Zumindest ein Gutes hatte ihr Besuch also schon – er war endlich von Linda geheilt. Er hoffte bloß, dass er damit nicht vom Regen in die Traufe kam.

»Wir sollten uns die hier vornehmen«, sagte er, als er zu Olivia aufschloss, und deutete auf einen Haufen etwa armdicker Äste, die zum Abtransport bereitlagen.

»Alles klar.« Motiviert und unschlüssig zugleich rieb sie ihre Hände.

»Hey, Jungs! Hat jemand ein paar Handschuhe für die Lady?«

»Sicher.« Andy war augenblicklich zur Stelle und zog ein halbwegs sauberes Paar aus seiner hinteren Hosentasche.

»Sie sollten Ihren Mantel lieber ausziehen«, fiel es Matt plötzlich ein. »Und passen Sie auf Ihre Hose auf, die Äste können harzen.« Was hatte er sich bloß bei diesem schwachsinnigen Einfall gedacht? Sie würde sich ihre Kleidung ruinieren und ihre Hände zerkratzen.

Zu seiner Überraschung verzog Liv keine Miene. Sie streifte ihren Mantel ab, faltete ihn sorgsam zusammen und legte ihn auf einen Baumstamm. Dann zog sie sich die Handschuhe über und packte einen Ast.

Gespannt starrten die Männer sie an.

»Uff!«, stöhnte sie laut. »Wirklich schwer. Beeindruckend, was ihr hier täglich leistet.«

»Warten Sie, ich helfe Ihnen«, sprang Andy eifrig in die Bresche.

»Nicht nötig.« Bestimmt drängte Matt ihn beiseite. Der wusste wohl echt nicht, wann es genug war. »Ich mache das schon.«

Er bückte sich und hob den Ast mühelos hoch. Gemeinsam setzten sie sich zu dem etwa dreißig Meter entfernt parkenden Laster in Bewegung. Sie ging voran, damit sie das Tempo bestimmen konnte, und Matt stellte fest, dass es keine gute Idee war, sie ihren Mantel ablegen zu lassen. Sein Blick fiel geradewegs auf ihren perfekten kleinen Po, der sich beim Gehen leicht hin und her wiegte. Er hatte nie gedacht, dass eine einfache, nicht einmal enge Stoffhose so sexy, ja geradezu verrucht wirken konnte. Der weiche Stoff umschmeichelte die sanfte Kurve ihrer Hüften und schmiegte sich aufreizend in das Tal zwischen ihren Pobacken.

Matt spürte, wie das Blut in seine unteren Regionen rauschte, und hielt einen Moment inne, weil ihm das Gehen schwerfiel.

»Alles in Ordnung?« Liv hatte sein Stocken gespürt und drehte sich fragend zu ihm um.

»Ja«, krächzte er gequält.

Sie runzelte ihre Stirn.

»Weiter geht's«, presste er etwas überzeugender hervor und dachte mit aller Kraft an seine Großtante Margret mit ihrer rosafarbenen Perücke und den viel zu großen Zähnen.

Dreimal legten sie noch den Weg zu dem Laster zurück, dann entschied er, dass der Form Genüge getan und seine Selbstbeherrschung ausreichend geprüft worden war.

»Macht's gut, Jungs!«, rief er in die Runde und half Olivia

erleichtert in den Mantel.

»Danke, aber mir ist nicht kalt«, lehnte sie lächelnd ab.

»Es ist trotzdem besser. Sonst verkühlen Sie sich noch nach der Anstrengung.«

Sie schüttelte amüsiert den Kopf, ließ sich aber von ihm in den Mantel helfen.

»Danke, dass Sie mitgemacht haben«, sagte er auf dem Rückweg zum Auto.

»War doch selbstverständlich.«

Nein, eigentlich nicht. »Wieso haben Sie es getan?«

»Sie haben mich darum gebeten. Und Sie haben recht, die Stimmung der Belegschaft ist enorm wichtig. Kein erfolgreiches Unternehmen kommt ohne zufriedene und motivierte Mitarbeiter aus.«

»Auch wenn es in diesem Fall nur um ein paar angelernte Holzfäller geht, die eh keine andere Perspektive haben?«, provozierte er.

»Sie würden im Sägewerk wohl kaum etwas mit genialen IT-Spezialisten oder Grundlagenforschern anfangen können, oder?«, entgegnete sie. »Jeder, der seinen Beitrag leistet, ist wichtig.«

»Ich dachte, Menschen wären nur Zahlen für Sie.«

»Dann dachten Sie wohl falsch.«

Matt schaute sie an, während unterschiedliche Empfindungen in seinem Inneren kämpften – Bewunderung, Neugier, Angst und Verlangen. Der Wunsch, sie an sich zu ziehen und zu küssen, wurde immer stärker.

Und vielleicht sollte er genau das einfach tun. Vielleicht würde dies endlich den Zauber brechen, mit dem sie ihn belegte. Er spürte den Reiz des Verbotenen, der sie umgab – seine eigenen Regeln und die ihren hielten ihn davon ab, das zu tun, wonach sein Körper so lautstark verlangte. Wenn er dem nicht nachgab, würde er sie womöglich nie aus seinem Kopf bekommen.

Eine Nacht mit ihr, mehr brauchte er nicht, um seinen Seelenfrieden wiederzufinden, um zu erkennen, dass sie nur eine von vielen war, eine Frau wie jede andere.

Als er ihr die Wagentür öffnete, war Matt fest entschlossen, sie heute Abend zu sich einzuladen. Er wusste, dass auch er sie nicht völlig ungerührt ließ, also würde er es auf einen Versuch ankommen lassen. Viel schlimmer als jetzt konnte es ohnehin nicht mehr werden.

Kapitel 8

»Und dieser ganze Wald gehört tatsächlich Ihnen?« Staunend betrachtete Liv die endlosen Baumreihen, die vor ihrem Fenster vorbeizogen.

»Er gehört mir nicht direkt, aber ich habe das Nutzungsrecht dafür gepachtet.«

»Unglaublich.« Solche riesigen Flächen hatte sie sich kaum vorstellen können.

»Ja. Ich habe großes Glück.« Sein Blick verlor sich irgendwo in der Ferne. »Ich darf einen der schönsten Flecken der Erde mein Eigen nennen.«

Liv wandte sich erneut ihrem Fenster zu. Die Sonne, die kurzzeitig hervorgekommen war, war bereits wieder verschwunden, der hellgraue Himmel wirkte irgendwie farblos und um sie herum gab es nichts als Bäume, die dunkel und still in die Höhe ragten. »Ich kann mir wirklich Schöneres vorstellen«, murmelte sie.

»Das glaube ich nicht!«

Mist! Hatte sie das etwa laut gesagt?

Der Wagen wurde langsamer.

»Was haben Sie vor?« Dann teilte sie eben nicht seine Vorliebe für Bäume, na und?

Matt nahm sich die Zeit, den Wagen in aller Ruhe zu wenden, bevor er ihr antwortete. »Ich werde Sie vom Gegenteil überzeugen.«

»Und wie?«

»Wir haben noch ein paar Stunden, lassen Sie sich überraschen.«

»Also gut.« Liv lächelte erwartungsvoll und spürte erneut ein Kribbeln in sich aufsteigen. Das war jetzt definitiv *nicht* geschäftlich, doch es war ihr egal. Auch sie brauchte mal ein wenig Abwechslung. Obwohl es nicht über einen kleinen Flirt hinausgehen würde, genoss sie das prickelnde, warme Gefühl, das Matts Gegenwart in ihr auslöste.

Er fuhr mit ihr die einsame Landstraße entlang, immer höher in die Berge hinein. Liv schielte auf ihre Armbanduhr. Es war bereits kurz nach fünf. Allmählich veränderte sich die Landschaft, jetzt säumten eher Sträucher und Gräser den Weg. Und Liv fragte sich schaudernd, ob sie womöglich bereits die Baumgrenze erreicht hatten.

Irgendwann hielt Matt schließlich den Wagen an einem kleinen Parkplatz an und bedeutete ihr auszusteigen. Sobald sie die Tür öffnete, pfiff der Wind ihr beißend um die Ohren und am liebsten wäre sie wieder ins warme Auto geklettert. Doch Matts Gesichtsausdruck duldete keinen Widerspruch.

»Kommen Sie.« Er umfasste ihren Ellbogen und führte sie auf die andere Straßenseite, wo sich – im Gestrüpp beinah verborgen – ein kleiner Pfad schlängelte.

»Machen Sie die Augen zu«, kommandierte Matt.

»Ich glaube nicht, dass das nötig ist«, protestierte sie.

»Vertrauen Sie mir etwa nicht?«, fragte er leise und nahm ihre Hand.

Liv spürte, wie die Stimmung von einem Moment auf den anderen kippte. Sein Gesicht war dem ihren plötzlich so nah, die Augen nicht länger stahlgrau, sondern dunkel, fast schon bleiern, und die Andeutung eines herausfordernden Lächelns lag auf seinen Lippen, die zum Küssen einluden.

Rasch schloss sie wie geheißen ihre Lider, um diesem aufwühlenden Anblick zu entgehen. Doch ihr wild pochendes Herz und ihre Brust, die sich verräterisch viel zu schnell hob und senkte, konnte sie nicht so einfach verbergen.

»Sehr schön«, raunte er zufrieden.

Sie spürte seinen Arm, der sich fest um ihre Taille schlang – schützend und besitzergreifend zugleich. Wie Feuer brannte sich die Berührung durch den Stoff ihres Mantels und des Pullis. Sie sollte ihn nicht so deutlich spüren können, und doch tat sie es.

Liv schluckte. Worauf zum Teufel hatte sie sich bloß eingelassen? Sie wusste, sie sollte die Augen öffnen, diesem Spuk ein Ende bereiten, sich von ihm in ihr Hotel fahren lassen und sich in ihrer Arbeit vergraben, doch sie wollte nicht, dass er sie losließ.

»Jetzt ganz vorsichtig gehen«, flüsterte seine Stimme an ihrem Ohr. Sein Atem streifte die empfindliche Haut an ihrem Hals und Liv schauderte, Hitze sammelte sich in ihrem Unterleib. Sie sollte das Ganze nicht so erotisch finden. Es war nur ein harmloser Spaß.

»Keine Angst, ich lasse Sie nicht fallen«, raunte er.

Liv machte einen Schritt nach vorn, nahm die Unebenheit des Bodens unter ihren Füßen wahr, doch sie empfand keine Angst. Nicht, während er sie so in seinem Arm hielt. Sie wusste, er würde sein Wort halten. Selten zuvor hatte sie sich so behütet gefühlt wie in diesem Moment, in dem sie mit geschlossenen Augen ins Ungewisse marschierte.

»Wir sind da«, verkündete er nach einer Weile. Langsam ließ er sie los.

Ihr Körper kam ihr seltsam nackt vor, dort, wo er ihn nicht länger berührte.

Liv zögerte, sie wollte ihre Lider gar nicht öffnen. Viel lieber wollte sie dieses köstliche Gefühl zurück, von ihm festgehalten zu werden.

»Sie können Ihre Augen jetzt öffnen«, betonte er und sie hörte das Lächeln in seiner Stimme.

Ahnte dieser Kerl etwa, welche Wirkung er auf sie hatte?

Natürlich tat er das, beantwortete sie sich selbst ihre Frage. Er musste schon völlig unerfahren sein, um es nicht zu bemerken. Und diesen Eindruck machte er definitiv nicht.

Auf alles gefasst, öffnete sie ihre Augen. Und brauchte ein paar Wimpernschläge, um die vor ihr liegende Landschaft in Gänze zu erfassen. Es war einfach atemberaubend schön.

Zu ihren Füßen blühten kleine lila und gelbe Blumen inmitten von Gräsern und Moos. Gleich dahinter begann ein Abhang, so tief, dass sie das Tal von ihrem Standpunkt aus nicht erkennen konnte. Und im Hintergrund offenbarte sich ein großes zerklüftetes Bergmassiv ihren Blicken. Unten noch bräunlich grün, verschwanden die schneebedeckten Spitzen irgendwo in den Wolken, die nun auch nicht länger farblos wirkten, sondern mit ihren wirbelnden Grauschattierungen die wilde, ursprüngliche Atmosphäre der Aussicht noch betonten.

Staunend schaute Liv sich um und spürte eine unerklärliche Freude in sich aufsteigen, das Bedürfnis, einfach zu lachen und zu schreien, all den Empfindungen Ausdruck zu verleihen, die dieses Bild in ihr weckte.

»Wow«, raunte sie überwältigt und drehte sich zu Matt um, der sie zufrieden beobachtete. Seine Augen glänzten und es lag ein Ausdruck darin, den sie nicht ganz zu deuten wusste.

Ertappt wandte sie sich ab. Es war sonst gar nicht ihre Art, wegen ein paar Bergen derart aus dem Häuschen zu geraten. Dann fiel ihr Blick wieder auf die Aussicht und es war ihr plötzlich egal, was er von ihr denken mochte.

Sie war glücklich. Genau jetzt. Gerade hier.

Lachend streckte Liv ihre Arme aus und drehte sich um sich selbst. Sie war frei.

»Und, habe ich zu viel versprochen?« Matt trat leise hinter sie, als sie sich schließlich auf einen großen Stein gesetzt hatte und zur Ruhe kam.

Sie schüttelte stumm ihren Kopf.

Er hockte sich neben sie und schaute ebenfalls starr nach vorne. »Es gibt noch schönere Orte, doch die sind weiter weg. Und außerdem wimmelt es dort oft von Touristen. Dies hier ist mein Geheimtipp. Hierhin komme ich manchmal, wenn mir alles zu viel wird.«

Das konnte sie gut verstehen. Dieser Ort hatte etwas an sich, das alle Sorgen an Bedeutung verlieren ließ, er machte einem die eigene, reine Existenz irgendwie bewusster.

»Danke, dass Sie ihn mit mir geteilt haben.«

»Es war mir eine Freude.«

Gern wäre Liv noch länger geblieben, doch der Wind war unangenehm kalt. Besorgt bemerkte sie, dass Matt nicht einmal eine Jacke anhatte, auch wenn ihm das Wetter deutlich weniger auszumachen schien als ihr. Trotzdem war es an der Zeit zurückzufahren. Es lag noch ein langer Weg vor ihnen.

Liv hoffte halb, er würde sie erneut bitten, ihre Augen zu schließen, und sie über den Pfad geleiten, aber dafür gab es natürlich überhaupt keinen Grund. Schweigend erreichten sie den Wagen und stiegen ein.

Sie stand noch immer unter dem Eindruck des gerade Erlebten und bemerkte dankbar, dass Matt ihr Zeit ließ, ihre Gedanken und Empfindungen zu verarbeiten, während er stumm den Jeep wendete und losfuhr. Sie hatte nicht erwartet, dass er so einfühlsam und rücksichtsvoll sein konnte.

Vor sich hinträumend schaute sie aus dem Fenster. Normalerweise müsste jetzt schon die Dämmerung einsetzen, aber hier war davon natürlich noch nichts zu spüren. So weit im Norden ging die Sonne um diese Jahreszeit viel später unter, als sie es aus Chicago gewohnt war. Es war eigenartig und brachte ihr Zeitgefühl durcheinander, als würde die Zeit stillstehen und der Tag noch ewig weitergehen.

Sie spürte Matts Blick auf sich ruhen und wandte sich ihm zu. Der Ausdruck in seinem Gesicht ließ ihren Mund trocken werden. Er schien den Tag ebenfalls noch nicht enden lassen zu wollen.

»Möchtest du nachher noch mit zu mir kommen?«, fragte er stockend.

Sie holte zitternd Luft. Das, was sie die ganze Zeit über ersehnt und zugleich befürchtet hatte, traf also ein. Sie hatten die Grenze des Geschäftlichen schon längst überschritten, nicht erst mit der vertraulichen Anrede, die Matt gerade verwendet hatte.

Beim ersten Mal hatte sie noch versucht, die professionelle Distanz zu erhalten, doch nun würde ein *Mr. Coleman* wohl auch nichts mehr an dem Knistern zwischen ihnen ändern.

Sie schaute ihn offen an und widerstand der Versuchung, in seinen Augen zu versinken, die sie gerade an die Farbe von sturmumtoster See erinnerten. »Ich denke nicht, dass es eine gute Idee wäre«, sagte sie fest.

»Oh. Okay.« Sie konnte seine Enttäuschung fast körperlich spüren. Er senkte den Kopf, seine Hände klammerten sich um das Lenkrad. »Oder doch nicht«, sagte er und wandte sich ihr abrupt zu. »Wieso denkst du das?«

Liv öffnete schon den Mund, um ihm zu antworten, ihm zu erklären, dass so etwas nie gut ausging. Er war ein Firmenchef, sie seine Beraterin. In wenigen Tagen würden sich ihre Wege trennen, und das war auch gut so. Zumindest war es bisher immer gut gewesen.

Doch plötzlich sah sie aus dem Augenwinkel eine Bewegung. »Vorsicht!«, schrie sie erschrocken.

Matt ging in die Eisen und riss das Steuer herum. Ein Reh schoss haarscharf an dem Fahrzeug vorbei, machte einen Satz und verschwand im Unterholz. Scheppernd prallte der Jeep gegen einen Baum, Liv wurde nach vorne gegen den Sicherheitsgurt geschleudert, der Airbag löste aus und drückte ihr unangenehm ins Gesicht. Weißer Dampf drang aus der verbeulten Motorhaube.

»So ein Mist!«, fluchte Matt laut. »Ist alles in Ordnung?«, fügte er zu Liv gewandt besorgt hinzu.

»Ja.« Sie strich sich ein paar lose Haarsträhnen aus dem Gesicht. »Mir geht es gut.«

»Bist du sicher?« Er musterte sie prüfend. »Keine Beule? Kannst du deinen Kopf bewegen?«

»Ja. Was ist mit dir?«

»Bestens«, brummte er finster, löste seinen Sicherheitsgurt und quetschte sich am zusammenfallenden Airbag vorbei aus seinem Sitz nach draußen. Liv folgte hastig seinem Beispiel.

»Ist es sehr schlimm?« Mitfühlend betrachtete sie den Schaden. Sie hatte nicht viel Ahnung von Autos, aber Rauch konnte nichts Gutes bedeuten.

»Wie man's nimmt.« Matt kratzte sich am Hinterkopf. »Der Aufprall war nicht besonders hart, der Blechschaden wäre nicht der Rede wert. Aber den Kühler scheint es erwischt zu haben.« Er ging um den Baum herum und hockte sich hin, um sein Fahrzeug besser begutachten zu können. »Wir müssen den Wagen zurückschieben, so kann ich nichts tun. Kannst du bitte in den Leerlauf schalten?«

»Leerlauf?«, fragte sie verwirrt. Sie konnte mit einem Schaltgetriebe absolut nichts anfangen.

»Zieh den Hebel einfach in die Mitte.«

Liv nickte gehorsam und hastete zurück zu ihrem Sitz. Unsicher zog sie an dem Schaltknüppel und schaffte es tatsächlich, ihn in die gewünschte Position zu verschieben. Sie gab Matt ein Daumenzeichen nach oben.

»Sehr schön.« Er wartete, bis sie ausgestiegen war, und stemmte sich mit aller Kraft gegen die Strebe seiner Tür. Der Wagen ruckte. Liv packte auf ihrer Seite mit an und gemeinsam gelang es ihnen schließlich, den Jeep ein paar Schritte zurückzurollen.

»Jetzt musst du die Handbremse anziehen«, keuchte Matt. »Einfach stark nach oben.«

Liv nickte und ließ den Wagen vorsichtig los. Dieser rollte wieder ein paar Zentimeter nach vorn. Mit vor Anstrengung gerötetem Gesicht hielt Matt dagegen. Liv beeilte sich mit dem Hebel. »Fertig!«

»Puh«, erleichtert ließ er los und setzte sich, mit dem Rücken an den Wagen gelehnt, ins Gras. »Danke.«

»Kein Problem.« Sie hockte sich neben ihn. Ihre Arme und Beine zitterten vor Anspannung. »Glaubst du, das Reh hat sich erschreckt?«, fragte sie ihn. Erwischt hatten sie es ja nicht –

soweit sie das hatte erkennen können.

Einen Moment lang schaute er sie verdattert an, dann lachte er schallend los. »Mein Jeep ist hin, wir sitzen hier in den Bergen fest und du fragst dich, ob sich das Reh *erschreckt* hat? Es hätte einen halben Herzinfarkt für diesen Schlamassel hier verdient.«

Liv prustete ebenfalls los. Dann, allmählich, wurde ihr bewusst, was er gerade gesagt hatte. »Was soll das heißen, wir stecken fest? Wir können doch den Abschleppdienst rufen.«

»Ich fürchte, das ist nicht so einfach«, sagte er zerknirscht und holte sein Handy hervor. »Siehst du, kein Empfang.«

Erschrocken kramte Liv ihr eigenes aus der Jackentasche. Er hatte recht. »Wie ist das möglich?«

Er zuckte mit den Schultern. »Die Berge, die Bäume, fehlende Handymasten.«

»Und was machen wir jetzt?« Auch wenn sie nach außen hin ziemlich ruhig blieb, spürte Liv Panik in sich aufsteigen. Würden sie jetzt hier warten müssen, bis irgendein Auto vorbeikam? Bisher hatte die Straße keinen besonders befahrenen Eindruck auf sie gemacht. Würden sie hier etwa übernachten müssen?

Matts warme Hand senkte sich auf die ihre. »Keine Angst, ich habe alles im Griff.«

Das hoffte sie wirklich, auch wenn sie es sich gerade kaum vorstellen konnte. »Und wie?«

»Ich schaue mir erst mal den Kühler an. Vielleicht kann ich ihn notdürftig reparieren.«

»Und wenn nicht?«

»Dann sehen wir weiter.«

Na, wenn sich das nicht vielversprechend anhörte.

Liv rappelte sich auf und linste Matt gespannt über die Schulter, als er die Motorhaube öffnete. Beruhigt stellte sie fest, dass es dort kaum noch dampfte.

Matt löste ein paar Schrauben, zog irgendwelche Schläuche ab und vollführte weitere sehr kompetent wirkenden Handgriffe. Liv entspannte sich ein wenig. Er schien tatsächlich Ahnung davon zu haben. Natürlich hatte er sie! Er war ein herausragender Ingenieur. Wenn er ganze Sägewerksanlagen entwerfen konnte, dürfte ein Dieselmotor keine Herausforderung für ihn darstellen.

»Du kannst dich ruhig hinten reinsetzen«, sagte er. »Das wird noch ein Weilchen dauern.«

Er schien nicht im Mindesten besorgt zu sein, also hatte er die Lage offensichtlich wirklich im Griff. Er musste nur irgendetwas reparieren und dann würden sie sich auf den Heimweg machen.

Matt holte eine Werkzeugkiste aus dem Kofferraum. Der Mann schien wirklich für alle Eventualitäten gerüstet zu sein.

Beruhigt setzte Liv sich auf die Rückbank und zog ihre Beine an. Sie überlegte kurz, ihr Tablet zu nehmen und noch ein wenig zu arbeiten, doch irgendwie erschien ihr die Vorstellung, stattdessen weiterhin Matt zu beobachten, um einiges verlockender.

Konzentriert werkelte er am Motor herum, verengte die Augen, fluchte manchmal leise vor sich hin, wenn etwas nicht auf Anhieb gelang. Plötzlich schaute er hoch und ihre Augen trafen sich. Wie schon zuvor im Wagen durchfuhr es sie wie ein Blitz. Ihr Herzschlag beschleunigte sich.

Ein Lächeln erschien auf seinen Lippen, das von Selbstzufriedenheit nur so strotzte. Er hatte bemerkt, dass sie ihn beobachtete, und es gefiel ihm.

Verstimmt wandte sie den Kopf ab, doch sie brauchte sich nicht länger etwas vorzumachen. Sie fühlte sich zu ihm hingezogen, sehr sogar. Und der verdammte Kerl wusste das.

Schließlich klappte er die Motorhaube wieder zu und trat zu ihr. »Fertig«, verkündete er und stellte seinen Werkzeugkasten zurück in den Kofferraum.

Liv kletterte aus dem Wagen und blieb überrascht vor einem niedrigen, schwarzen Kasten stehen, der zuvor ganz sicher nicht da gewesen war. »Was ist das?«, fragte sie misstrauisch.

»Der Kühler«, erklärte Matt.

»Ich bin dahingehend zwar kein Profi, aber gehört der nicht *in* das Auto statt daneben?«

»Sehr scharfsinnig kombiniert«, lachte Matt. »Er ist kaputt und hier kann ich ihn nicht reparieren«, ließ er sich zu einer Erklärung herab.

»Und nun?« Fröstelnd schaute Liv sich um.

»Nun bleibt uns nichts weiter übrig, als zu meiner Hütte zu gehen, es ist nicht sehr weit.«

»Und dort kannst du diesen Kühler dann reparieren?«

»Heute nicht mehr. Bis wir da sind, ist es zu spät. Aber morgen schaffe ich das locker.« Er grinste. »Wie es aussieht, werden wir jetzt doch noch die Nacht zusammen verbringen, Miss Archer.«

Gequält lächelte sie zurück. Das hatte ihr gerade noch gefehlt.

Als die Hütte endlich in Sicht kam, war Liv völlig durchgefroren und glaubte, keinen Schritt mehr weitergehen zu können. Offensichtlich war *nicht sehr weit* ein ziemlich dehnbarer Begriff. Zu allem Überfluss hatte irgendwann noch ein feiner Regen eingesetzt und Liv musste einsehen, dass ihr Regenmantel allerhöchstens als wasser*abweisend*, jedoch nicht als wasser*dicht* durchgehen konnte. Deutlich spürte sie die Feuchtigkeit, die durch die Schulternähte drang. Und auch ihre Hose klebte ihr inzwischen kalt und nass an den Beinen.

Matt hatte ihr zwar ein paarmal seine Jacke angeboten, die er vor ihrem Aufbruch noch aus dem Kofferraum geholt hatte, doch sie hatte dankend abgelehnt. Sie wollte ihn nicht ganz schutzlos den Elementen ausliefern und außerdem hatte der Regen gerade erst eingesetzt, als er das letzte Mal gefragt hatte.

Sie rieb sich fröstelnd ihre Arme, was ihr einen besorgten Seitenblick von Matt einbrachte. »Wir sind fast da«, sagte er aufmunternd.

Sie nickte. Nur noch wenige Meter trennten sie von dem

niedrigen Holzhaus. Sie sehnte sich so sehr nach einer heißen Dusche und einem weichen Bett.

Matt tastete oben am Türrahmen entlang und holte einen Schlüssel herunter.

»Du lässt den Schlüssel einfach hier?«, fragte sie ungläubig.

Er zuckte mit den Schultern. »Ich schließe die Tür hauptsächlich wegen der Tiere ab. Sonst verirrt sich kaum jemand hierher.«

»Tiere?« Nervös schaute Liv sich um. Daran hatte sie ja noch gar nicht gedacht.

»Keine Angst.« Seine Augen blitzten schelmisch. »Bisher hat mich nur einmal ein Grizzly besucht.«

»Das ist jetzt ein Scherz, oder?«

Statt einer Antwort öffnete er ihr einladend die Tür.

Es musste einfach ein Scherz sein.

Sie trat hinein und erstarrte. Eine aufgerissene Bärenfratze starrte ihr zähnefletschend entgegen.

Liv schrie auf, wich zurück und prallte gegen Matt, der hinter ihr stand.

Unverzüglich schlossen sich seine Arme um sie, hielten sie fest, gaben ihr Halt und Schutz.

»Es ist nur ein Fell«, hauchte er ihr amüsiert ins Ohr, doch er machte keine Anstalten, sie wieder loszulassen.

»Du hättest mich warnen können«, beschwerte sie sich und löste sich entschlossen von ihm.

Er seufzte. Und sie meinte, Enttäuschung darin herauszuhören. Vorsichtig ging sie um das auf dem Boden liegende Ungetüm herum. Es sah erschreckend echt aus. Plötzlich blieb sie wie angewurzelt stehen und drehte sich um. Die Erkenntnis traf sie mit der Wucht eines Schlages. »Das mit dem Grizzly war kein Scherz, oder?«

Matt schloss sorgfältig die Tür hinter sich. Sofort wurde es düster. Nur durch zwei kleine Fenster drang noch etwas trübes Tageslicht hinein.

»Nicht ganz.« Matt drängte sich an ihr vorbei und ging zur gegenüberliegenden Wand. Liv folgte ihm vorsichtshalber. »Ich habe ihn erlegt«, bestätigte er ihren Verdacht, während er Holz in einen großen, offenen Kamin stapelte. »Mit einem Pfeil, ins Auge.«

Liv schnappte hörbar nach Luft. »Mit einem Pfeil?«, wiederholte sie japsend.

Er grinste sie über seine Schulter hinweg an. »Sonst ist es ja keine Herausforderung. Mit einer Flinte kann das jeder.«

Das bezweifelte sie stark, aber sie ließ es einfach so stehen. »Hat er dich angegriffen?«

»Nein. Er hat sich einfach zu nah an die Siedlungen gewagt, hatte ein paar Tiere gerissen. Da wurde er zum Abschuss freigegeben und ich habe ihn erwischt.«

Liv konnte nicht verhindern, dass in ihrem Kopf ein Bild erschien – von Matt, der mit nacktem Oberkörper, allein und nur mit einem Bogen bewaffnet durch das Unterholz schlich, auf der Suche nach einem riesigen Bären. Ein wohliger Schauer durchfuhr ihren Leib. Diese Vorstellung war so männlich, so abenteuerlich, so romantisch. Es half auch nichts, sich in Erinnerung zu rufen, dass sie jegliche Form von Gewalt und Blutvergießen verabscheute und dass er ganz bestimmt nicht halbnackt dabei gewesen war, sie konnte diese Bilder dennoch nicht aus ihrem Geist verbannen.

Ein Streichholz flammte auf, erhellte für einen Augenblick seine ebenmäßigen, maskulinen Züge und Liv wich unwillkürlich einen Schritt zurück. Sie musste dringend unter die Dusche und dann ins Bett. Je schneller sie seiner beunruhigenden, aufwühlenden Gegenwart entkam, desto besser.

Matt wartete, bis das Feuer im Kamin richtig brannte, dann drehte er sich lächelnd zu ihr um. »So, das wäre geschafft.« Er stand auf und wischte sich die Hände an der Hose ab. »Gleich wird es hier gemütlich.« Er runzelte die Stirn, als ihm auffiel, wie steif und unsicher Liv in der Mitte des Raumes stand.

»Komm, wärm dich auf.« Er streckte seine Hand nach ihr aus. »Deine Finger sind ja eiskalt!« Er zog sie näher an den Kamin, von dem eine wohlige Wärme ausging, und begann, ihre Hände sanft mit den seinen zu massieren.

Er bringt nur die Blutzirkulation wieder in Gang, hämmerte es wie ein Mantra in ihrem Kopf. Es sollte sich nicht so schön, so erotisch anfühlen. Trotzdem breitete sich ein Kribbeln aus von ihren Fingerspitzen, an ihren Armen entlang bis in ihren Oberkörper hinein. Ein Ziehen ging durch ihre Brüste und sank abrupt tiefer, als Matt seinen Kopf hob und ihr mit einem warmen Lächeln tief in die Augen schaute.

Wenn eine kleine Handmassage sich schon so unglaublich gut anfühlte, wie würde es wohl sein, seine Berührungen an ihrem Körper zu spüren, seine Lippen auf den ihren?

Abrupt entzog Liv ihm ihre Finger. »Wo kann ich mich hier ein wenig frischmachen?«, fragte sie gepresst.

Eine senkrechte Falte erschien auf seiner Stirn. Er räusperte sich. »Ähm«, entfuhr es ihm unsicher.

Irritiert wartete Liv auf eine Antwort. So außergewöhnlich war ihr Wunsch schließlich nicht.

»Die Toilette ist draußen«, sagte er schließlich und wirkte ziemlich betreten. »Wenn du willst, kann ich dich dorthin begleiten.«

Liv starrte ihn verwirrt an. »Das schaffe ich, glaube ich, schon selbst.« Sie musste wirklich dringend für kleine Mädchen, brauchte dabei aber ganz sicher keine Zuschauer.

Er verzog das Gesicht. »Der Pfad ist recht überwuchert. Und es wird schon dunkel.« Er deutete aus dem Fenster. Die Dämmerung brach wirklich mit unglaublicher Geschwindigkeit herein. »Ich will nicht riskieren, dass du dich verletzt.«

Wie weit war es denn zu dem verdammten Klo? Sie hatte keine Lust auf noch eine Wanderung. Aber wie es aussah, hatte sie wohl keine andere Wahl. »Hast du vielleicht eine Taschenlampe?« Sie würde sich ganz bestimmt nicht von ihm zur Toilette eskortieren lassen.

»Natürlich.« Er öffnete eine Schublade und reichte ihr einen etwa ellenlangen Stab.

Liv tastete nach dem Knopf und gleich darauf erschien der hell leuchtende Kegel einer Taschenlampe. »Danke.«

Er öffnete ihr die Tür und deutete auf einen schmalen Trampelpfad, der an dem Haus entlangführte. »Die Tür ist von innen verriegelt, du musst durch das Loch greifen, um sie zu öffnen.

»Okay.« Sie hatte keine Ahnung, wovon er sprach, aber das würde sie schon noch rausfinden.

Draußen biss die Kälte erneut in ihren Körper und erinnerte sie daran, dass ihre Kleidung alles andere als trocken war. Wenn sie sich nicht eine dicke Erkältung holen wollte, sollte sie dringend aus ihren nassen Sachen raus. Doch wie? Ihr Koffer lag sicher verwahrt in ihrem gemütlichen kleinen Hotelzimmer. Livs Herz sank. Sie hatte noch nicht mal eine Zahnbürste dabei.

In ihre trüben Gedanken vertieft, stolperte sie über eine vorstehende Baumwurzel und wäre beinah gestürzt. Das hatte ihr noch gefehlt – mit dem Gesicht voran im Matsch zu landen. Tränen schossen ihr in die Augen. Sie war kalt, nass und müde. Und es sah nicht so aus, als würde sich in absehbarer Zeit etwas daran ändern.

Als sie das Plumpsklo endlich erreichte, war ihre Laune auf dem absoluten Tiefpunkt angekommen. Das konnte alles nicht wahr sein. Es war der mit Abstand schlimmste Abend ihres Lebens.

Auf dem Weg zurück zum Haus hatte Liv sich endgültig von dem Gedanken an eine warme Dusche verabschiedet. Es gab ja nicht einmal eine vernünftige Toilette! Sie hoffte, dass sie sich zumindest die Hände würde waschen können, bevor sie ins Bett kroch, sich die Decke über den eisigen Körper zog und da erst wieder hervorkam, wenn Matt sein Auto repariert *und* es brav zur Hütte gefahren hatte, um sie abzuholen. Noch einmal würde sie diesen Marsch ganz bestimmt nicht mitmachen.

Durch ein schwach erleuchtetes Fenster sah sie seine große, sportliche Gestalt. Ohne dass sie es verhindern konnte, tat ihr Herz einen aufgeregten Hüpfer. Vielleicht war es doch nicht der allerschlimmste Abend.

Es war auf jeden Fall ein Abenteuer, das sie niemals vergessen würde, selbst wenn sie längst wieder zurück in ihrer vertrauten, gewohnten Umgebung war. Dort, wo sie hingehörte.

Seltsamerweise schaffte der Gedanke an das Leben, das auf sie wartete, an die Beförderung und Karriere es dieses Mal nicht, sie mit Erleichterung und Vorfreude zu erfüllen. Das hier – diese Hütte, der Wald, Matt – es fühlte sich plötzlich viel realer an als alles, was sie sonst bisher erlebt hatte.

Das war doch absurd! Liv schüttelte ihren Kopf und beschleunigte ihren Schritt. Sie war einfach nur übermüdet.

Sie hatte die Eingangstür fast erreicht, als sie wie angewurzelt stehen blieb. Aufmerksam betrachtete sie das Haus, rief sich das Wenige ins Gedächtnis, das sie von dessen Inneren gesehen hatte.

Es gab keinen Zweifel. Die Hütte bestand aus einem einzigen Zimmer. Es gab keine Ecke, in die sie sich ungestört zurückziehen konnte, wo sie ihre Kleidung trocknen, wo sie Matts Gegenwart und seinen verheißungsvollen Blicken entkommen konnte, die keinen Zweifel daran ließen, wie *er* sich den restlichen Abend vorstellte, oder ihrem verräterischen Körper, der dieser Aussicht nicht wirklich abgeneigt war.

Sie seufzte und öffnete die Tür.

Matt blickte ihr von einer kleinen Küchenzeile entgegen. Er hatte ein paar Kerzen entzündet, die zusammen mit dem Kamin den Raum in ein warmes, flackerndes Licht tauchten.

Liv stockte. Das Bild hatte etwas unglaublich Heimeliges an sich. Selbst Matt sah verändert aus – entspannt und irgendwie … geerdet. Er fühlte sich sichtlich wohl.

»Na, endlich.« Er grinste schief. »Ich hatte schon befürchtet, dir zur Rettung eilen zu müssen, weil dich irgendein vorwitziger Waschbär für sich allein haben wollte.«

»Mit dem Waschbär wäre ich schon fertiggeworden, aber ich hatte nicht damit gerechnet, bis nach Kanada wandern zu müssen, nur um eine Toilette zu finden.«

Seine Zähne blitzten amüsiert auf. »Kanada liegt in der anderen Richtung«, korrigierte er sie.

»Wie auch immer«, brummte Liv. Ihr stand der Sinn gerade nicht nach Erdkundeunterricht.

»Das Wasser ist heiß«, verkündete Matt. Und eine irrwitzige Sekunde lang glaubte sie, er würde ihr ein Bad anbieten, doch seine nächsten Worte machten diese himmlische Vorstellung zunichte. »Möchtest du lieber Tee oder Kaffee?«

Obwohl – das klang auch gar nicht so schlecht. »Kaffee«, entschied sie nach kurzem Zögern. Normalerweise verzichtete sie so spät am Abend lieber auf Koffein, aber sie hatte nicht das Gefühl, dass der Tag schon zu Ende war. Und sie wollte sich nicht die Blöße geben, auf einem Stuhl im Sitzen einzuschlafen.

Apropos schlafen. Sie ließ ihren Blick durch das Haus wandern. Links befand sich der Küchenbereich mit einem Tisch, drei Stühlen, ein paar Schränken und einem Gasherd. Gegenüber der Tür lag der Kamin und direkt davor stand ein kleines Zweisitzsofa. Es sah nicht besonders bequem aus, aber zur Not würde es schon irgendwie gehen. Um nichts in der Welt war sie bereit, sich das schmale Bett mit Matt zu teilen, das sie an der rechten Wand entdeckte. Ansonsten waren an den Wänden noch ein paar rustikale Holzregale befestigt, auf denen zwischen erstaunlich vielen Büchern ein paar Jagdtrophäen verteilt waren.

»Milch und Zucker?«, fragte Matt.

»Nur Milch, dafür reichlich.« Sie trat näher zu ihm. »Kann ich mir vielleicht irgendwo meine Hände waschen?«

»Selbstverständlich, hier.« Er deutete auf eine Schüssel, über der ein metallischer Behälter angebracht war, aus dem ein dünner, etwa zehn Zentimeter langer Stift mit einer kleinen Kugel daran nach unten ragte.

»Wie funktioniert das?«, fragte Liv und kam sich unglaublich dämlich vor. Andererseits war sie noch nie in einem Haus ohne Wasseranschluss gewesen, also war das wohl kaum ihre Schuld.

»Du musst den Stift nach oben drücken und schon kommt das Wasser raus«, erklärte Matt und stellte sich hinter sie. »Soll ich es dir zeigen?« Er beugte sich vor und seine Wange streifte die ihre. Sanft kratzten seine Bartstoppeln über ihre Haut.

Liv zwang sich, ruhig weiterzuatmen. Sie wusste genau, was er versuchte, aber sie würde dem nicht nachgeben.

Abrupt zog er sich zurück und legte ihr forsch seine Hand an die Wange. »Du bist eiskalt!«, entfuhr es ihm erschrocken, noch bevor sie sich über diese Geste beschweren konnte.

»Kein Wunder! Draußen ist es gefühlt minus zehn.«

Seine Hände wanderten zu ihren Beinen. Seine Berührung brannte sich heiß durch den feuchten Stoff. Jetzt ging er aber eindeutig zu weit!

»Ich ziehe es vor, nicht betatscht zu werden«, sagte sie so würdevoll wie möglich.

»Es tut mir leid!« Er wich augenblicklich zurück. »So war das nicht gemeint. Aber du musst aus dieser Hose raus.«

Liv räusperte sich vielsagend. Täuschte sie sich oder wurde sein Gesicht eine Spur dunkler?

Er hob abwehrend seine Hände. »Ich schwöre, es ist reine Fürsorge, die aus mir spricht.«

»Ich habe aber nichts Anderes.«

»Und leg endlich deinen Mantel ab, der ist ja klatschnass«, überging er ihren Einwand.

Liv trocknete ihre Hände ab und nahm einen Schluck von ihrem Kaffee. Heiß rann die Flüssigkeit ihre Kehle hinab. Sie schloss genüsslich die Augen. Der Kontrast machte ihr deutlich, wie durchgefroren sie wirklich war.

Widerstrebend stellte sie den Becher hin und streifte ihren

Mantel ab.

»Das ist ja nur ein Fetzen!«, entfuhr es Matt entgeistert. »Und du bist ganz durchnässt. Wieso hast du nichts gesagt?« Leiser Vorwurf klang in seiner Stimme. »Ich hätte dir doch meine Jacke gegeben.«

Liv zuckte mit den Schultern. Wie sollte sie ihm auch erklären, dass sie daran gewöhnt war, ohne Hilfe zurechtzukommen? Dass sie nicht zu den Frauen gehörte, die übertrieben fröstelten, nur um männliche Aufmerksamkeit zu erlangen? Dass sie sich nicht für schwach und besonders schützenswert hielt?

»Wie auch immer.« Er schüttelte den Kopf und hastete zu seiner Schlafecke hinüber. Matt holte etwas aus einem Schrank, dann zog er die Decke vom Bett und kam mit beidem in der Hand auf sie zu. »Hier, zieh dich um und ich hole dir in der Zwischenzeit etwas Stärkeres zu trinken.« Ohne ein weiteres Wort zu verlieren, drehte er ihr den Rücken zu und machte sich in der Küche zu schaffen.

Ratlos schaute Liv zwischen ihm und den Sachen in ihren Händen hin und her. Erwartete er etwa, dass sie sich jetzt einfach so auszog?

Er kehrte ihr weiterhin eisern den Rücken zu, also erwartete er es wohl tatsächlich. Sie atmete tief durch, wandte sich ihrerseits von ihm ab und streifte sich ihren Pulli über den Kopf. Dann nahm sie das rotschwarz karierte Flanellhemd hoch und widerstand nur knapp der Versuchung, ganz tief den schwachen Duft nach Sägespänen, Sandelholz und Bergamotte einzuatmen, den es verströmte. Es schmiegte sich unglaublich warm und weich an ihre Haut, und doch hätte sie es am liebsten sofort wieder ausgezogen und in die hinterste Ecke geschleudert. Es fühlte sich viel zu intim an, sein Hemd, seinen Duft an ihrem Körper zu tragen wie eine immerwährende Umarmung.

Sie rollte die viel zu langen Ärmel hoch und schaute prüfend an sich herunter. Das Hemd reichte ihr bis etwa zur Mitte der

Oberschenkel und kurzentschlossen schlüpfte sie aus ihrer Hose. Sie fühlte sich jetzt zwar viel zu nackt, aber am Kamin dürfte der dünne Stoff in Nullkommanichts wieder trocknen.

»Bist du fertig?«, fragte Matt.

»Fast«, gab sie zurück und schnappte sich noch die dicken Wollsocken, die er ihr gegeben hatte. »Du kannst dich wieder umdrehen«, verkündete sie schließlich.

Lächelnd drehte er sich um. Der Ausdruck gefror auf seinem Gesicht. Deutlich konnte sie sehen, wie sein Adamsapfel auf- und abhüpfte, während er schluckte. Langsam kam er mit zwei Gläsern in der Hand auf sie zu. Sein Körper war gespannt, sein Gang voll beherrschter Energie, als müsste er sich zwingen, nicht auf sie zuzustürmen. Ein begehrliches Funkeln lag in seinem Blick, mit dem er jeden Zentimeter ihrer Erscheinung erfasste.

Livs Knie wurden weich. Sie konnte seine Augen einer Berührung gleich auf ihrem Körper spüren.

Fahrig tastete sie hinter sich nach dem Sofa und ließ sich nervös darauf fallen, rutschte auf dem glatten Leder zur Seite, bis sie an die Seitenlehne stieß – und das alles, ohne ihre Aufmerksamkeit von Matt nehmen zu können, der sie nun fast erreicht hatte. Sie schlug ihre Füße seitlich unter sich und breitete die Decke wie einen Schutzwall über ihre bloßen Beine, zog sie hoch bis zu ihrer Brust, von der sein Hemdausschnitt mehr preisgab, als ihr gerade lieb war. Doch jetzt war es zu spät, um den obersten Knopf auch noch zu schließen. Sie war weder feige noch prüde und wollte nicht so wirken, als ob.

»Hier, dein Whiskey.« Matts Stimme klang rau.

»Danke.« Sie nahm das Glas entgegen, in dem eine goldfarbene Flüssigkeit schwappte.

Matt setzte sich neben sie, so dicht, dass sein Knie beinah ihre Füße berührte. »Cheers.« Er hob sein Glas.

»Cheers.« Sie ließ das ihre leise dagegenklirren. Sein Blick ging ihr durch Mark und Bein und vertrieb den letzten Rest

Kälte, der noch in ihrem Körper geblieben war.

Matt beugte sich vor, nur ganz leicht, und doch genug, damit sie verstand, was er vorhatte.

Liv atmete tief durch und nahm tapfer einen großen Schluck aus ihrem Glas. Sie wusste, dass Alkohol gerade jetzt keine besonders gute Idee war, doch er war noch immer tausendmal besser als das, was gegenwärtig sonst noch zur Auswahl stand.

Kapitel 9

Es war ein Fehler gewesen, ihr seine Sachen zu geben. Hatte er wirklich gedacht, ihr Businessoutfit wäre sexy gewesen? Nun, da hatte er noch nicht gewusst, wie atemberaubend, zum aus der Haut Fahren es sein würde, sie sein Hemd tragen zu sehen. Es war unschuldig und verrucht zugleich, wie sie mit hochgekrempelten Ärmeln, auf die Schulter verrutschtem Ausschnitt und nackten Beinen vor ihm gestanden und aus ihren großen, grünen Augen erwartungsvoll und nervös zu ihm herübergeschaut hatte.

Als er am Fenster gestanden und darauf gewartet hatte, bis sie sich umzog, hatte er in der Spiegelung der Scheibe einen Blick auf ihren makellosen Rücken und die sanfte Kurve ihrer Hüfte erhaschen können, die wie gemacht dafür schien, dass seine Hände sich darum legten, sie an sich zogen und sie festhielten. Der Gedanke daran, dass nur *seine* Decke ihren halbnackten Körper von dem seinen trennte, ließ das Blut in seinen Ohren rauschen, bevor es sich abrupt abwärts stürzte.

Sein Atem stockte. Er konnte, er wollte sich nicht länger dagegen wehren. Er musste nur seine Hand ausstrecken, um sie zu berühren, sie zu küssen, zu schmecken.

Erst als Liv hastig einen Schluck von ihrem Whiskey nahm, merkte er, dass er sich bereits vorgebeugt hatte, um seinen Plan in die Tat umzusetzen.

Matt lehnte sich abrupt zurück und leerte sein eigenes Glas in einem einzigen Zug. Was zum Teufel trieb er da eigentlich? Sie war müde und durchgefroren, steckte gegen ihren Willen in einer Hütte in der Wildnis fest und er versuchte ernsthaft, sich an sie ranzumachen? Was musste sie bloß für eine Meinung von ihm haben?

Nicht nur, dass er sein Auto vor einen Baum gesetzt hatte, er hatte sie danach völlig durchnässt und verfroren zwei Stunden lang durch den Wald gejagt.

Er hätte merken sollen, wie es ihr ging, ihr seine Jacke zur Not aufzwingen. Aber wie hätte er ahnen können, dass sie die vermutlich einzige Frau auf der Welt war, die sich nicht andauernd nur beschwerte? Linda hätte ihm schon nach wenigen Metern die Ohren vollgeheult.

Sie ist nicht Linda. Mit Nachdruck hallte jedes dieser Worte durch seinen Kopf. Nein, das war sie wirklich nicht. Nicht einmal annähernd.

Um irgendetwas zu tun, hob er sein Glas an die Lippen, nur um zu erkennen, dass es bereits leer war. Nachschub wäre vermutlich keine gute Idee. Er wollte nicht auch noch den Rest seiner Selbstbeherrschung verlieren, die bereits auf eine zu harte Probe gestellt wurde. Außerdem hatten sie schon ewig nichts mehr gegessen. Und zu viel Whiskey auf nüchternen Magen war nicht gerade empfehlenswert.

Apropos. Er schoss Liv, die gedankenverloren ins Feuer schaute, einen schnellen Blick zu. Sie musste bestimmt Hunger haben. Leider hatte er nichts mehr da außer ein paar Dosen dicke Bohnen. Durfte er ihr so etwas überhaupt anbieten? Oder würde sie bloß ihre Nase rümpfen? Er beschloss, es darauf ankommen zu lassen. Fast hoffte er, dass sie Nein sagte, dass sie irgendetwas tat, was sie für ihn weniger begehrenswert machte. Wenn er sie nicht mögen würde, könnte er ihr so viel einfacher widerstehen.

Aber natürlich tat sie ihm diesen Gefallen nicht.

»Was zu essen wäre toll«, erwiderte sie lächelnd.

»Es sind aber nur Dosenbohnen«, stellte er vorsichtshalber klar.

Sie schnaufte. »Ich glaube, ich könnte jetzt sogar eine Klapperschlange verspeisen.«

»Ich guck mal nach, ob ich hinter dem Haus eine finde. Beim letzten Mal war sie noch da«, witzelte er. Es war definitiv keine humoristische Glanzleistung, doch ihre Mundwinkel kräuselten sich.

»Das war jetzt aber wirklich ein Scherz, oder?«, fragte sie dennoch nach.

»Ja.« Er grinste. »Glaubst du, ich würde dir Bohnen servieren, wenn ich Klapperschlange im Angebot hätte?«

»Ich habe gehört, die sollen wirklich gar nicht so furchtbar schmecken.« Sie klang völlig ernst.

Irgendwie überraschte sie ihn immer wieder. »Wer hat dir denn das erzählt?«

»Ich hatte mal einen Englischlehrer, der viel von Natur und Naturvölkern hielt.«

Matt schüttelte seinen Kopf. »Dann schlage ich vor, dass er sich erst einmal eine Klapperschlange fängt und sie dann verspeist, bevor er seinen Schülern irgendwelche Empfehlungen gibt.«

Liv kicherte. »Das habe ich mir auch immer gedacht.«

Matt schaute sie an und brauchte einen Moment, um zu begreifen, was dieses warme Gefühl war, das seine Brust so eng werden ließ und sie gleichzeitig zu sprengen drohte – es war Glück. Er fand es schön, hier und jetzt mit Liv zusammen zu sein, zu blödeln, zu scherzen, für sie Essen zu machen.

Ganz egal, wie diese Nacht sich auch entwickelte – bis hierher bereute er nichts.

***

Vom Sofa aus schaute Liv zu, wie Matt in der Küche hantierte. Er schien wirklich geübt im Umgang mit dem Gasherd und der Pfanne zu sein. Zugegeben, man brauchte kein besonders großes kulinarisches Geschick, um eine Dose Bohnen aufzuwärmen, und doch wirkte er sehr souverän.

Schlagartig wurde ihr bewusst, dass ihr noch nie ein Mann etwas zu essen gemacht hatte, und sie konnte nicht leugnen, dass ihr das durchaus gefiel. Der Drang, zu ihm zu gehen, ihm zu helfen oder sich auch einfach nur von hinten an seinen Rücken zu schmiegen, wurde immer stärker. Lediglich der Gedanke daran, dass sie alles andere als ordnungsgemäß gekleidet war und dass er das vermutlich falsch – oder besser gesagt – viel zu richtig verstehen würde, hielt sie zurück.

So ein Verhalten wäre absolut nicht angemessen.

Liv unterdrückte ein Kichern und wunderte sich flüchtig, ob es am Alkohol oder an dieser gesamten Situation lag. Nichts hiervon war *angemessen*. Zumindest nicht, wenn man ihre bisherigen Maßstäbe zugrunde legte. Es war weder professionell noch angebracht, nur mit dem Hemd eines Mandanten bekleidet auf dessen Couch darauf zu warten, dass er ihr Essen machte, und auch nicht, die Nacht mit ihm in einem einsamen Haus mitten im Wald zu verbringen.

Wenn das jemals nach außen drang, wäre ihr Ruf ruiniert. Sie kicherte erneut. Es musste wirklich der Alkohol sein, denn diese Aussicht beunruhigte sie nicht im Geringsten. Oder lag es daran, dass sie Matt vertraute? Dass sie felsenfest davon überzeugt war, dass er nichts hiervon weitererzählen würde – zumindest nicht auf eine Art und Weise, die ihr schadete?

»Essen ist fertig«, rief er zu ihr herüber und stellte zwei Teller auf den kleinen Tisch.

Liv wickelte sich aus ihrer Decke und tastete hoffnungsvoll nach ihrer Hose, die vor dem Kamin zum Trocknen lag.

Matt war stehen geblieben und schaute sie an. Der Ausdruck in seinem Gesicht hatte etwas derart Sehnsüchtiges, fast schon Hungriges an sich, dass sie das Kleidungsstück entschlossen an sich nahm. Der Stoff mochte noch ein klein wenig feucht sein, doch sie ignorierte das. Sich halbnackt zu Matt an den Tisch zu setzen, kam so was von überhaupt nicht infrage, zumindest nicht, wenn sie ihre Prinzipien nicht gänzlich über Bord werfen wollte.

Endlich vollständig angezogen trat sie an den Tisch.

»Das Hemd steht dir«, raunte er, als er einen Stuhl für sie zurückzog.

»Danke.« Sie schnupperte an den Bohnen. »Das riecht

köstlich.«

Ein spöttisches, kleines Lächeln erschien auf seinen Lippen. Und sie wusste, dass er ihren plumpen Themenwechsel vollständig durchschaute. Doch dankenswerterweise ließ er es dabei bewenden. Eine leise Hoffnung stieg in Liv auf, dass sie den Abend wie zwei vernünftige Erwachsene überstehen würden, die genau wussten, was sich gehörte und was nicht.

Eine Hoffnung, in die sich zu gleichen Teilen die Enttäuschung mischte.

»Erzähl mir etwas von dir«, bat Matt sie neugierig.

Sie hatten das Essen ohne weitere Komplikationen hinter sich gebracht und saßen wieder auf dem Sofa, das ihr mit jeder Sekunde, die verstrich, immer kleiner und enger vorkam. Obwohl Matt nichts weiter tat, als sie anzuschauen, war sie sich seiner Gegenwart mehr als bewusst. Sie war ihm so nah, dass ihre Knie sich beinah berührten, und sie widerstand dem albernen Drang, die Decke wie ein Bollwerk zwischen ihn und sich zu drapieren.

»Wieso denn?« Sie strich sich nervös ihren Pony aus der Stirn. Je weniger Privates sie voneinander wussten, desto einfacher wäre es, am nächsten Morgen wieder zur Tagesordnung überzugehen.

Matt zuckte mit den Schultern. »Was sollen wir denn sonst tun, als uns unsere Lebensgeschichten zu erzählen?«

Schlafen?, hätte sie am liebsten entgegnet, doch dieses Thema schien ihr zu heikel, um es jetzt aufs Tablett zu bringen. Vermutlich würde er vorschlagen, dass sie sich das Bett teilten, und dann würde sie ohnehin kein Auge zukriegen. Außerdem fühlte sich diese Zeit mit ihm irgendwie kostbar, einzigartig an, und sie wusste, sie würde es später bereuen, sie einfach verschlafen zu haben.

»Was willst du denn wissen?« So außergewöhnlich war ihr Leben schließlich nicht.

»Fangen wir mit dem Offensichtlichen an: Hast du Familie, Geschwister, einen Freund?«

Sie fand die bemühte Beiläufigkeit in seiner Stimme beim letzten Wort irgendwie süß und warf ihm einen schelmischen Seitenblick zu. »Ja.«

Sein Gesicht erstarrte. »Ja – was?«, fragte er vorsichtig.

»Ja, ich habe Familie, eine Mutter und auch eine Schwester.«

»Und?« Er sah sie erwartungsvoll an.

»Und keinen Freund, Verlobten oder Ehemann«, vollendete sie lächelnd ihre Aufzählung.

Matt drehte sich weiter zu ihr, sodass sein Bein das ihre berührte. »Wie schade«, murmelte er, doch sein zufriedener Ton strafte seine Worte Lügen. Sein Ellbogen ruhte auf der Rückenlehne des Sofas und seine Finger angelten zaghaft nach den Spitzen ihres Pferdeschwanzes.

Livs Körper fühlte sich an, als würden Tausende von Ameisen darüberkrabbeln. Matt ließ keinen Zweifel an seinen Absichten. Sie sollte es unterbinden, jetzt sofort, bevor er durch ihre Untätigkeit noch weiter ermutigt wurde. Doch sie rührte sich nicht. Völlig widersprüchliche Gefühle hielten sie gefangen und sie konnte sich einfach nicht entscheiden. Sollte sie auf ihre Vernunft hören, ihren Verstand oder auf ihren Leib, der vor Aufregung und Sehnsucht verging und sich nichts so sehr wünschte, wie endlich in Matts Arme zu sinken und sich von ihm die ganze Nacht hindurch lieben zu lassen?

Seine Hand wanderte von ihren Haaren zu ihrem Hals.

Liv riss sich zusammen. Sie war nicht zum Vergnügen hier. Es war nur ein Projekt. Und Matt ein x-beliebiger Kunde.

Ein x-beliebiger Kunde mit unglaublich ausdrucksstarken, stahlgrauen Augen und einem Körper zum Niederknien, der Abenteuerlust und Kultiviertheit in sich vereinte und ihr das Gefühl gab, auserwählt und etwas ganz Besonderes zu sein, wann immer er sie anlächelte. Genau. Sagte sie doch, nur ein Kunde.

»Ich habe einen Plan«, platzte es plötzlich aus ihr heraus.

Der Finger, der sanfte, kreisende Bewegungen über ihren Nacken zog, verharrte kurz, bevor er seine Wanderung wieder aufnahm. »Ich auch«, murmelte Matt. Seine Stimme war auf einmal ganz nah an ihrem Ohr, sein heißer Atem streifte über ihre Haut.

»Deshalb habe ich auch keinen Freund«, setzte sie erklärend hinzu.

Anscheinend konnte Matt ihren Gedankensprüngen nicht so richtig folgen. »Hm?« Irritiert richtete er sich ein wenig auf. »Du hast einen Plan, um *keinen* Freund zu haben?« Er klang verwirrt, aber auch aufrichtig interessiert.

Liv verknotete ihre Hände. Jetzt hatte sie sich wohl offiziell zum Liebestöter qualifiziert, aber andererseits war genau das ihre Absicht gewesen. Sie würde jetzt also keinen Rückzieher mehr machen.

»Ja. Jede meiner Lebensphasen hat ihre eigenen Prioritäten.«

»Und in welcher Phase befindest du dich jetzt?«

»Karriere.«

»Verstehe.« Er nickte langsam. »Und wann ist die Liebe dran?«

»Mit Anfang dreißig.« Sie wusste, wie unsinnig das klang, wenn sie es laut aussprach, aber sie wollte ihm begreiflich machen, woran er bei ihr war.

»Und wie stehen die Chancen, dass du neunundzwanzig bist und morgen Geburtstag hast?« Ihre Ankündigung schien ihn weder verschreckt noch sonderlich abgekühlt zu haben, denn er beugte sich wieder näher zu ihr heran.

»Schlecht, sehr schlecht«, raunte sie und befeuchtete nervös ihre so plötzlich trocken gewordenen Lippen.

»Und steht in deinem Plan auch etwas gegen ein bisschen Spaß?«

Liv wusste, wenn sie ihm jetzt in die Augen sah, würde er sie küssen, doch sie konnte nichts dagegen tun. Ihre Blicke verschmolzen, sie spürte Hitze und Vorfreude in sich aufsteigen. Von allein fand ihre Hand den Weg zu seiner kratzigen Wange. »Ich fange grundsätzlich nichts mit Mandanten an«, flüsterte sie schwach im letzten Versuch, sich ihm zu widersetzen.

»Scheiß drauf«, entgegnete er leise. »Es ist Wochenende.«

Seine Lippen überbrückten die letzte Distanz und pressten sich leidenschaftlich auf die ihren. Seine Zungenspitze schoss hervor und forderte energisch Einlass.

Ein Stromschlag durchfuhr Livs gesamten Körper und gipfelte in ihrem Unterleib.

Scheiß drauf!, wiederholte sie in Gedanken seine Worte, öffnete ihre Lippen und ergab sich seinem köstlichen Ansturm.

Er schmeckte nach Whiskey und Bohnen und sie schmiegte sich enger an ihn, vergrub ihre Hände in seinen dichten, kurzen Haaren. Ein tiefes Stöhnen entwich seiner Kehle. Ohne in seinem Kuss innezuhalten, drückte er sie nieder, bis er halb auf ihr zum Liegen kam. Die Seitenlehne presste unangenehm gegen ihren Hinterkopf, doch das war ihr egal, denn im selben Moment schossen seine Hüften nach vorn und sie konnte ganz deutlich die beachtliche Ausbeulung seiner Jeans an ihrem Oberschenkel spüren. Sie atmete scharf ein und ließ ihre Hände über seinen Rücken hinabwandern. Seine Lippen zogen eine brennende Spur an ihrem Hals entlang über das Schlüsselbein weiter bis zu ihrem Brustansatz.

Er hielt nur kurz inne, um die Knöpfe an ihrem Hemd zu öffnen, und legte ungeduldig ihren Oberkörper frei.

»Lila«, hauchte er fasziniert und strich mit den Fingerkuppen über die nahtlos vorgeformten Cups ihres BHs.

Verwundert schaute Liv an sich herunter und brauchte einen Moment, um zu verstehen, dass er auf die Farbe ihrer Wäsche anspielte. Es war nicht gerade das verführerischste Modell, aber er schien sich nicht daran zu stören.

»Ich habe mir seit Stunden den Kopf darüber zerbrochen, was du wohl drunter trägst«, wisperte er und ließ seine Finger unter den seidigen Stoff gleiten.

Liv keuchte auf, als er ihre empfindliche Spitze berührte und sie sanft zu liebkosen begann. Dann zog sie seinen Kopf zu sich und verschloss seinen Mund mit einem leidenschaftlichen Kuss. Augenblicklich schoss seine Zunge besitzergreifend in ihren Mund und sie verloren sich in einem wilden Tanz.

Nur am Rande nahm Liv wahr, wie er ihre Hüften anhob und sie von ihrer Hose befreite.

»Die hättest du dir auch gleich sparen können«, brummte er und ließ seine Hand unter den Bund ihres Tangas gleiten.

»Noch nicht«, hielt sie ihn atemlos zurück. Jetzt war er an der Reihe. Ungeduldig zerrte sie an seinem Hemd. Warum mussten da nur so viele Knöpfe dran sein?

»Warte.« Er richtete sich auf und streifte es sich energisch über den Kopf.

Er sah noch besser aus, als sie es sich vorgestellt hatte – braungebrannt, durchtrainiert, mit kaum einem überschüssigen Gramm Fett an seinem Körper.

»Komm her.« Begehrlich streckte Liv ihre Arme nach ihm aus.

Er grinste. »Gern. Aber ich schlage einen Szenenwechsel vor.« Sein Blick ging vielsagend zu seinem Bett. »Für das, was ich mit dir vorhabe, ist es mir auf der Couch zu eng.« Er beugte sich vor, um ihr noch einen hungrigen Kuss zu geben.

Liv schlang ihre Beine um seine Körpermitte und er hob sie problemlos hoch. Sie lachte kehlig, während er sie zum Bett trug. Unterwegs ließ er noch ihr offenes Hemd und ihren BH achtlos auf den Boden fallen. Dann legte er sie sanft auf der Matratze ab und ließ seine Augen bewundernd über ihren Körper gleiten.

»Du bist wunderschön«, murmelte er rau. Dann griff er in seine Gesäßtasche und warf ihr ein Kondom zu. Ungeduldig riss Liv die Verpackung auf, während er seinen Gürtel öffnete.

Drei Herzschläge später war er endlich bei ihr und dann gab

es für beide kein Halten mehr. Haut an Haut verschmolzen sie in einem leidenschaftlichen, berauschenden Sturm.

»Es war ein Fehler«, flüsterte Liv bedrückt.

Es war der beste, aufwühlendste Sex ihres Lebens gewesen, aber dennoch ein Fehler. Sie lag in seinem Bett, eng an seine Brust gekuschelt, und konnte noch immer nicht die Finger von ihm lassen, obwohl ihre erste, wilde Lust schon gestillt war. Aber sie wollte mehr, noch viel mehr davon. Und das war nicht gut.

»Ja, das war es«, gab Matt unumwunden zu.

Obwohl sie es selbst gerade erst ausgesprochen hatte, versetzte es ihrem Herzen einen Stich, es so direkt aus seinem Mund zu hören.

Seine Hand legte sich besitzergreifend in die Kuhle über ihrer Hüfte, strich weiter hinab über ihren Po. Livs Atem beschleunigte sich. Was hatte er vor? Seine Taten passten nicht zu seinen Worten.

Sein Gesicht neigte sich dem ihren zu. Kurz bevor sich ihre Lippen berührten, lächelte er sie an. Seine Augen funkelten verführerisch. »Ein Fehler, den ich heute noch öfter zu wiederholen gedenke.«

Der Kuss war lang und zärtlich, ganz anders als die hemmungslose Leidenschaft vorhin. Er musste genauso ausgehungert gewesen sein wie sie, doch jetzt, wo das hinter ihnen lag, nahm er sich ausgiebig Zeit.

Sanft strich er ihr die Haare aus dem Gesicht und schaute ihr tief in die Augen. Liv schluckte. Es lag eine Ernsthaftigkeit darin, die bei einem bedeutungslosen One-Night-Stand nichts verloren hatte.

Nein, das bildete sie sich bloß ein, sie wussten beide, dass es hier nur ums Körperliche ging, auch wenn es so schön war, von seinen starken Armen gehalten zu werden.

Seine Finger wanderten zu ihrem Pferdeschwanz, der

vermutlich schon völlig zerzaust war. »Darf ich?«, fragte er zögernd. Nach dem, was sie gerade miteinander geteilt hatten, hatte diese Geste etwas entwaffnend Unschuldiges.

Sie nickte, unsicher, was das zu bedeuten hatte.

Sanft zog er ihr das Haargummi heraus und kämmte mit den Fingern durch ihre Haare, dann betrachtete er zufrieden sein Werk. »Das habe ich schon so lange tun wollen«, flüsterte er. »Versteh mich nicht falsch, der strenge Knoten ist unglaublich sexy, aber so wirkst du viel femininer und nicht minder aufregend.« Er zupfte mit seinem Mund spielerisch an ihrer Unterlippe. Liv spürte, wie sich erneut Hitze in ihr zu sammeln begann, und schlang ihre Arme fest um seinen Hals.

Er streckte sich und zog eine kleine Schublade auf, die offensichtlich seinen Vorrat an Kondomen enthielt, denn er holte eins hervor und legte es griffbereit neben sich, bevor er sich daran machte, ihren Körper ausgiebig zu erkunden.

Kapitel 10

Das Erste, was Liv wahrnahm, als sie träge und gesättigt ihre Lider aufschlug, waren Matts tiefe, gleichmäßige Atemzüge. Draußen war es bereits hell und sie hatte keine Ahnung, wie spät es eigentlich war. Ihr war jegliches Zeitgefühl abhandengekommen. Sie hatten sich bis in die frühen Morgenstunden hinein geliebt und waren dann erschöpft und zufrieden, eng umschlungen eingeschlafen. Matt war ein wirklich unglaublicher Liebhaber – leidenschaftlich, rücksichtsvoll und ausdauernd.

Sie dachte an seine gut gefüllte Verhütungsschublade und fragte sich, wie oft er Frauen mit hierhernahm. Regelmäßig, vermutlich. Und wieso auch nicht? Er war jung, ungebunden, gutaussehend und – wie sie nach der vergangenen Nacht zweifelsfrei bestätigen konnte – überaus potent. Allein bei der Erinnerung daran begann ihr Körper wieder zu kribbeln.

Sie wandte ihren Kopf und schaute ihn an. Seine Wange lag auf seinem Bizeps, er wirkte völlig entspannt. Ihre Finger juckten, so sehr wollte sie über sein Gesicht streicheln, die kurzen Bartstoppeln spüren, die ihren Mund – und einige andere Körperstellen – vergangene Nacht ein wenig wundgescheuert hatten. Sie leckte über ihre Lippen, die noch immer von seinen Küssen brannten, und atmete tief durch.

Es war Zeit, in der Realität anzukommen. Diese verwunschene Hütte mitten im Wald, die vergangenen Stunden mit ihm waren wie ein berauschender, bittersüßer Traum gewesen, eine Blase, losgelöst von Raum und Zeit, ohne jeglichen Bezug zu ihrem eigentlichen Leben.

Vorsichtig versuchte sie, sich aus seiner Umklammerung zu lösen.

Matt brummte etwas Unverständliches, lockerte jedoch nicht seinen Griff. Stattdessen rückte er noch näher an sie heran und sie spürte deutlich die lange Härte seiner Morgenerektion an ihrem Oberschenkel.

Oh ja, überaus potent.

Noch im Halbschlaf tastete seine Hand nach ihrer Brust, während sein Mund an ihrem Ohrläppchen zu knabbern begann. Liv stöhnte wohlig. Die Realität konnte ruhig noch ein paar Stunden warten.

Sie drehte sich zu ihm und fing seine Lippen mit den ihren ein.

»Hm«, entfuhr es Matt überrascht und er öffnete seine Augen. »So möchte ich jeden Morgen begrüßt werden«, murmelte er.

»Du hast angefangen«, gab sie lächelnd zurück.

»Ups.« Erst jetzt schien ihm aufzufallen, wie sein Daumen über die Spitze ihrer Brust strich, während sein Unterleib sich begehrlich immer enger an sie presste. Seine Mundwinkel kräuselten sich. »Sollen wir einfach dort weitermachen, wo wir gestern aufgehört haben?«

»Das war der Plan.« Neckisch ließ sie einen Finger über seinen Bauch nach unten wandern und merkte erfreut, wie er scharf die Luft einsog.

»Endlich mal einer, der meine volle Zustimmung hat«, murmelte er und rollte sie sanft, aber bestimmt auf ihren Rücken.

»Wow!« Schwer atmend ließ sich Matt neben ihr auf das Bett fallen. »Ich fürchte, jetzt bin ich endgültig platt.«

Liv tätschelte kraftlos sein Bein, während sich ihre Lippen zu einem zufriedenen Lächeln verzogen. »So, wie ich dich kenne, wird dieser Zustand nicht sehr lange anhalten.«

Er lachte – ein tiefer, kehliger Laut, der ihr ausnehmend gut gefiel. »Zumindest eine halbe Stunde bist du jetzt vor mir sicher.«

»Machst du das eigentlich oft?«, diese Frage entschlüpfte ihr, bevor sie sie zurückhalten konnte, und unverzüglich bereute Liv sie. Es ging sie schließlich überhaupt nichts an, was er mit wem und wie häufig trieb.

»Was denn?« Matt stemmte sich auf seinem Ellbogen hoch und schaute ihr forschend ins Gesicht. »Frauen in falscher Sicherheit wiegen?«

»Angeber.« Sie verdrehte ihre Augen und hoffte, dass er das Thema jetzt einfach fallen lassen würde.

Doch natürlich tat er das nicht. »Oder meinst du, ob ich öfter mein Auto zu Schrott fahre, nur um heiße junge Damen ins Bett zu kriegen?«

»So in etwa«, nuschelte sie verlegen.

»Eigentl ...« Er stockte und atmete tief durch. »Hin und wieder«, sagte er dann schnell.

Sie nickte. Vermutlich wollte er nur taktvoll sein.

»Wieso fragst du?«

Sie zuckte mit den Schultern. »Du scheinst bestens vorbereitet zu sein.« Ihr Blick huschte unwillkürlich zu seiner Schublade.

»Ach, das.« Matt grinste. »Das war Toms Idee.«

»Tom?« Verblüfft sah sie ihn an. Eine Reihe verstörender Gedanken schoss ihr durch den Kopf. War das für die beiden nichts weiter als ein Sexhaus? Benutzten sie diese abgelegene, romantische Hütte, um Frauen flachzulegen?

Klar gab es zwischen Matt und ihr keine Gefühle, aber nun fühlte sie sich doch irgendwie … reingelegt und benutzt.

»Ja.« Matt wandte die Augen ab. »Hin und wieder stelle ich die Hütte ihm für ein paar Stunden zur Verfügung. Zu sich nach Hause kann er intimen Damenbesuch schließlich schlecht mitnehmen.«

Entgeistert starrte Liv ihn an. Das wurde ja immer besser. War Tom etwa verheiratet und Matt deckte seine Seitensprünge? Ermöglichte sie ihm sogar?

Er seufzte. »Es ist nicht so, wie du jetzt vermutlich denkst.«

»Und was denke ich?«

»Tom ist nicht verheiratet oder anderweitig liiert.«

»Und was ist dann sein Problem?«

Matts Miene zuckte beim Klang des Wortes *Problem* empfindlich zusammen. »Das soll er dir bei Gelegenheit lieber selbst erzählen. Wenn ich ehrlich bin, möchte ich gerade nicht über Tom sprechen«, fügte er schnell hinzu, bevor Liv noch weiter nachhaken konnte.

»Und worüber dann?«

Ein kleiner Knoten formte sich in ihrem Bauch unter seinem durchdringenden Blick. Er war viel zu nachdenklich und viel zu ernst. Liv hielt den Atem an. Er würde jetzt doch nicht etwa über letzte Nacht reden wollen? Es war nur Sex gewesen. Heißer, unglaublicher, intensiver, völlig bedeutungsloser Sex.

Matt atmete hörbar aus und die Spannung wich aus seinem Gesicht. »Darüber, was du gern frühstücken möchtest«, sagte er grinsend.

Erleichtert lächelte Liv zurück. »Was hättest du denn anzubieten?«

»Salzcracker und Kaffee.«

»Klingt nach einer verlockenden Kombi.«

»Ja. So etwas wird dir in einem Fünf-Sterne-Hotel nicht geboten.« Er schnappte sich seine Shorts.

Als er aufstand, bewunderte Liv, wie sich das schwarze, elastische Material seiner Unterwäsche an die perfekte Kurve seines Hinterns schmiegte, ließ ihren Blick über die schmalen Hüften höher wandern zu seinen breiten, muskulösen Schultern. Das Bedürfnis, zu ihm zu treten und ihre Hände erneut über seine glatte Haut streichen zu lassen, das Muskelspiel seiner Bewegungen unter ihren Fingern spüren zu können, traf sie wie ein Schlag – unvorbereitet und heftig. Ein leichtes Ziehen machte sich zwischen ihren Schenkeln breit und sie schüttelte entschieden den Kopf. Das war absurd. Sie konnte ihn nicht schon wieder begehren. Noch nie in ihrem Leben war sie so gründlich und ausgiebig befriedigt worden wie in den vergangenen Stunden.

Gewaltsam riss sie ihren Blick von Matts perfektem Körper

los und streifte sich sein Hemd über die Schultern. Sein Duft stieg ihr erneut in die Nase. Sie schloss für eine Sekunde ihre Lider und kuschelte sich in den flauschigen Flanellstoff.

Als sie die Augen wieder aufschlug, spürte sie seinen Blick auf sich ruhen. Hastig nahm sie die Arme runter und senkte ihren Kopf, um die Röte zu verbergen, die ihr in die Wangen schoss. Hoffentlich hatte er nicht bemerkt, wie sie an seinem Hemd geschnüffelt hatte.

»Ich bin nicht sicher, ob ich geschmeichelt sein soll, dass du es kaum eine Minute ohne mich aushältst«, sagte er mit einem überaus zufriedenen Ausdruck, »oder ernüchtert, dass du ein Kleidungsstück so offensichtlich meiner Umarmung vorziehst.« Langsam kam er auf sie zu. Zum ersten Mal fiel ihr auf, wie geschmeidig sein Gang war. In diesem Moment wirkte er wie eine sehr große und sehr entschlossene Raubkatze auf sie.

Noch ehe Liv sich versah, waren seine Lippen schon auf den ihren und seine Zunge drang besitzergreifend in ihren Mund. Sie keuchte überrascht auf und schlang ihre Arme um seinen Hals. Doch als er ihr das offene Hemd erneut von den Schultern zu streifen begann, während er sie rücklings auf das Bett drückte, hielt sie ihn atemlos zurück. »Deine halbe Stunde ist doch noch gar nicht um«, japste sie.

»Ich mache mildernde Umstände geltend.« Er ließ seine Lippen an ihrem Hals hinab bis zu ihrer Brust wandern. Liv seufzte lustvoll auf, als sie sich um ihre empfindliche Knospe schlossen.

»Welche Umstände?« Ihre Frage ging fast in dem Stöhnen unter, das ihr seine Zunge an ihrer Brustwarze entlockte. Sie krallte ihre Hände in seine Haare. Was tat dieser Mann nur mit ihr?

Er hielt kurz in seinen Bestrebungen inne und schaute sie an. Ungeduldig bog Liv ihm ihren Rücken entgegen. Er verstand den Wink. »Ich habe nicht bedacht, wie unglaublich sexy du in meinem Hemd aussiehst«, raunte er, bevor er seinen Mund wieder dorthin senkte, wo sie ihn sich so sehnlichst wünschte.

Er spreizte ihre Schenkel. »Ich fürchte, das Frühstück wird noch ein wenig warten müssen.«

Liv konnte nur noch nicken. Flüssiges Feuer schien durch ihre Adern zu rinnen. Die Aussicht auf Nahrung war ihr noch nie so gleichgültig gewesen wie in diesem Moment.

Irgendwann hatten sie es schließlich doch in die Küche geschafft. Livs Beine fühlten sich wie Pudding an und sie konnte kaum geradeaus gehen. Dennoch hatte sie Matts Vorschlag, sie herüberzutragen, dankend abgelehnt. Sie konnte sich nur zu gut vorstellen, was passieren würde, wenn sie sich erneut in seinen Armen befand. Sie hatte es sogar geschafft, das Hemd züchtig zuzuknöpfen und ihre Unterwäsche wiederzufinden, die am vergangenen Abend achtlos in irgendeiner Ecke gelandet war.

Jetzt saß sie Matt gegenüber, nippte an ihrem heißen Kaffee und verbot sich jeden Gedanken daran, was in wenigen Stunden geschehen würde, oder daran, welchen Sturm er in ihrem Inneren ausgelöst hatte.

Selbst die Berührung seines Daumens, mit dem er leicht über ihren Handrücken strich, sandte eine Gänsehaut über ihren Rücken, obwohl sie viel zu erledigt war, um an Sex überhaupt zu denken. Ihr Körper fühlte sich so an, als wäre er vollständig auseinandergenommen und wieder neu zusammengesetzt worden – geschmeidig, wohlig und doch irgendwie kraftlos, auf eine sehr angenehme Art und Weise.

Liv räusperte sich. Es ging bereits auf Mittag zu. Es war höchste Zeit, wieder in der Wirklichkeit anzukommen. Matt musste seinen Wagen reparieren und sie hatten noch einen weiten Weg zurück. Und übermorgen würde sie abfliegen. Der Gedanke daran erschreckte und erleichterte sie zugleich. Sie würde endlich wieder mit ihrem Leben weitermachen können. Dennoch spürte sie, dass sie Matt und das, was sie geteilt hatten, nicht so leicht würde vergessen können. Ein Grund mehr, so schnell wie möglich zu verschwinden, bevor sie noch irgendwelche Gefühle für ihn entwickelte.

»Was machen wir jetzt wegen deines Wagens?«, fragte sie betont enthusiastisch.

»Hm?« Matt schreckte aus seinen Gedanken hoch, die offensichtlich meilenweit von seinem Auto entfernt gewesen waren.

»Dein Wagen. Wir müssen heute schließlich zurück.«

»Ich mach das schon.« Er ließ sich nicht anmerken, was er von dieser plötzlichen Rückkehr zur Tagesordnung hielt. »Bist du sicher, dass du nicht noch einen Cracker möchtest?«

»Ganz sicher.« Liv lachte leise und klopfte sich auf den Bauch. »Ich fürchte, ich muss jetzt eine ganze Familienpackung von diesen Dingern auf meine Spesenrechnung setzen.«

Er presste kurz die Kiefer zusammen, bevor er halbherzig lächelte. »Das ging aufs Haus«, murmelte er und erhob sich. »Ich brauche den Tisch zum Löten«, verkündete er beherrscht.

»Sicher.« Hastig räumte sie die Kaffeetassen ab und fegte die Krümel zusammen. »Kann ich dir irgendwie helfen?«, fragte sie, als er den Kühlerkasten auf die Tischplatte hievte.

»Nein, ich schaffe das schon.« Aufmerksam besah er sich den Schaden. »Dürfte nicht zu lange dauern. Ich muss nur ein paar Sachen aus dem Schuppen holen.« Er ging zur Tür, ohne sie auch nur eines weiteren Blickes zu würdigen.

»Okay.« Unsicher schaute Liv ihm hinterher. Hatte sie ihn vielleicht versehentlich beleidigt? Oder war er einfach zu demselben Schluss gekommen wie sie, dass es Zeit war, ihren ungeplanten Ausflug zu beenden?

Eigentlich sollte sie sich freuen, dass er es genauso sah, dass sie sich einig darüber waren, dass diesen beiden Tagen nicht die geringste Bedeutung zukam, dass sie nur ihren Spaß miteinander gehabt hatten. Eigentlich ...

Liv seufzte. Es war Zeit, sich der Realität zu stellen. Schnell, bevor Matt wieder zurückkam, zog sie sein Hemd aus und ihren eigenen Pullover an.

Es würde heute keine weiteren *Fehler* mehr geben.

Während Matt geheimnisvolle Handlungen an dem Kühler vollzog, die einen Spiritusbrenner, einen Lötkolben und irgendeinen dicken Metalldraht beinhalteten, vertrieb Liv sich die Zeit damit, durch sein Bücherregal zu stöbern. Es überraschte sie, wie viele Klassiker sich dort befanden. Es gab kaum einen Autor, der noch lebte – oder bis vor Kurzem gelebt hatte. Neben Moby Dick hatte er eine beeindruckende Sammlung der Werke von Jack London und sie musste zugeben, dass es irgendwie zu ihm passte – der einsame Wolf, der durch die Wildnis von Alaska streifte. Aber da waren auch einige Romane von Alexandre Dumas und mehrere Abenteuergeschichten aus der Kolonialzeit von Afrika und Amerika von einem Autor, der ihr nichts sagte.

Aufs Geratewohl zog sie einen Band von Jack London aus dem Regal und machte es sich auf dem Sofa gemütlich. Sie schlug das Buch auf und begann zu lesen.

Zumindest hatte sie das vorgehabt. Als sie die ersten paar Sätze etwa fünfmal gelesen hatte, ohne zu wissen, worum es da eigentlich ging, musste sie einsehen, dass es keinen Sinn hatte. Ihre Gedanken kreisten unaufhörlich um Matt. Und das war umso ärgerlicher, als dass er selbst sie kaum eines Blickes würdigte. Entweder war dieser Kühler, den er reparierte, so unglaublich faszinierend oder er hatte nach ihren ausgiebigen sexuellen Erfahrungen jegliches Interesse an ihr verloren.

Er hatte ihr nur knapp zugenickt, als er die Hütte mit seinem Werkzeug wieder betreten hatte. Vielleicht hatten sich seine Augen verengt, als er ihr neues Erscheinungsbild bemerkt hatte, aber sie war sich nicht sicher. Jedenfalls hatte er nichts gesagt.

Liv biss sich auf die Unterlippe. Vielleicht sollten sie doch darüber sprechen, was vorgefallen war. Aber welchen Sinn sollte das haben? Im Prinzip war alles gesagt. Es war ein Fehler, ein

Ausrutscher gewesen, der sich nicht wiederholen durfte.

Sie klappte das Buch zu und stand auf. Eine Strähne ihres offenen Haares fiel ihr ins Gesicht. Sie erinnerte sich daran, wie Matt ihr am Vorabend das Haargummi herausgezogen hatte. Wie er gesagt hatte, dass er das schon sehr lange hatte tun wollen. Es war eine eigenartig anrührende Geste gewesen, die nichts mit Lust oder Erregung zu tun hatte. Liv schluckte.

Entschieden ging sie zu dem zerwühlten Bett und bemühte sich, nicht daran zu denken, was es in diesen Zustand gebracht hatte, während sie nach ihrem Haargummi suchte. Sie fand es schließlich auf dem Boden neben einer aufgerissenen Kondomverpackung.

Hastig hob sie es auf und band sich die Haare zurück. Jetzt war sie bereit, Matt wieder gegenüberzutreten.

»Fertig«, verkündete er in diesem Moment. Er klang nicht wirklich zufrieden, fast schon grimmig.

»Bist du sicher?«, erkundigte sie sich nervös. Sie mochte sich nicht ausmalen, was geschehen würde, wenn er den Wagen nicht wieder instand setzen konnte.

Bilder von einer weiteren, leidenschaftlichen Nacht flackerten durch ihren Kopf und sie drängte sie entschieden beiseite. Das würde ganz sicher nicht passieren. Sie konnten sich nicht für immer in dieser Hütte verkriechen, sie hatten beide ein Leben, Verantwortung, einen Job. Wenn der Wagen nicht ansprang, würde es also auf einen elend langen Marsch auf der Landstraße hinauslaufen, bis sie einem Autofahrer begegneten oder in eine zivilisiertere Gegend mit Handyempfang gelangten. Ausgehend davon, was sie bisher gesehen hatte, konnte beides Stunden dauern.

»Natürlich bin ich mir sicher«, unterbrach Matt ihre Schreckensgedanken. »Die Reparatur war nicht kompliziert, nur mühselig.« Er zögerte. »Möchtest du hier warten, während ich den Wagen hole?«

»Nein.« Verwundert über ihre eigene Antwort schüttelte Liv

ihren Kopf. Aber es stimmte. Lieber wollte sie an seiner Seite zurück durch den Wald stampfen, als allein auf seine Rückkehr zu warten.

»Okay. Dann sollten wir los.«

»Ich mache nur eben das Bett.« Und entsorge die benutzten Kondome.

»Nicht nötig. Ich kann die Tage noch mal herkommen und ein bisschen aufräumen.«

»Nein, schon gut.« Sie griff nach der Decke. »Soll ich das Bettzeug abziehen?«

Ein Muskel zuckte in seinem Gesicht. »Nein.«

Überrascht hielt sie inne.

»Falte einfach die Laken zusammen, während ich den … Müll einsammle.«

Knapp zehn Minuten später stand Liv mit Regenmantel und Schal neben Matt an der Türschwelle und plötzliches Bedauern machte ihre Brust eng. Die letzten eineinhalb Tage waren die schönsten, die sie seit Langem erlebt hatte. Und auch wenn sie wusste, dass es nicht anders ging, wollte sie nicht, dass alles jetzt schon endete. Sie sah verstohlen zu Matt hoch, der starr geradeaus blickte. Er machte es richtig, es brachte nichts, zurückzuschauen, sich nach dem zu sehnen, was bereits vergangen war. Und doch konnte sie nicht anders.

Einem Impuls folgend stellte sie sich auf ihre Zehenspitzen, schlang einen Arm um seinen Nacken und presste ihre Lippen noch ein letztes Mal auf die seinen.

Matt versteifte sich für einen Herzschlag, dann zog er sie fest an sich und erwiderte langsam und zärtlich ihren Kuss. Dieses Mal lag darin kein Begehren und Liv spürte unvermittelt Tränen aufsteigen. Es fühlte sich wie ein Abschied an – endgültig und bittersüß.

»Danke«, hauchte sie und senkte ihre Lider, damit er die Feuchtigkeit nicht sah, die in ihren Augen schimmerte.

»Wofür?« Sein Zeigefinger strich ihr sanft über die Wange, und als sie ihn ansah, erkannte sie, dass er lächelte. Es war ihr gar nicht bewusst gewesen, wie sehr sie dies in den letzten beiden Stunden vermisst hatte.

»Für das alles.« Sie machte eine allumfassende Geste.

Sein Lächeln vertiefte sich. »Immer wieder gern.«

Sie nickte und löste sich von ihm. *Niemals wieder* traf es wohl besser.

Der Marsch zum Auto zurück kam ihr viel kürzer vor als der Hinweg. Vielleicht lag es daran, dass sie nun ausgeruht war und endlich wieder die Sonne schien. Vielleicht war es aber auch die Tatsache, dass jeder Schritt sie weiter in ihr altes Leben zurückbrachte.

Matt sagte in dieser ganzen Zeit kaum ein Wort. Und insgeheim war Liv ihm sogar dankbar dafür, hatte sie so doch Gelegenheit, ihre eigenen, widersprüchlichen Gedanken zu sortieren. Obwohl, viel zu sortieren gab es da gar nicht. Sie wusste genau, wo sie stand und was sie zu tun hatte. Daran änderte auch das wirbelnde Kaleidoskop aus *Was-wäre-wenns* nichts, das unablässig in ihrem Kopf kreiste.

Wie Matt vorhergesagt hatte, machte er den Wagen im Handumdrehen wieder flott. Das leise Schnurren des Motors klang wie Musik in ihren Ohren.

»Los geht's!« Matt schnallte sich an und sie beeilte sich, es ihm gleichzutun. Er lenkte den Wagen zurück auf die Straße und gab ordentlich Gas. »In etwa einer Stunde dürften wir wieder in Fairbanks sein.« Er zögerte und schien nach Worten zu suchen. »Wie wäre es«, er schaute sie abschätzend an, »wenn wir bei deinem Hotel halten, du ein paar frische Sachen holst und ich dich dann mit zu mir nehme?« Seine Frage hatte ganz lässig geklungen, und doch hallte sie wie Donner in ihren Ohren.

»Das ist ein wirklich verlockendes Angebot, Matt«, sagte sie langsam. Er hatte ja keine Ahnung, *wie* verlockend es war. Aber abgesehen von der Tatsache, dass sie nicht wusste, worauf seine Frage wirklich abzielte – auf ein paar weitere heiße Nächte oder auf etwas Anderes, worüber sie ganz sicher nicht näher nachdenken wollte – würde es alles nur noch schwieriger machen.

»Aber?«, fragte er leise.

»Aber das Wochenende ist vorbei.« Sie zuckte bedauernd mit den Schultern. »Und du weißt, dass ich grundsätzlich nichts mit Kunden anfange«, brachte sie ihren Standardspruch und lächelte entschuldigend, um ihren Worten die Spitze zu nehmen.

»Ich erinnere mich vage«, entgegnete er und schaute wieder auf die Straße.

Fast wünschte sie sich, er würde das Thema noch einmal ansprechen, ihr sagen, was er von dem Prickeln hielt, das sie noch immer zwischen ihnen beiden spürte. Doch er ließ es auf sich beruhen und gab stattdessen noch einmal Gas, als könnte er es plötzlich nicht erwarten, sie bei ihrem Hotel abzuliefern.

Liv konnte den Moment, als sie sich der Zivilisation näherten, genau benennen. Ihr Handy vibrierte ununterbrochen fast zwei volle Minuten, während all die Nachrichten eingingen, die sie in den letzten eineinhalb Tagen verpasst hatte. Beth hatte ihr mehrere SMS geschickt, bevor sie dazu übergegangen war, ihr immer panischer klingende Nachrichten auf der Voicemail zu hinterlassen.

Liv textete ihr schnell, dass alles in Ordnung war, und versprach, sie bald anzurufen. Jetzt war sie noch nicht so weit, von der vergangenen Nacht zu erzählen, und erst recht nicht, während Matt in Hörweite war.

»Muss ich mir Sorgen machen?«, fragte er schmunzelnd.

»Was? Wieso?«

»Du scheinst ziemlich vermisst worden zu sein. Muss ich befürchten, dass die Polizei nach mir als deinem Entführer fahndet?«

Liv grinste, erleichtert darüber, dass er ihr für die Abweisung nicht böse war. »Ich glaube, das Schlimmste hast du gerade noch vermeiden können, indem du mich rechtzeitig zurückbringst. Ich weiß nicht, was geschehen wäre, wenn wir noch länger in der Hütte geblieben wären.«

»So einiges«, murmelte Matt so leise, dass sie nicht sicher war, ob er es wirklich gesagt hatte.

Liv beantwortete noch schnell die Nachricht ihrer Mutter, als er auch schon auf dem Hotelparkplatz hielt.

Hastig steckte sie das Handy weg und schnallte sich ab. Dann wandte sie sich Matt zu und ihre Augen trafen sich. Leidenschaft und Verheißung tanzten in den seinen wie bleigraue Flammen. Die Stille zwischen ihnen dehnte sich ins Unermessliche, während Liv verzweifelt nach den richtigen Worten suchte. Ihr Mund war plötzlich wie ausgetrocknet, ihr Herz schlug ihr bis zum Hals, während all das, was sie mit ihm erlebt hatte, plötzlich ihren Geist flutete. Sie ballte ihre Hand zur Faust, um sie nicht auf seinen Schenkel zu legen, oder noch schlimmer, um ihn nicht zu sich heranzuziehen und sich in dem Sturm zu verlieren, den er allein durch seine Gegenwart in ihr auslöste.

Er neigte sich ihr entgegen, sie sah den hungrigen Ausdruck in seinem Gesicht, der zu der wachsenden Ausbeulung in seiner Hose passte, genauso wie zu dem Pulsieren in ihrem eigenen Unterleib. Er wollte sie küssen. Und sie wollte es auch. Und noch viel mehr als das.

»Wir sehen uns morgen!«, krächzte sie heiser und stieß ihre Tür auf. Sie wusste, ihr Verhalten kam einer Flucht gleich. Aber es war immer noch besser, als alle Vernunft, alle Vorsicht über Bord zu werfen und ihn zu sich hineinzubitten. Doch, weiß Gott, genau das hätte sie getan, wenn sie nur eine Sekunde länger mit ihm im Auto sitzen geblieben wäre.

Ohne sich umzudrehen, rannte Liv ins Hotelgebäude hinein und hörte, wie hinter ihr der Motor des Jeeps aufheulte. Als sie sich aus der Sicherheit der Lobby heraus schließlich umdrehte, war von Matt keine Spur mehr zu sehen.

Auf wackligen Beinen ging sie zur Rezeption, um ihren Schlüssel abzuholen, dann stieg sie langsam die Treppe zu ihrem Zimmer hinauf. Sie hatte heute außer Crackern und Kaffee noch nichts gegessen, doch sie war sich sicher, dass es nicht der Hunger war, der ihren Magen so flau werden ließ. Es war Matt.

Sie öffnete die Tür und machte sich gerade noch die Mühe, ihre Schuhe und den Mantel auszuziehen, bevor sie sich auf das Bett fallen ließ. Ihr Kopf dröhnte von all den Gedanken, die sich darin tummelten.

Sie hatte ein ganz fantastisches Wochenende hinter sich und fühlte sich doch völlig niedergeschlagen, wusste nicht, wie sie Matt morgen begegnen sollte. Wie sollte sie es schaffen, wieder professionelle Distanz zu wahren, nachdem sie sich so nahe gewesen waren? Nachdem sie erfahren hatte, wie seine Küsse schmeckten und was seine Finger alles anzustellen vermochten? Von anderen Körperteilen ganz zu schweigen?

Liv griff nach ihrem Kissen und schlug es sich verzweifelt vors Gesicht.

Es war ein Fehler gewesen. Ein riesengroßer sogar.

Es klingelte. Liv schreckte hoch und erkannte verschlafen, dass es sich um ihr Handy handeln musste. Sie tastete umher, bis sie ihre Tasche erwischte und das Gerät herausholte. Natürlich war es Beth.

»Hattest du nicht versprochen dich zu melden?«, drang ihr die aufgebrachte Stimme ihrer Freundin entgegen, kaum dass sie rangegangen war. »Deine SMS ist schon Stunden her. Ich vergehe hier vor Sorge!«

»Wie spät ist es denn?«, murmelte Liv. Sie war tatsächlich eingeschlafen. Draußen war es noch hell, aber das hatte in dieser Gegend ja nicht viel zu bedeuten.

»Hier ist es kurz vor neun.«

Also musste es bei ihr fast sechs sein.

»Wo bist du?«

»In meinem Zimmer.« Liv räusperte sich und setzte sich auf. Ihr ganzer Körper fühlte sich wie gerädert an. Allmählich setzte der Muskelkater ein. Außerdem hatte sie in der letzten Nacht nun wirklich nicht viel geschlafen. Kein Wunder, dass sie jetzt so müde war.

»Und warum meldest du dich nicht bei mir?«

»Tut mir leid.« Sie wischte sich über das Gesicht, um etwas klarer denken zu können. »Ich bin eingenickt.«

»Eingenickt? Mitten am Nachmittag?« Beths Stimme hörte sich überaus skeptisch an.

»Ja.« Sie gähnte. »Ich bin gestern kaum zum Schlafen gekommen.« Mist! Hatte sie das gerade wirklich gesagt? Liv biss sich verärgert auf die Lippe.

»So?«, fragte Beth überaus interessiert. War ja klar, dass ihr dieser Ausrutscher nicht entgehen würde. »Was hast du denn stattdessen getrieben?«

Liv hatte noch immer keine Ahnung, was sie ihrer Freundin über Matt erzählen sollte, was es da überhaupt zu erzählen gab. Sie hatten ein paarmal miteinander geschlafen – Ende der Durchsage.

»Ich war mit Matt unterwegs ...«

»Matt wie in *Mr.* Matt Coleman?« Beths Stimme überschlug sich beinahe vor Begeisterung. »Oh, mein Gott! Sag nicht, dass du tatsächlich auf mich gehört hast, du ungezogenes Mädchen!«

»Vielleicht doch.« Beths Überschwang war irgendwie ansteckend und Liv ertappte sich bei einem Grinsen.

»Und? Wie war's?«

»Phänomenal«, hauchte Liv im Brustton der Überzeugung.

»Oh, wow!« Beth wurde plötzlich ernst. »Und wie geht es dir? Was macht ihr jetzt weiter?«

»Mir geht es blendend! Du hattest recht. Ich habe wirklich mal wieder eine richtig heiße Nacht gebraucht.«

»Bist du sicher?«

»Ja. Wieso?«

»Weil es irgendwie nicht nach dir klingt. Ich glaube, in all den Jahren, die ich dich kenne, hast du höchstens *ganz nett* gesagt, wenn ich dich nach einer Nacht gefragt habe.«

Weil sie alle nicht der Rede wert gewesen waren, hätte sie am liebsten erwidert. Aber das hätte der Sache mit Matt vermutlich nur noch mehr Bedeutung verliehen. Bedeutung, die ihr nicht zustand. »Dann ist Matt Coleman eben ein begnadeter Liebhaber. So etwas kommt vor.«

»Und wirst du ihn wiedersehen?«

»Ja. Morgen im Büro.«

»Das meine ich doch gar nicht. Wieso bist du überhaupt alleine im Hotel, wenn der Sex so gut war? Wieso versüßt du dir deinen Aufenthalt nicht noch ein bisschen mehr?«

»Wir sind uns einig, dass es ein Ausrutscher war. Wir waren in einer einsamen Waldhütte gestrandet, weitab der Zivilisation. Und da führte eins zum anderen.«

»Und wieso kann in der Stadt eins nicht mehr zum anderen führen?«

»Weil es alles nur komplizierter macht.«

»Aha!«, rief Beth triumphierend aus, als wäre damit irgendetwas bewiesen. »Du magst ihn, gib es zu.«

»Natürlich mag ich ihn, sonst wäre ich wohl kaum mit ihm ins Bett gestiegen. Er ist ein netter Kerl.«

»Aber?«

»Kein Aber. Übermorgen fliege ich zurück und das war's.«

»Wie du meinst, Süße. Aber spätestens wenn du wieder da bist, möchte ich alle schmutzigen Details hören. Ich sitze hier schon zu lange auf dem Trockenen.«

»Das kann ich mir irgendwie nicht vorstellen.« Liv schmunzelte.

»Na gut, vielleicht nicht ganz auf dem Trockenen, aber meine letzte *phänomenale* Nacht ist definitiv schon ewig her.«

»Wir werden sehen«, vertröstete Liv ihre Freundin. »Bis morgen, Süße.«

»Dann meldest du dich aber wirklich. Du hast nicht noch einen weiteren Ausflug mit deinem Mr. Coleman vor, oder?«

»Nein, habe ich nicht.« Liv verzichtete auf den Hinweis, dass es nicht *ihr* Mr. Coleman war.

Sie legte auf und schaute nachdenklich aus dem Fenster. Das Gespräch mit Beth hatte ihr gutgetan. Es hatte nichts an der gegenwärtigen Situation geändert, doch sie fühlte sich besser. Was in Alaska geschehen war, würde in Alaska bleiben. Und auch wenn sie es sicherlich nie vergessen würde, hatte es keinen Einfluss auf ihr Leben.

Kapitel 11

»Und, wie war das Wochenende?«

»Ganz nett«, erwiderte Liv schnell und beugte sich tiefer über ihren Laptop, damit Tom die Röte nicht sah, die ihr bei der Erinnerung in die Wangen schoss.

»Hat Matt sich bei dir gemeldet?«

Liv warf ihm einen verstohlenen Blick zu. Wusste er etwas darüber, was zwischen Matt und ihr geschehen war? Hatte Matt mit ihm geredet? Doch aus Toms Miene sprach nur höfliche Neugier, er schien völlig ahnungslos zu sein. »Ja, er hat mich am Samstag ein wenig rumgeführt«, erwiderte sie knapp.

»Dann hat er dir also alles gezeigt?«

Ja, so konnte man es sagen. Und wie er es ihr gezeigt hatte. »Wir waren erst auf dem Gelände und sind dann zu den Holzfällern rausgefahren.«

Tom runzelte die Stirn. »Wart ihr am Sonntag auch unterwegs? Ich habe die ganze Zeit versucht, Matt zu erreichen.«

»Wieso? War etwas vorgefallen?«, wich sie seiner Frage aus.

»Nein. Ich wollte nur hören, wo er steckt.«

Liv überlegte fieberhaft, wie sie dem Verhör entkommen konnte. Am liebsten hätte sie den Spieß umgedreht und ihn gefragt, wieso er Matts Hütte für seine amourösen Abenteuer nutzte, doch dann hätte sie verraten müssen, dass sie das Haus gesehen hatte. Und er würde mit Sicherheit eins und eins zusammenzählen können.

»Guten Morgen.« Matt steckte seinen Kopf durch die Tür. Und obwohl sie noch immer nicht ganz sicher war, wie sie sich ihm gegenüber nun verhalten sollte, freute sie sich, ihn zu sehen. Er schaute wieder einfach zum Anknabbern aus. Die schwarze Levi's betonte seine schmalen Hüften und das jeansblaue Hemd passte perfekt zur Farbe seiner Augen. Außerdem konnte Tom sich nun direkt an ihn wenden, anstatt sie mit seinen Fragen zu bedrängen.

»Hallo Matt.« Er grinste seinen Freund an. »Auch wieder aufgetaucht? Wo hast du bloß das ganze Wochenende gesteckt?«

»Erzähle ich dir später«, beschied Matt ihn knapp. »Liv, kommst du mal bitte?«

Mit weichen Knien stemmte Liv sich hoch und schnappte sich ihren Laptop. Sie würde mit ihm über seine Firma reden, über Marketing und Strategien, über was auch immer sonst noch anstand, aber auf keinen Fall über sich und ihn.

Sie spürte Toms verwunderten Blick im Rücken, sah, wie Matt seinen Freund mit einem stummen Kopfschütteln auf später vertröstete, und war sich ganz sicher, dass Tom bereits ahnte, was wirklich vorgefallen war.

Matt ließ ihr den Vortritt in sein Büro und schloss nachdrücklich die Tür hinter sich. Erschrocken fuhr Liv herum. Sie fühlte sich wie in einer Falle.

Matt schien den ganzen Raum auszufüllen. Seine Augen funkelten, ein leichtes Lächeln lag auf seinen Lippen und ganz schwach nahm sie den Duft seines Aftershaves wahr. Ihre Brust zog sich sehnsüchtig zusammen. Ungefiltert prasselten die Erinnerungen an die vergangenen zwei Tage auf sie herab – die Hütte, sein Hemd, sein perfekter Körper, seine heißen Küsse überall auf ihrer Haut.

Sie schloss die Augen und schüttelte den Kopf. Als sie sie wieder öffnete, stand er ganz nah bei ihr und schaute zärtlich auf sie herab. »Ich habe dich letzte Nacht vermisst«, wisperte er. Seine Finger angelten zaghaft nach den ihren.

Liv räusperte sich. »Worüber wollten Sie mit mir sprechen, Mr. Coleman?«

Sein Blick verdüsterte sich, er wich zurück. Ihre Worte schienen ihn verletzt zu haben. »Da sind wir also wieder?«, fragte er kühl.

Liv unterdrückte den Impuls, ihre Hand an seine Wange zu legen, die Spannung in seinem fest zusammengebissenen Kiefer wegzustreicheln, die Falte zu glätten, die zwischen seinen

Augenbrauen erschienen war. Sie seufzte. »Es tut mir leid. Ich … ich wollte dich nicht beleidigen. Aber irgendwie müssen wir die Distanz wiederfinden.«

»Sagt wer?« Herausfordernd verschränkte er die Arme vor seiner Brust.

»Der gesunde Menschenverstand. Und ich«, fügte sie leise hinzu.

»Wieso?«

»Weil wir uns einig waren, dass es ein Fehler war. Weil es gar nicht erst hätte passieren dürfen. Und weil es zu nichts führt.«

»Okay.« Er lehnte sich an seinen Schreibtisch »Es war ein Fehler und hätte nicht passieren dürfen.« Nacheinander hielt er zwei Finger in die Luft. »Aber es ist geschehen und die Welt dreht sich weiter.« Seine Mundwinkel kräuselten sich. »Obwohl ich ein paarmal durchaus das Gefühl hatte, sie wäre für einen Moment stehen geblieben.«

Liv senkte ihren Kopf. Sie wusste genau, was er meinte.

»Wir können es nicht rückgängig machen, aber wir können es genießen. Das bringt mich übrigens zu Punkt drei.« Er streckte einen weiteren Finger hoch. »Es würde durchaus zu etwas führen – zu einigen extrem schönen Stunden zum Beispiel.« Seine Stimme klang samtig, dunkel und weich.

Liv schluckte. Der Mann war Verführung und Verheißung pur. Sie spürte ihre Willensstärke schwinden.

»Lass es bitte gut sein, Matt«, flüsterte sie. »Morgen früh reise ich ab. Wir sollten die Zeit produktiv nutzen.«

»Genau das habe ich vor.«

»Produktiv für dein Unternehmen«, betonte sie.

»Ist das dein letztes Wort?«

»Ja.«

»Wie du willst.« Abrupt stieß er sich vom Schreibtisch ab und ging um ihn herum, um sich auf seinen Platz zu setzen. »Ich muss dich allerdings enttäuschen, du kannst nicht morgen abreisen. Das habe ich dir doch schon mal gesagt.«

»Natürlich kann ich das! Mein Flug ist bereits gebucht.«

»Die Abreise wurde unter der Annahme festgelegt, dass du das Wochenende durcharbeitest. Und ich kann eindeutig bezeugen, dass du das nicht gemacht hast. Ich fürchte also, du wirst noch mindestens zwei Tage dranhängen müssen.« Grinsend lehnte er sich in seinem Bürostuhl zurück.

Liv funkelte ihn erbost an. Doch sie konnte nicht leugnen, dass er recht hatte. »Also gut, ich verschiebe den Flug. Aber nur unter einer Bedingung.«

»Und die wäre?«

»Ich bekomme deine volle Unterstützung für dieses Projekt.«

»Meine Tür steht dir immer offen.« Er beugte sich vor und senkte seine Stimme. »Und zwar nicht nur diese.« Er deutete auf den Ausgang seines Büros.

Irgendetwas in seinem Ton ließ bei ihr keinen Zweifel daran aufkommen, dass er seine Schlafzimmertür im Sinn hatte.

»Danke. Diese hier reicht mir völlig.«

Er zuckte die Achseln. »Wenn du deine Meinung änderst, weißt du ja, wo du mich findest.«

»Das wird nicht passieren, Matt.«

»Wir werden sehen.«

Entschlossen klappte Liv ihren Laptop auf. »Es gibt hier ein paar Zahlen, die ich mit dir durchgehen möchte.«

»Gerne.«

Sie stellte den Computer so auf seinen Schreibtisch, dass sie beide darauf schauen konnten, während sie sich gegenübersaßen.

»Warte, das ist nicht gut«, sagte Matt und stand auf. »So verdrehen wir uns beide den Hals.« Er holte für sie einen freien Stuhl, den er direkt neben den seinen stellte.

Liv zögerte.

»Keine Angst. Ich beiße nicht. Zumindest nicht, solange du mich nicht darum bittest«, witzelte er. Dann wurde er ernst. »Du hast *Nein* gesagt und das respektiere ich. Noch nie habe ich eine

Frau zu etwas gezwungen, was sie nicht wollte.«

Sie hätte auch nichts Anderes von ihm gedacht. Das Problem war nicht er, sich selbst konnte sie nicht vertrauen, wenn sie in seiner Nähe war. Aber das konnte sie ihm natürlich nicht sagen.

Ihr Herz hämmerte viel zu schnell und sie hoffte, dass er ihre Aufregung nicht bemerkte, als sie sich neben ihn niederließ, so nah, dass sich ihre Knie berührten. Er musste es auch spüren, doch er verzog keine Miene. Konnte es sein, dass seine Wirkung auf sie viel stärker war als umgekehrt?

»Also, was wolltest du mir zeigen?«

Liv riss sich zusammen und öffnete die Datei.

»Danke.« Plötzlich legte sich seine Hand warm und schwer auf die ihre. Liv zuckte zusammen, als hätte sie ein Blitzschlag getroffen. »Ich habe dir noch gar nicht für all die Mühe gedankt, die du dir für mich und meine Firma machst.«

Sie wandte ihren Kopf und versank in seinen stahlgrauen Augen. »Dafür bin ich ja da«, krächzte sie. Dann sprang sie auf. »Diese Daten dürften für Tom auch interessant sein«, erklärte sie hastig. »Ich hole ihn eben.«

Auf keinen Fall würde sie noch länger mit Matt allein in einem Raum bleiben.

***

»Würdest du mir jetzt endlich mal erklären, was da zwischen Liv und dir läuft?«

Matt seufzte. Die letzte Stunde war die reine Hölle für ihn gewesen. Sie so nahe bei sich zu haben, ohne sie berühren zu dürfen, war fast unerträglich gewesen. Er hatte ihr versprochen, sie in Ruhe zu lassen, solange sie es nicht selbst anders wollte, doch ohne Toms Anwesenheit hätte er sein Wort kaum halten können. Was vermutlich in erster Linie der Grund dafür gewesen war, wieso sie seinen Freund überhaupt hergeholt hatte. Matt erkannte sich selbst gar nicht wieder. Normalerweise fiel es ihm nicht schwer, seine Triebe unter Kontrolle zu halten, doch dieses Mal … Sie brachte ihn regelrecht um den Verstand. Der Sex mit ihr war der aufregendste, erfüllendste seines Lebens. Nicht einmal mit Linda war es ihm so ergangen, obwohl sie beide sich wahrlich hemmungslos ausgetobt hatten.

»Matt?« Toms ungeduldige Stimme riss ihn aus seinen Gedanken.

»Da läuft nichts«, wehrte er halbherzig ab.

»Das kannst du deiner Großmutter erzählen. Glaubst du, ich hätte nicht gesehen, wie ihr euch mit den Augen verschlingt? Hätte ich ein Streichholz in die Luft zwischen euch gehalten, es hätte sich mit Sicherheit entzündet. Also?«

Matt wischte sich mürrisch über das Gesicht. »Wie stehen die Chancen, dass du einfach die Klappe hältst und verschwindest?«

»Äußerst schlecht.« Zufrieden ließ sich Tom auf einen Stuhl fallen.

»Ich habe sie am Samstag abgeholt, ganz wie du es gewollt hattest.« Tom brauchte sich jetzt also wirklich nicht so aufzuspielen. Strenggenommen war alles, was geschehen war, nur seine Schuld. Oder sein Verdienst, je nachdem, wie man es sah. Denn obwohl Liv es als Fehler bezeichnete, brachte er es nicht über sich, irgendetwas davon zu bereuen. Sie hatten *wirklich* viel Spaß gehabt, und wenn es nach ihm ginge, würden sie noch eine ganze Menge mehr davon haben, bevor sie abreiste.

»Und dann?«, drängte Tom ungeduldig.

Matt schoss ihm einen finsteren Blick zu. »Du bist ja schlimmer als jedes Klatschweib.«

Er lachte. »Ich möchte nur wissen, wie sie es geschafft hat, dich so sehr aus der Fassung zu bringen.«

»Wir sind ein wenig herumgefahren, haben die Jungs draußen besucht. Und auf dem Rückweg ist das Auto kaputtgegangen.«

»Ganz von alleine.«

»Nein, ein Reh und ein Baum waren ebenfalls beteiligt. Da

wir keinen Empfang hatten, konnte ich keinen Abschlepper rufen, also habe ich sie zur Hütte gebracht.«

»Du hast was?« Erkenntnis dämmerte in Toms Gesicht. »Du hast mit ihr geschlafen.« Es war eine Feststellung, keine Frage.

»Ja.« Matt rieb sich die Stirn.

»So schlimm?«

»Du hast keine Ahnung.« Er atmete tief durch und sah seinen Freund hilflos an. »Es war einfach *kawumm*, phänomenal, ein Feuerwerk der Sinne.« Er stockte. »Du hattest recht«, fuhr er nach einer kleinen Pause fort, »ich habe mich von Anfang an von ihr angezogen gefühlt. Ich habe gehofft, dass das enden würde, wenn das Verlangen einmal gestillt ist. Aber ...«

»Aber das ist es nicht?«

»Nicht einmal annähernd. Sie geht mir einfach nicht mehr aus dem Kopf – und gewissen anderen Körperteilen.«

Tom gluckste. »Dann schlage ich vor, du schnappst sie dir, solange sie noch hier ist.«

»Das würde ich gern, aber es verstößt gegen ihre verdammten Regeln.«

Tom klopfte ihm aufmunternd auf die Schulter. »Ich bin sicher, dir fällt schon noch etwas ein.«

»Danke«, brummte Matt sarkastisch.

»Keine Ursache.« Grinsend verließ Tom sein Büro.

***

Nachdenklich starrte Liv auf die eMail, die sie gerade erhalten hatte. Mr. Harper zeigte sich überrascht, dass sie ihren Rückflug verschoben hatte, und forderte ihre bisherigen Ergebnisse an. Glaubte er etwa, sie würde sich hier nur vergnügen, anstatt ihre Arbeit zu tun? Dass sie freiwillig noch länger hierblieb?

Die Aussicht, ein paar weitere Tage in Fairbanks zu verbringen, erschien ihr zwar nicht mehr ganz so furchtbar, aber das brauchte er ja nicht zu wissen. Sie hatte handfeste Gründe für ihren Entschluss.

Sie klickte auf den Reply-Button. In knappen Sätzen erklärte sie, dass Mr. Coleman sich endlich zur Kooperation entschieden habe und sie noch zwei weitere Tage brauche, um das Projekt zu einem wirklich erfolgreichen Abschluss zu bringen.

Die Antwort kam unverzüglich. Liv runzelte überrascht die Stirn. Mr. Harper schien wirklich großes Interesse an dem Sägewerk zu haben. Jetzt schrieb er ihr, dass er die Verlängerung genehmigte – als ob sie seine Erlaubnis dafür benötigte – und bat sie, ihm ihre komplette Unternehmensbewertung noch bis zum Abend zukommen zu lassen. Eigentlich hatte sie geplant, diese – so wie üblich – am letzten Tag zu erstellen, doch die Anweisung ihres Chefs war eindeutig.

Unschlüssig trommelte sie mit den Fingern auf der Tischplatte. Sollte sie Matt davon erzählen? Vielleicht wollte Mr. Harper ihre Daten tatsächlich dazu benutzen, seine Dividendenforderungen neu zu verhandeln. Die Firma stand schließlich deutlich besser da, als sie – und vermutlich auch ihr Chef – ursprünglich gedacht hatte. Andererseits war sein Anliegen durchaus legitim. Als Anleger hatte er ein Recht darauf, über sein Investitionsobjekt genau Bescheid zu wissen. Und spätestens wenn das Projekt abgeschlossen war, würde er alle Unterlagen ohnehin von ihr bekommen.

Aber wieso fühlte es sich dann an, als würde sie Matt damit hintergehen?

Weil du mit ihm geschlafen hast, flüsterte die kleine Stimme in ihrem Kopf. Das war der Grund dafür, warum man sich mit Mandanten niemals einlassen durfte. Es brachte einen lediglich in Gewissenskonflikte. Wenn Matt nur ein x-beliebiger Kunde gewesen wäre, hätte sie nicht gezögert, die Anfrage ihres Chefs zu erfüllen. Also würde sie es auch jetzt nicht tun.

Dennoch zitterten ihre Finger leicht, als sie schnell eine Antwort tippte und versprach, die Aufstellung bis zum Abend fertig zu haben. Dann suchte sie ihre halbfertige Datei heraus und machte sich an die Arbeit.

»Kann ich dir helfen?« Matt trat in das Büro und ließ sich auf Toms inzwischen leeren Stuhl sinken.

Erschrocken schaute Liv hoch. »Ist es etwa schon sieben?« Mist, sie hatte vergessen, sich das Taxi zu bestellen.

Verständnislosigkeit, Schock und Erheiterung wechselten sich in schneller Folge auf Matts Gesicht ab. »Ich biete dir meine Hilfe an und du glaubst, ich möchte dich aus dem Büro schmeißen?«

»Wäre nicht das erste Mal.«

Zerknirscht fuhr er sich durch die Haare. »Ich bin ein echtes Arschloch gewesen, was?«

»Du hattest so deine Momente.« Liv bemühte sich um einen kühlen Tonfall, doch sie konnte nicht verhindern, dass sich ihre Mundwinkel verräterisch kräuselten. Sie konnte ihm einfach nicht böse sein, dafür sah er gerade zu sehr wie ein erwischter Lausbub aus. Wärme durchflutete ihre Brust.

»Was machst du da?« Neugierig trat er näher.

Sie drehte ihren Laptop so, dass er einen Blick darauf werfen konnte, ohne sich direkt über sie beugen zu müssen. Auch so schon begann ein ganzer Schmetterlingsschwarm aufgeregt in ihrem Bauch zu flattern. »Das ist eine Aufstellung, die zeigt, wie viel deine Firma wert ist.«

»Da fehlen aber definitiv noch ein paar Nullen.« Matt tippte mit dem Finger selbstironisch auf die Ergebniszeile.

»Ich bin ja auch noch nicht ganz fertig.«

»Und wer überweist mir den fehlenden Betrag zwischen der Endsumme und meinem aktuellen Kontostand?«

»Es tut mir leid, dich enttäuschen zu müssen, aber das wird wohl kaum passieren. Zumindest so lange nicht, bis du das Unternehmen verkaufst.«

»Was?« Nun sah er doch aufmerksamer hin. »Mehr ist es

nicht?«

»Ich finde es ganz ordentlich. Aber wie ich sagte, ich bin noch nicht fertig.«

»Solange du da nicht noch drei Nullen dazuzauberst, wird es wohl nichts mit meinem vorzeitigen Ruhestand auf einer karibischen Insel.«

»Da würde es dir ohnehin nicht gefallen.«

»Woher willst du das wissen?« Er musterte sie aufmerksam. Jeglicher Schalk war aus seinem Blick verschwunden.

»Weil du einfach hierhergehörst. Die Wälder, die Berge, das Sägewerk – das alles passt wirklich zu dir.«

»Und wohin gehörst du, Liv?«

Sie wandte ihr Gesicht ab. Wenn sie das nur wüsste. Seit sie ein kleines Mädchen war, hatte sie sich stets nur in Businesskleidung und mit Aktentasche in der Hand in einem schönen, großen Büro gesehen – zielstrebig, erfolgreich, souverän. Nie hatte sie sich etwas Anderes vorstellen können. Bis jetzt.

Sie riss sich zusammen, das war absurd. Sie wusste genau, was sie wollte, und auch, wo ihr Platz war. »Ich gehöre an die Seite meiner Mandanten, wo auch immer sie sich befinden mögen. Ich liebe das, was ich tue – die Reisen, die vielen Menschen, die Herausforderungen.«

Er nickte und zog sich ein wenig von ihr zurück. »Das glaube ich gern. Du bist wirklich gut.«

Vermutlich wollte er ihr damit mehr Freiraum geben, doch sie nahm die Distanz, die er zwischen ihnen schuf, fast schmerzlich wahr. Sie brauchte lediglich ihren Arm auszustrecken, um ihn wieder zu sich zu ziehen, seine Wärme, seine Kraft und Leidenschaft zu spüren. Aber sie tat es nicht. Sie waren bereits einmal zu weit gegangen, viel weiter, als es gut für sie war.

»Du brauchst nicht auf mich zu warten«, sagte sie und legte ihre Hand zurück auf die Tastatur. »Ich brauche vermutlich noch eine oder zwei Stunden. Ich ziehe die Tür dann einfach hinter mir zu.«

»Ich würde dir gern Gesellschaft leisten. Ich kann uns eine Pizza ordern, wenn du willst. Ich muss mich zwar erst noch bei meiner Beraterin rückversichern, doch ich glaube, dafür reichen meine Finanzen gerade noch aus.«

Sie lächelte dankbar über seinen Versuch, die Stimmung wieder aufzulockern. »Das ist lieb, aber nicht nötig. Lucy hat mir noch ein Schälchen Nudelsalat von heute Mittag übriggelassen. Du kannst also ruhig deinen Feierabend genießen.«

Er schaute sie mit einem merkwürdigen Ausdruck an und sie war sich sicher, dass er noch etwas dazu sagen würde, doch schließlich biss er sich bloß auf die Lippe und schnaufte resigniert. »Wie du meinst. Schönen Abend noch, Liv.«

»Danke.« Sie lächelte ihn an, aber er bemerkte es nicht mehr, da er das Büro mit schnellen Schritten und gestrafften Schultern verließ.

Liv atmete tief durch. Wie es aussah, hatte er endlich begriffen, dass sie es mit der Distanz wirklich ernst meinte. Erleichtert wandte sie sich wieder ihren Berechnungen zu und ignorierte die schmerzhafte Leere, die sein Verschwinden in ihr ausgelöst hatte.

Kapitel 12

Die nächsten beiden Tage schienen Liv wie aus einer Fallstudie für ein perfektes Projekt entsprungen zu sein. Sie diskutierte gemeinsam mit Matt viele neue Ideen – für Marketingaktionen oder neue Geschäftsfelder. Und auch wenn sie wusste, dass er die meisten davon niemals realisieren würde, machte ihr die Zusammenarbeit mit ihm einfach nur Spaß. Mit seinem technischen Sachverstand, seiner Kreativität und der Fähigkeit, auch mal um die Ecke zu denken, wäre er für jedes Consultingteam eine echte Bereicherung.

Er hatte auch nicht wieder versucht, sich ihr in irgendeiner Weise zu nähern. Aber das musste er auch gar nicht. Seine Wirkung auf sie blieb ungebrochen. Ein Blick auf seine großen, schlanken Hände rief ihr sofort die Stunden in der Hütte in Erinnerung, sein Duft löste noch immer ein sehnsüchtiges Ziehen in ihr aus und seine Anwesenheit reichte aus, um ihren Bauch vor Aufregung kribbeln zu lassen. Sie konnte es nicht länger leugnen. Sie hatte sich wie ein alberner Teenager in ihn verknallt.

Zum Glück waren sie beide erwachsen und reif genug, dieses Thema nicht weiter zu vertiefen.

Liv rief noch einmal den Flugplan auf, den Nancy ihr geschickt hatte. Morgen um diese Uhrzeit würde sie endlich auf dem Weg nach Hause sein, würde Matt Coleman und all die verwirrenden, störenden Gefühle, die er in ihr auslöste, endgültig hinter sich lassen.

»Wann geht dein Flug?«, fragte er sie, als hätte er ihre Gedanken gelesen.

»Morgen um neun.« Sie sah ihn nicht an, wollte nicht wissen, was er darüber dachte, ob es ihn überhaupt berührte, dass sie in weniger als zwanzig Stunden für immer aus seiner Nähe verschwinden würde.

»Und was steht heute noch auf dem Programm?«

»Die Abschlusspräsentation. Ich muss nur noch ein paar Dinge vorbereiten, dann können wir loslegen.«

»Hältst du das wirklich für erforderlich?« Er runzelte seine Stirn. »Ich meine, wir haben in den letzten Tagen so gut wie alles besprochen. Viel Neues wird da wohl kaum noch drinstehen, oder?«

»Nein.« Natürlich hatte er recht. Und doch hatte sie sich auf diesen letzten gemeinsamen Termin mit ihm gefreut, hatte gehofft, dass es ihr helfen würde, einen Schlussstrich zu ziehen – unter das Projekt … und unter Matt.

Ihre Arbeit hier war getan. Und ohne die Präsentation hatte sie keinen Grund, sich noch länger auf dem Firmengelände aufzuhalten.

»Du kannst sie mir auch einfach zumailen. Und wenn ich Fragen habe, kann ich dich doch bestimmt erreichen.«

»Sicher.« Sie fühlte sich, als würde er sie gerade hochkant aus seinem Büro rausschmeißen. Sie verstand es zwar nicht, aber sie hatte kein Recht, ihm irgendwelche Fragen zu stellen. Vielleicht hatte er einen wichtigen Termin, vielleicht war er verabredet. Sie ignorierte den leichten Stich der Eifersucht und streckte ihm die Hand entgegen. »Also dann, mach's gut, Matt. Es hat mir Spaß gemacht, mit dir zu arbeiten, und ich wünsche dir und deinem Betrieb viel Erfolg.«

Verdattert starrte er sie an, ließ seinen Blick von ihrem Gesicht, das ihr professionellstes Lächeln trug, zu ihrer Hand wandern, die noch immer zwischen ihnen in der Luft hing. »Du willst gehen? Jetzt? Ich dachte, deine Präsentation ist noch nicht fertig.«

»Die kann ich auch im Hotel zu Ende bringen. Ich habe alle Daten, die ich benötige. Es gibt keinen Grund für mich, noch länger hierzubleiben.«

Seine Gesichtszüge entgleisten ihm für einen Moment. »Mein Gott, Liv. So war das doch nicht gemeint!« Er schüttelte vehement seinen Kopf. »Ich wollte uns nur ein paar freie

Stunden verschaffen, um den Abschluss des Projekts gebührend zu feiern.«

Unsicher schaute sie ihn an. Es war nicht unüblich, dass die Mandanten ein Beraterteam zum Essen oder zu einer Abendveranstaltung einluden, aber irgendwie hatte sie das Gefühl, dass Matt etwas ganz Anderes vorschwebte.

»Alles völlig harmlos«, beteuerte er hastig. »Nur ein Essen als Dankeschön für deine Mühe. Wenn ich schon keine Beraterrechnung zahlen muss, lass mich doch wenigstens für dich kochen.«

»Kochen?«, wiederholte sie und legte all die Skepsis, die sie aufbringen konnte, in ihre Stimme hinein. Er hatte sie fast überzeugt, aber ein selbstgekochtes Essen, vermutlich auch noch in seinem Haus, roch für ihr Verständnis deutlich mehr nach einem Date als nach einem schlichten Dank.

»Ja, kochen. Ich kann nämlich noch ein paar andere Dinge als Dosenbohnen.«

Livs Wangen färbten sich leuchtend rot. Die Erinnerung *daran* war alles andere als geeignet, ihre Bedenken zu zerstreuen. Er musste zu dem gleichen Schluss gekommen sein, denn er warf in gespielter Verzweiflung seine Arme in die Luft. »Keine Angst, Tom ist ebenfalls eingeladen.«

Es war ihm also nicht entgangen, dass sie seinen Freund, so oft es ging, als Anstandsguru zu ihren Besprechungen dazugeholt hatte. Seine Anwesenheit hatte die knisternde Spannung zwischen Matt und ihr zwar nicht völlig vertrieben, sie aber zumindest erträglich gemacht.

Liv gab sich einen Ruck. Sie hatte keine Lust darauf, die nächsten Stunden allein in ihrem Hotelzimmer zu verbringen. Außerdem wäre es schön, noch ein wenig mehr Zeit mit Matt zu haben.

»Also gut.«

»Wirklich?« Sein Gesicht erstrahlte. Er räusperte sich. »Ich meine, sehr schön. Dann schlage ich Folgendes vor: Du machst hier dein Abschlussding fertig, ich bereite alles für das Essen vor und gegen fünf nimmt Tom dich mit zu mir. Wie klingt das?«

Liv lächelte. »Nach einem ziemlich guten Plan.«

***

»Da wären wir.«

Neugierig schaute Liv aus dem Fenster, als Tom das Auto in der schmalen Einfahrt parkte. Matts Haus lag ganz idyllisch am Ortsrand von North Pole, von hohen Fichten umgeben und mit dem aufragenden Gebirge im Hintergrund. Natürlich hatten alle Gebäude in der Umgebung eine sehr gute Sicht auf die Berge, aber hier kam es ihr so vor, als würde direkt hinter seinem Haus die Wildnis beginnen. Selbst die Straße schien in seiner Einfahrt zu enden.

Liv stieg aus dem Wagen und rückte den Riemen der Laptoptasche auf ihrer Schulter zurecht. Keine Ahnung, wieso Matt darum gebeten hatte, dass sie sie mitnahm, aber er hatte extra deswegen noch einmal angerufen.

Tom ging voran, lief die drei Stufen zum Eingang hoch und klopfte laut.

Als die Tür aufging, setzte Livs Herz einen Schlag aus. Matt sah einfach atemberaubend aus. Der oberste Knopf seines edlen schwarzen Hemdes war geöffnet, seine Haare leicht zerzaust und ein weißes Geschirrtuch hing um seinen Hals. In der Hand hielt er ein Weinglas, das er offensichtlich gerade poliert hatte.

»Kommt rein.« Einladend stieß er die Tür noch weiter auf und trat beiseite, um seinen Gästen Platz zu machen.

Wie selbstverständlich warf Tom seine Jacke auf einen Haken und ging weiter in den Wohnbereich. Liv jedoch konnte ihre Augen nicht von Matt nehmen, der nun zu ihr trat und seine Hand nach ihrem Mantel ausstreckte.

»Darf ich?«, raunte er.

Sie stellte wortlos ihre Tasche ab und ließ sich von ihm aus dem Mantel helfen. Seine Finger streiften dabei ganz leicht ihre Schultern und sofort breitete sich eine Gänsehaut auf ihrem gesamten Körper aus.

Liv presste die Lippen zusammen. Würde dieser Effekt, den er auf sie hatte, denn niemals nachlassen?

»Was ist los?«

»Nichts.« Sie schüttelte ihren Kopf und platzte dann mit dem Erstbesten hinaus, das ihr einfiel. »Ich habe dich noch nie in einem richtigen Hemd gesehen.«

Er gluckste amüsiert. »Ich wusste gar nicht, dass ich sonst falsche Hemden trage.«

Livs Wangen färbten sich rosa. »Nein, so meine ich es nicht. Sonst trägst du immer nur Flanell oder Jeans. Es … es steht dir«, schloss sie lahm.

»Danke.« Er grinste. »Du siehst auch sehr hübsch aus.« Anerkennend ließ er seinen Blick über ihren engen Rollkragenpulli wandern. »Es ist mir schon heute Vormittag im Büro aufgefallen.« Er senkte seine Stimme. »Obwohl ich auch nichts dagegen hätte, dich mal wieder in Flanell zu sehen«, wisperte er.

Liv räusperte sich, aber ihr Kopf war mit einem Mal wie leergefegt. Matt war ihr viel zu nah, sie konnte die Hitze seines Körpers spüren, sein vertrauter Duft umhüllte sie. Er neigte ihr seinen Kopf entgegen. Livs Lippen öffneten sich ohne ihr Zutun. Wie hypnotisiert starrte sie ihn an und wagte es kaum, sich zu rühren.

»Wo bleibt ihr denn?«, schallte Toms Stimme zu ihnen herüber.

Liv zuckte zurück und flüchtete in das Wohnzimmer. Sie hatte keine Ahnung, was Matt mit dem Ganzen beabsichtigte, aber sie war fest entschlossen, den Abend nicht von Toms Seite zu weichen. Sie musste nur noch ein paar Stunden überstehen, ohne Matt zu nah an sich heran, ohne ihn zu sehr in ihr Herz zu lassen. Wenn sie erst wieder zurück in Chicago war, würde sie endlich sicher vor ihm sein.

Um sich abzulenken, schaute Liv sich neugierig in seinem Haus um. Es war anders, als sie es erwartet hatte, obwohl sie es eigentlich hätte besser wissen müssen. Es passte zu ihm.

Hinter der rustikalen Außenfassade verbarg sich eine große, helle Wohnung, in der sich urige Gemütlichkeit und moderne, klare Formen perfekt ergänzten. Es war ein Haus, geschaffen zum sich Wohlfühlen.

Der Wohnbereich bestand aus einer offenen Küche, die nur durch einen Tresen vom Esszimmer abgetrennt war, von dem seinerseits zwei niedrige Stufen in das eigentliche Wohnzimmer hinabführten. Eine große Eckcouch war so ausgerichtet, dass man von ihr aus sowohl den gigantischen Flachbildschirm an der einen Wand als auch die riesige Fensterfront an der anderen bequem betrachten konnte.

Liv hatte sich nicht geirrt, die Aussicht von seinem Haus aus war fantastisch. Gleich hinter dem Wohnzimmer lag ein sanft abfallendes Tal und dahinter ragten die bewaldeten Berghänge in die Höhe. Die Fensterfront öffnete den Raum der Unendlichkeit der ihn umgebenden Natur. Selten hatte Liv etwas so Wunderschönes gesehen, ein so gelungenes Beispiel dafür, was Menschen erschaffen können, wenn sie *mit* ihrer Umwelt und nicht *gegen* sie dachten.

»Du solltest es mal sehen, wenn morgens die Sonne scheint oder wenn ein Gewittersturm tobt«, sagte eine Stimme leise an ihrem Ohr.

Liv zuckte zusammen. Sie war so in die Betrachtung vertieft gewesen, dass sie gar nicht bemerkt hatte, wie Matt zu ihr getreten war.

Sie glaubte ihm gern, dass sich der Ausblick mit der Tageszeit und Witterung stets veränderte. Aber bevor sie diesen Gedanken in Worte fassen konnte, wurde ihr bewusst, dass sie nicht dazu kommen würde, es zu sehen. Ihre Stunden in Alaska waren gezählt.

»Es ist auch jetzt schon sehr schön«, entgegnete sie bedrückt.

»Wie weit ist das Essen?« Tom hatte bereits die Teller auf den Tisch gestellt und schaute Matt fragend an.

»Es braucht noch ein paar Minuten«, brummte dieser und Liv nutzte die Gelegenheit, aus seiner beunruhigenden Nähe zu entkommen.

»Kann ich dir helfen?«, fragte sie Tom.

Er schenkte ihr ein wissendes Lächeln. »Wenn du magst, kannst du das Besteck verteilen.«

Liv schmunzelte, während sie die Gabeln auf das helle Tischtuch legte. Tom schien seine Rolle als Anstandswächter mit einem Mal sehr ernst zu nehmen. Warum sonst ging er immer wieder dazwischen, sobald Matt und sie kurz zusammenstanden? Sie war ihm für die unverhoffte Unterstützung dankbar, hätte aber zu gern gewusst, was dahintersteckte. Hatte Matt ihn darum gebeten?

»Liv? Könntest du bitte die Untersetzer hier nehmen?«, rief Matt ihr aus der Küche zu.

Tom runzelte seine Stirn.

»Sicher.« Sie ging rüber und schnappte sich die beiden flachen hölzernen Platten, von denen eine in der Form eines Bärenkopfes und die andere in der eines heulenden Wolfes geschnitzt war.

»Mein Vater hat sie gemacht«, erklärte Matt, als er ihren verwunderten Blick bemerkte. »Ich hänge daran, auch wenn sie nicht ganz meinem Geschmack entsprechen.«

Liv strich mit ihren Fingern über das eingebrannte Muster. »Sie sind definitiv einzigartig.«

Er lächelte. »Finde ich auch.« Er schaute prüfend durch die gläserne Ofentür. »Ich glaube, der Braten ist so weit.«

»Was gibt es denn?«, erkundigte Liv sich neugierig.

»Roastbeef und Süßkartoffelauflauf.«

»Wow!«, entfuhr es ihr beeindruckt. »So etwas kannst du?«

»Mal besser, mal schlechter.« Er lachte. »Heute müsste die

Statistik aber eigentlich auf meiner Seite sein.«

»Wieso das?«

»Beim letzten Mal war mir das Fleisch … nicht ganz so gut gelungen.«

»Ziemlich ungenießbar trifft es wohl eher«, warf Tom hilfsbereit ein.

»Hey!«, beschwerte sich Matt. »So schlecht kann es nicht gewesen sein, immerhin hattest du zwei Portionen verdrückt.«

»Wie auch immer«, lenkte dieser ein. »Keine Sorge, Liv, zur Not habe ich die Telefonnummern der örtlichen Lieferdienste gespeichert.«

»Alle beide?«, ulkte Liv.

»Schluss jetzt«, rief Matt mit gespielter Strenge zur Ordnung. »Jetzt wird gegessen.«

Er öffnete die Ofentür und sofort erfüllte ein überaus köstlicher Duft die Küche. Wenn das Essen nur ansatzweise so schmeckte, wie es roch, brauchte Matt sich wirklich keine Sorgen zu machen.

»Wo hast du eigentlich so gut kochen gelernt?«, fragte Liv, während sie sich ein Stück Fleisch auf der Zunge zergehen ließ. Selbst in den teuersten Lokalen hatte es ihr selten so gemundet.

»Bei meiner Mutter oder besser gesagt, am Telefon«, erklärte er gutgelaunt. »Ich habe mir nie Gedanken darüber gemacht, dass Nahrung auch zubereitet werden muss, bis ich von zu Hause ausgezogen bin. Nachdem ich mich ein Semester lang ausschließlich von Kantinenessen, Dosenfraß und Lieferdiensten ernährt habe, habe ich Mutters Küche erst richtig zu schätzen gelernt. Also habe ich sie immer wieder angerufen und mir erklären lassen, wie dies oder jenes ging.« Er lachte leise. »Ich habe sie damit zwischendurch derart in den Wahnsinn getrieben, dass sie mir irgendwann ein Esspaket geschickt hatte. Aber das hatte natürlich nicht lange vorgehalten und dann gingen die Anrufe von vorne los.«

»Wenn du mich fragst, hat es sich auf jeden Fall gelohnt«, entgegnete sie und konnte sich an Matts warmem Lächeln gar nicht sattsehen.

»Kann mir einer von euch den Salat reichen?«

»Aber gerne doch«, presste Matt verärgert hervor und knallte die Schüssel etwas heftiger als nötig vor seinem Freund auf den Tisch. »Und vielleicht kannst du mir eben in der Speisekammer kurz zur Hand gehen?«

»Wobei denn?« Seelenruhig schaufelte Tom sich Salat auf seinen Teller.

»Den richtigen Wein auszusuchen.«

»Aber die Flasche hier ist doch noch halbvoll.«

»Dieser Wein scheint mir nicht so recht zu passen.« Sein Blick war dabei so eindringlich, dass Tom sein Besteck seufzend zur Seite tat.

»Bitte entschuldige uns kurz, Liv«, sagte er höflich. »Wir sind gleich wieder da.«

»Nur zu.« Sie nippte an ihrem Wein, der ganz ausgezeichnet zu dem Braten passte, und schaute den beiden Männern neugierig hinterher.

***

»Kannst du mir vielleicht verraten, was das soll?«, fuhr Matt seinen Freund an, kaum dass die Tür hinter ihnen ins Schloss gefallen war.

»Was denn?« Tom tat, als könnte er kein Wässerchen trüben. Doch damit würde er nicht durchkommen, nicht dieses Mal.

»Wieso funkst du mir dauernd dazwischen? Wenn ich es nicht besser wüsste, könnte ich meinen, du wärst eifersüchtig. Aber das bist du nicht. Also, was ist es dann?«

»Ich glaube nicht, dass es gut für dich wäre, dich noch weiter mit ihr einzulassen.«

»Was?« Verdattert starrte Matt ihn an. Hatte Tom ihn nicht

selbst förmlich dazu gedrängt, was mit Liv anzufangen – nicht dass da viel Überzeugungsarbeit vonnöten gewesen wäre. »Ich glaube nicht, dass es dich etwas angeht, mit wem ich ins Bett steige.«

Tom atmete tief durch und sah ihn ernst an. »Ich habe dich beobachtet, Matt. Glaubst du, mir ist in den letzten Tagen entgangen, wie du sie ansiehst?«

Matt verschränkte die Arme vor seiner Brust. »Wie denn?«

»Als könntest du deine Augen nicht von ihr nehmen, als wäre sie das Einzige, was dich beschäftigt.«

Matt schluckte. Er hatte nicht geahnt, dass es so offensichtlich war, dennoch war er nicht bereit, sich von Tom in sein Liebesleben reinreden zu lassen. Er hatte versucht, Livs Entschluss zu respektieren, hatte Abstand gehalten und gehofft, dass damit auch diese unselige Anziehung zwischen ihnen enden würde. Aber das tat sie nicht. Und heute war der letzte Abend, der ihm mit dieser wunderschönen, aufregenden, intelligenten Frau blieb. Er würde sich ihn ganz sicher nicht von Tom vermiesen lassen.

»Ja, sie beschäftigt mich«, gab er unumwunden zu. »Sie bringt mein Blut in Wallung und geistert durch meine Träume. Du selbst warst es, der mir geraten hat, mein Schneckenhaus zu verlassen und endlich wieder mehr Spaß zu haben. Also, wo ist dein Problem?!«

Besänftigend hob Tom seine Arme. »Ich habe kein Problem, erst recht nicht, wenn es dir hierbei lediglich um Spaß geht.«

»Worum denn sonst?«, gab Matt grimmig zurück. Sie reiste morgen ab. Es war ja nicht so, als würde er sich Gedanken über irgendeine Art von Beziehung mit ihr machen oder gar Gefühle für sie entwickeln. Alles, was er von ihr wollte, war eine letzte, heiße, gemeinsame Nacht.

»Wieso hast du mich überhaupt eingeladen, wenn deine Absicht heute Abend so eindeutig war?«

Matt verzog ertappt das Gesicht. »Weil sie sonst vermutlich

nicht gekommen wäre.«

Tom schüttelte den Kopf und brummte etwas Unverständliches, in dem das Wort *Kindergarten* vorkam. Matt fragte nicht nach. »Dann sind wir uns einig, ja? Du verschwindest direkt nach dem Essen.«

»Und was soll ich sagen?«

»Mir egal – ein vergessener Termin, eine kranke Oma, such dir was aus.«

Matt wandte sich ab und zog aufs Geratewohl eine Flasche aus dem Regal. Er wollte zumindest versuchen, den Schein zu wahren.

***

Matt legte sorgfältig das Tischtuch zusammen. »Liv, du hast doch deinen Laptop dabei, oder?«

»Ja«, gab sie erstaunt zurück. Offensichtlich würde sie gleich den Grund dafür erfahren.

»Ich habe nachgedacht, vielleicht wäre es doch nicht verkehrt, wenn du uns einen kurzen Abriss der Ergebnisse liefern könntest. Falls noch irgendwelche Fragen auftauchen, können wir sie dann direkt klären.«

»Natürlich.« Sie war sich nicht ganz sicher, was sie von dieser Entwicklung halten sollte. Sie hatte sich während des Essens in Gesellschaft der beiden Männer so unglaublich wohlgefühlt, sie hatten gescherzt und gelacht, als wären sie drei gute Freunde, die einen gemütlichen Abend verbrachten. Es traf sie, so unvermittelt daran erinnert zu werden, dass sie im Grunde keine Freunde waren, dass ihr Verhältnis rein beruflich war und dass sie sich niemals wiedersehen würden.

Aber natürlich hatte Matt ein Recht darauf, dass sie ihre Arbeit vollständig erledigte. Also klappte sie pflichtschuldig ihren Laptop auf und stellte ihn auf dem Esstisch ab.

»Oh«, ließ Tom hinter ihr plötzlich verlauten. »Ihr wollt jetzt noch arbeiten?«

Liv drehte sich zu ihm um. »Es war Matts Idee. Hast du was dagegen?«

»Nicht direkt.« Er zögerte. »Es ist nur, … ich dachte, es ginge lediglich um ein Essen. Ich habe noch etwas vor.«

»Mit wem denn?«, fragte Matt nicht im Mindesten betrübt. »Vielleicht mit der süßen Kellnerin von neulich? Die war wirklich nett.«

Tom schoss seinem Freund einen bösen Blick zu, während Liv sich darüber wunderte, wann genau *neulich* wohl gewesen sein konnte. Das Wochenende hatte schließlich sie mit Matt verbracht und unter der Woche verschwand Tom immer pünktlich um vier, um was auch immer zu tun. Heute war die einzige Ausnahme gewesen.

»Genau«, brummte Tom.

»Na dann, viel Spaß!« Matt schob ihn förmlich zur Tür.

Tom verdrehte die Augen, dann ging er um ihn herum und drückte Liv unvermittelt ganz kurz an sich. »Es hat mich gefreut, dich kennenzulernen, Liv. Und danke für alles, was du für die Firma getan hast.« Er hauchte ihr einen Kuss auf die Wange. Über seine Schulter hinweg konnte Liv einen Blick auf Matt erhaschen, dessen Gesicht gerade nach Mord und Totschlag aussah.

»Ich fand es auch schön, die Zusammenarbeit mit dir hat richtig Spaß gemacht. Melde dich, falls du mal nach Chicago kommst. Falls ich da bin, führe ich dich gern ein wenig herum.«

Ein Muskel an Matts Schläfe zuckte. Tausend Schmetterlinge flatterten auf einmal in ihrem Bauch. Er sah aus, als wäre er eifersüchtig, sehr sogar.

»Mache ich«, versprach Tom. »Pass auf dich auf, Liv.«

»Danke, du auch.«

»Matt.« Er nickte seinem Freund knapp zu, dann verließ er den Raum.

»Also dann.« Liv wandte sich ihrem Laptop zu und suchte

äußerst konzentriert nach der richtigen Datei. Alles war besser, als sich vor Augen zu führen, dass sie mal wieder ganz allein mit Matt in einem unglaublich romantischen Haus war. Seinem Haus. Er hatte für sie gekocht. Sie beide hatten Wein getrunken. Vielleicht sollte sie doch lieber gehen.

Nein, das wäre albern … und feige. Außerdem versuchte er hier nicht gerade, sie zu verführen, sondern bat um eine Businesspräsentation. Sie würde das schaffen. Darin war sie ausgesprochen gut.

Liv schaltete in den Vollbildmodus. »Möchtest du dich hinsetzen?« Sie drehte den Bildschirm mit Absicht so, dass er nicht direkt neben ihr sitzen konnte.

Schweigend nahm Matt am Kopfende des Tisches Platz. Zu gern hätte sie gewusst, was hinter seiner Stirn vorging, während er sie ernst und erwartungsvoll musterte.

»Also gut.« Nervös befeuchtete sie ihre Lippen. Das würde der mit Abstand ungewöhnlichste Vortrag ihrer gesamten Karriere werden. »Ich maile Tom die Präsentation nachher auch mal zu, dann kann er sie sich in Ruhe ansehen, wenn er Zeit dafür hat.«

»Das wird ihn sicher sehr freuen.«

Liv nickte und strich sich eine Strähne aus der Stirn, dann legte sie los.

Je länger sie sprach, desto sicherer und wohler fühlte sie sich, auch wenn Matts Blick nach wie vor überaus intensiv auf ihr ruhte. Sie versuchte ihn, so gut es ging, zu ignorieren und konzentrierte sich auf ihre Folien.

Da sie die meisten ihrer Ergebnisse und Ideen bereits im Vorfeld mit ihm besprochen hatte, fasste sie sich relativ kurz. Matt hörte ihr schweigend, ohne eine einzige Zwischenfrage, zu, und obwohl er jeder ihrer Gesten, jeder Bewegung äußerst aufmerksam folgte, wurde sie das Gefühl nicht los, dass er gar nicht mitbekam, was sie ihm erzählte.

Die letzte Folie erschien auf dem Bildschirm. *Vielen Dank*

für Ihre Aufmerksamkeit stand da unter dem Logo von Harper Consulting geschrieben.

»Bist du wirklich fertig?«, fragte Matt rau.

»Ja.« Verunsichert schaute sie zu, wie er sich mit einer einzigen, geschmeidigen Bewegung von seinem Sitz erhob und zur ihr trat.

»Das Projekt ist also offiziell beendet?«

»Ja.« Sie erhob sich ebenfalls, um nicht zu ihm aufschauen zu müssen. Er stand ihr so nah, dass sie die Rückseite ihrer Oberschenkel gegen die Tischplatte drücken musste, um ihn nicht versehentlich zu streifen. Er rührte sich keinen Millimeter.

»Gut.« Das Wort glich fast einem Knurren. Der Ausdruck seiner Augen ließ ihre Knie weich werden – eine mühsam beherrschte Erregung tanzte darin. Sein Adamsapfel hüpfte auf und ab, als er schluckte.

»Das bedeutet, dass ich nicht länger dein Kunde bin«, wisperte er. Dann, bevor sie reagieren oder auch nur denken konnte, legte er seine Hände rechts und links an ihr Gesicht, zog es zu sich heran und küsste sie hungrig.

Noch ehe sie wusste, wie ihr geschah, schlangen sich ihre Arme um seinen Hals, zogen ihn näher zu sich herab, während ihr verräterischer Körper sich willenlos an den seinen schmiegte. Stürmisch erwiderte sie seinen Kuss, der mit jedem schneller werdenden Herzschlag immer leidenschaftlicher und tiefer wurde.

Es war ein Fehler, den sie bereuen würde, schrie eine leise Stimme warnend in ihrem Kopf. Aber sie spürte, dass sie es noch mehr bereuen würde, wenn sie diesen Fehler nicht beging.

Matt stöhnte leise gegen ihren Mund. Dann ließ er ihr Gesicht los und riss sie förmlich von den Beinen, als er sie auf seine Arme nahm. Ohne den Kuss zu unterbrechen, trug er sie in sein Bett. Und dann endlich tat er wieder all die wundervollen Dinge mit ihr, nach denen sie sich in den vergangenen Tagen so sehr gesehnt hatte.

Kapitel 13

Träge öffnete Liv ihre Augen. Sie fühlte sich weich, warm und so herrlich entspannt. Neben sich hörte sie Matts tiefe, ruhige Atemzüge und lächelte wohlig. Irgendwo draußen trällerte ein Vogel, der Morgen graute bereits.

Verdammt! Liv war augenblicklich hellwach. Sie hatte bei Matt geschlafen. Sie hatte *mit* Matt geschlafen. Wie spät war es jetzt schon? So vorsichtig wie möglich schälte sie sich aus dem Bett und schaute an sich herunter. Sie war splitterfasernackt. Aber jetzt war nicht der richtige Zeitpunkt für falsche Scham. Sie musste dringend ihr Handy finden. Ihr Flug ging um neun, vorher musste sie noch mal zu ihrem Hotel zurück, packen und auschecken.

Liv fluchte leise und tapste ins Esszimmer. Ihre Tasche stand noch immer an ihrem Stuhl, dort, wo sie sie am Vorabend zurückgelassen hatte. Hastig kramte sie ihr Handy hervor und atmete erleichtert auf. Es war kurz vor sechs. Wenn sie das Frühstück ausfallen ließ, hatte sie noch gerade genug Zeit für eine Dusche. Darüber, was sie Matt sagen sollte, wollte sie jetzt lieber nicht nachdenken.

Auch wenn sie es nicht für möglich gehalten hatte, war die letzte Nacht noch besser gewesen als die in der Hütte. Erfüllend, intensiv, unvergesslich. Liv schüttelte den Kopf und bestellte sich rasch ein Taxi, das sie in einer halben Stunde abholen sollte.

Dann schlich sie ins Schlafzimmer zurück und sammelte ihre Sachen ein, die überall auf dem Boden verstreut herumlagen. Obwohl sie sich beeilen musste, konnte sie nicht umhin, noch einmal kurz innezuhalten und Matts schlafende Gestalt zu betrachten. Er wirkte so entspannt, so zufrieden. Ein Bein seitwärts angewinkelt, ein Arm unter seinem Kopf, seine Blöße nur von einem zerwühlten Laken bedeckt. Der Bartschatten auf seinem Gesicht betonte seine Konturen, ließ sie klarer, aber gleichzeitig irgendwie auch weicher erscheinen. Seine Haare standen wirr nach allen Seiten hin ab, weil sie ihre Finger gestern so oft dort hineingegraben hatte.

Liv seufzte und riss sich von seinem Anblick los. Es brachte nichts, Dingen hinterherzutrauern, die einfach nicht sein konnten.

»Hey«, begrüßte Matt sie lächelnd, als sie aus der Dusche kam. »Du bist ja schon angezogen«, fügte er bedauernd hinzu und streckte seine Arme nach ihr aus.

Liv zögerte. Dann trat sie zu ihm und berührte seinen Mund flüchtig mit ihren Lippen. Sie war nicht sicher, wie sie sich verhalten, was sie fühlen und denken sollte angesichts der Tatsache, dass in weniger als einer Viertelstunde ein Taxi kommen würde, um sie von hier wegzubringen.

»Was ist los?« Natürlich war ihm ihre Zurückhaltung nicht entgangen.

Sie lächelte schwach. »Ich muss los.«

Seine Hand, die gedankenverloren ihren Arm gestreichelt hatte, stockte. »Ach ja, dein Flug.«

»Und ich muss noch packen.«

»Soll ich dich fahren?« Er begann sich aufzurichten, doch sie drückte ihn sanft wieder zurück.

»Nicht nötig, ich habe mir bereits ein Taxi bestellt.«

Sein Gesicht verdüsterte sich. »Selbst ist die Frau, wie?«

»So ungefähr.«

»Kann ich dir wenigstens einen Kaffee anbieten?«

Sie schüttelte ihren Kopf. »Ich kann mir auch am Flughafen einen holen.«

Sie konnte selber nicht genau sagen, wieso, aber sie wollte nur noch weg. Mit jedem Augenblick in seiner Gegenwart wurde ihr das Herz immer schwerer. Abschiede waren noch nie ihr Ding gewesen und bei diesem hier wusste sie absolut nicht, was sie tun sollte.

Er atmete tief durch. »Dann bleibt mir wohl nichts Anderes

übrig, als dir einen guten Flug und ein schönes Leben zu wünschen«, sagte er verstimmt.

Sie biss sich auf die Lippen, um sie am Zittern zu hindern. »Mach's gut, Matt.« Einmal noch streichelte sie mit ihrer Hand über seine Wange, dann stand sie auf.

»Liv!«, hielt er sie zurück. In seinem Gesicht spiegelten sich die gleichen Gefühle, die auch ihr Innerstes bewegten.

Abwehrend hob sie ihre Hand. »Nicht, Matt«, bat sie leise. Sie wollte nicht hören, was er ihr vielleicht zu sagen hatte. Denn egal, was es war, es würde sie beide nur noch unglücklicher, den Abschied noch schwieriger machen. »Ich ruf dich an, ja?« Es war das einzige Zugeständnis, zu dem sie gegenwärtig bereit war.

Draußen hupte ein Wagen. Ohne sich noch einmal umzudrehen, verließ Liv den Raum, während die Tränen, die Matt niemals sehen durfte, ihre Wangen benässten.

***

Stumpf starrte sie aus dem Fenster des Flugzeugs. Unter ihr kamen gerade die Lichter von Chicago in Sicht. Normalerweise schaffte dieser Anblick es stets, sie mit Vorfreude zu erfüllen, ihr ein Gefühl von Zuhause zu geben, der Heimkehr an einen Ort, wo sie geschätzt und respektiert wurde für das, was sie tat.

Doch nicht dieses Mal. Ihr Kopf, ihr Innerstes waren völlig leer.

Um sich abzulenken, hatte sie die letzten Stunden damit verbracht, ihren Abschlussbericht zu überarbeiten und ihr Laufwerk aufzuräumen – etwas, wozu sie seit Jahren nicht mehr gekommen war. Nicht einmal der Termin, der für morgen in ihrem Kalender erschienen war, vermochte sie aufzuheitern.

Zukunftsgespräch, hatte Mr. Harper es genannt. Dieses Mal konnte kein Zweifel mehr daran bestehen, dass es um ihre Beförderung ging. Vor nur einer Woche hätte sie darüber gejubelt, doch jetzt erschien es ihr, als wäre es das Mindeste, was ihr zustand. Es ging kein Motivationsschub davon aus, keine Bereitschaft, sich noch stärker reinzuknien, stattdessen fragte sie sich plötzlich, ob es wirklich das war, was sie überhaupt wollte.

Klar, die Ernennung zur Partnerin bedeutete mehr Geld und Ansehen, aber auch mehr Druck und viel mehr Arbeit. Bisher hatte sie sich an den meisten Wochenenden zumindest einen Tag freinehmen können, als Partnerin wäre das nicht mehr so regelmäßig drin.

Das Flugzeug setzte zur Landung an und Liv schloss müde ihre Augen. Mit aller Macht sehnte sie den morgigen Tag herbei. Wenn sie erst einmal wieder in ihrem Hamsterrad war, wenn eine Aufgabe die nächste jagte und alles am besten gleichzeitig erledigt werden musste, würde ihr Geist sich schon klären, würde diese verstörende Beklommenheit, die sie befallen hatte, verschwinden. Dann wäre sie endlich wieder sie selbst.

»Liv! Li-iv!« Aufgeregt winkte Beth über die Köpfe der wartenden Menschen hinweg. Dann rannte sie los und nur wenige Sekunden später fiel ihre Freundin ihr um den Hals.

»Beth?« Liv lachte überrascht auf. »Was machst du denn hier?«

»Du hattest dich vorhin so merkwürdig angehört, da dachte ich, ich hole dich einfach am Flughafen ab und wir beide gehen richtig schön was essen. Außerdem habe ich dich vermisst.« Sie drückte Liv noch einmal an sich.

»Das wäre doch nicht nötig gewesen. Aber danke«, fügte Liv gerührt hinzu. Allein durch Beths Anwesenheit fühlte sie sich gleich ein wenig getröstet.

»Also, was meinst du: Luigi oder Mr. Wu?« Gutgelaunt hakte sich Beth bei ihr unter und zog sie mit sich zum Ausgang.

Liv zögerte. Ihr war gerade ganz bestimmt nicht danach, in einem überfüllten, lauten Lokal zu sitzen. Sie wollte nur nach Hause, sich in ihrem Bett verkriechen, die Decke über den Kopf ziehen und die ganze Außenwelt vergessen. Zumindest einen Abend lang.

»Was ist los?« Beth blieb stehen und musterte sie prüfend. Anscheinend gefiel ihr nicht, was sie da sah, denn sie runzelte besorgt ihre Stirn. »Was ist in Alaska geschehen?«

»Nichts.« Liv zuckte mit den Achseln. Nicht einmal mit Beth wollte sie darüber reden, weil es nichts zu bereden gab.

»Und dieses Nichts ist nicht zufällig eins fünfundachtzig groß, verdammt gutaussehend und Holzfäller von Beruf?«

»Er ist kein Holzfäller, sondern Ingenieur«, korrigierte Liv sie lahm.

»Das tut hier nichts zur Sache«, ließ ihre Freundin sich nicht beirren. »Also?«

»Ich weiß es nicht«, gestand Liv leise. »Vermutlich bin ich nur müde.«

»Bullshit. Du bist verknallt.«

»Kann sein«, gab sie unwillig zu. »Er ist wirklich nett, verdammt attraktiv und letzte Nacht war einfach ...« Ihre Stimme verklang. Ihr fiel kein Wort ein, das geeignet wäre, das zu beschreiben, was zwischen ihnen passiert war.

Beths Augen wurden kugelrund. »Du hast *noch* einmal mit ihm geschlafen?«

Livs Lippen kräuselten sich leicht. »Sieht so aus.«

»Wow.«

»Was denn?«

»Wer war der letzte Mann, mit dem du mehr als nur eine Nacht verbracht hast?«

»Paul.« Liv musste nicht lange nachdenken. Vor etwa drei Jahren war sie ein paar Wochen lang mit ihm ausgegangen – eine eher kurze und bedeutungslose Affäre, die mehr aus Langeweile als echter Leidenschaft heraus entstanden war.

Beth zog die Nase kraus. »Der zählt nicht«, brummte sie.

»Worauf willst du hinaus?« Liv gefiel die Richtung nicht, in die sich das Gespräch entwickelte.

»Süße, so wie du es beschreibst, hast du in den letzten Tagen einen echten Volltreffer gelandet. Da ist es ganz normal, dass du ein wenig Zeit brauchst, um darüber hinwegzukommen. Du bist schließlich auch nur ein Mädchen. Genieße das Gefühl, von mir aus heule auch ein wenig. Du wirst sehen, danach wird es dir besser gehen.«

»Danke«, kommentierte Liv sarkastisch. Sie hatte ganz sicher nicht vor, sich die Augen auszuweinen.

Ja, sie mochte Matt. Die Zeit mit ihm war sehr schön gewesen.

Aber sie war erwachsen. Sie konnte mit so etwas umgehen.

Um Beth nicht vor den Kopf zu stoßen, hatte sie sich dann doch zu Luigi schleppen lassen. Immerhin hatte sie den ganzen Tag kaum etwas Vernünftiges im Bauch gehabt. Und gnädigerweise hatte Beth dann auch ein Einsehen und ließ das Thema Matt auf sich beruhen. Stattdessen versorgte sie Liv mit dem neuesten Büroklatsch.

»Soll ich dir mal was wirklich Tolles verraten?« Sie senkte verschwörerisch ihre Stimme. »Eigentlich dürfte ich es dir ja nicht sagen, aber ich glaube, du kannst schon heute eine frohe Nachricht vertragen.«

»Was gibt's denn?«

»Du hast doch morgen diesen Termin bei Harper, nicht wahr? Gleich im Anschluss daran hat er ein Meeting für das ganze Büro angesetzt. Und ich habe gehört, wie Nancy einen dicken Blumenstrauß und einen Cateringservice bestellt hat. Weißt du, was das bedeutet?« Ihre Augen leuchteten vor Aufregung. »Du wirst endlich befördert!« Sie sah aus, als wollte sie vor Begeisterung auf ihrem Stuhl loshüpfen.

Liv rang sich ein Lächeln ab. »Wow!«

Beths Grinsen schwand. »Ich weiß, du hast schon ganz fest damit gerechnet, aber ist es nicht schön, es auch bestätigt zu wissen?«

»Natürlich. Ich freue mich total. Und morgen Abend gehen wir richtig feiern.«

Beth runzelte kritisch die Stirn. »Das machen wir. Aber nur, wenn du über Nacht dein Freudengesicht ein wenig übst. Damit«, sie deutete anklagend auf sie, »überzeugst du nämlich keinen.«

Am nächsten Morgen betrat Liv mit gemischten Gefühlen das Büro. Sie hatte Beths Rat beherzigt. Ihr freundliches Lächeln klebte wie tätowiert an ihrem Gesicht. Sie hatte sich sorgfältig geschminkt und frisiert, damit niemand ihren inneren Aufruhr bemerkte.

Es kam ihr vor, als wäre sie ewig nicht mehr in der Zentrale gewesen, obwohl ihr Ausflug nach Alaska vergleichsweise kurz gewesen war. Sie hatte das unbestimmte Gefühl, nicht mehr hierher – eigentlich nirgendwohin – zu gehören.

Noch nie hatte sie sich so verloren gefühlt. Ihr Leben hatte stets ganz klar und gerade vor ihr gelegen. Sie hatte immer ihren Plan gehabt.

Und an dem würde sie auch festhalten. Er war richtig, er war gut für sie. Sie hatte ihn aufgestellt, als sie noch keine Zweifel geplagt hatten darüber, wer sie war und was sie vom Leben erwartete. Und sie würde ihn nicht wegen einer vorübergehenden Verwirrung infrage stellen.

»Hallo Liv.« Mr. Harper, der vor seinem Büro mit Nancy plauderte, sah sie gutgelaunt an. »Wir haben zwar noch ein paar Minuten, aber wenn Sie möchten, können Sie direkt mitkommen.«

»Guten Morgen, Mr. Harper. Hallo Nancy«, begrüßte sie die beiden, dann folgte sie Harper in sein Büro.

Er schloss die Tür hinter ihr und rieb sich lächelnd die Hände. »Ich muss sagen, Liv, Sie haben tolle Arbeit geleistet und meine Erwartungen bei Weitem übertroffen. Ich habe nicht wirklich damit gerechnet, dass Sie Matt zur Zusammenarbeit bewegen können. Aber andererseits«, er sah sie gewinnend an, »wenn nicht Sie, wer dann?«

Liv setzte sich auf den Stuhl, den er ihr mit einer stummen Geste anbot, und musterte ihn prüfend. Wie schon bei ihrem letzten Zusammentreffen kam er ihr nicht hundertprozentig aufrichtig vor. Das von damals konnte sie nun verstehen – immerhin hatte er ihr verheimlicht, dass sein Neffe nicht gerade gut auf ihn zu sprechen war und dass er selbst eine nicht unbeträchtliche Beteiligung an der Firma hielt. Doch was verschwieg er ihr jetzt?

»Wieso haben Sie es mir nicht gesagt?«, fragte sie geradeheraus und konnte den vorwurfsvollen Unterton in ihrer Stimme nicht ganz vermeiden.

»Was denn?« Harper runzelte die Stirn.

»Dass Mr. Coleman und Sie Differenzen hatten? Dass er über mein Erscheinen nicht gerade erfreut sein würde?«

»Ich wollte nicht, dass Sie voreingenommen an die ganze Sache herangehen. Und wie es aussieht, habe ich damit recht behalten. Sie haben Ihren Job ganz hervorragend gemacht.«

Liv schluckte den Groll herunter, der in ihr aufstieg. Es wäre bestimmt keine gute Idee, den Chef, der sie vermutlich gleich befördern wollte, gegen sich aufzubringen.

»Ich bin von Ihren Vorschlägen zur strategischen Neuausrichtung des Sägewerks sehr angetan«, fuhr er fort, ohne sich an ihrer wie festgefrorenen Miene zu stören. »Und deshalb haben Sie sich das hier auch mehr als verdient.« Er griff nach einer in Leder gebundenen Mappe, die an der Ecke seines Schreibtisches lag, und holte ein Blatt Papier heraus. »Herzlichen Glückwunsch, Liv.« Feierlich reichte er ihr die Ernennungsurkunde.

»Vielen Dank.« Lächelnd nahm sie das Blatt entgegen.

»Ich erwarte noch Großes von Ihnen, Liv.«

»Ich weiß Ihr Vertrauen zu schätzen. Ich hätte mich ja sehr über den Auftrag in New York gefreut, aber wie ich höre, ist er schon anderweitig vergeben«, konnte sie sich die kleine Spitze nicht verkneifen.

Harper verzog nicht einen Muskel. »Keine Sorge, Liv. Sie werden schon genug in der Welt herumkommen. New York, Washington, vielleicht sogar Europa werden Ihnen gewiss noch öfter begegnen. Vorher habe ich aber ein anderes, ganz besonderes Projekt für Sie.«

»Und welches?«

»Ein neuer und sehr vielversprechender Kunde, der erste, den Sie als Partnerin eigenverantwortlich und vollumfänglich betreuen werden.«

»Wow!« Sie lachte erstaunt auf. Das hörte sich wirklich gut an. Genau darauf hatte sie die letzten Jahre so hart hingearbeitet. »Wer ist es denn?«

»Alles zu seiner Zeit.« Mr. Harper tat überaus geheimnisvoll. »Sie werden ihn am Montag kennenlernen. Und bis dahin feiern Sie ein wenig, nehmen Sie sich das Wochenende komplett frei, spannen Sie aus, damit Sie sich nächste Woche mit vollem Elan ihrer neuen Aufgabe widmen können.«

»Danke, Sir.« Liv hätte sich viel lieber sofort in die Arbeit gestürzt. Aber sie konnte kaum erwarten, dass ihr Chef und der neue Klient ihre Terminkalender nach ihren Wünschen ausrichteten.

»Und jetzt kommen Sie, Liv. Ich habe einen kleinen Empfang vorbereitet. Und Ihre Kollegen möchten Ihnen ganz sicher auch noch gratulieren.«

***

Mit einem lauten Klicken fiel die Tür hinter ihr ins Schloss. Müde ließ Liv ihre Tasche auf den Boden fallen. Endlich zu Hause!

Der Empfang hatte ewig dauert. Und sie war nicht daran gewöhnt, so lange im Zentrum der Aufmerksamkeit zu stehen und endlos dieselben Floskeln von sich zu geben.

Danke, ich freue mich sehr.

Das ist wirklich nett von dir.

Ja, ich habe sehr hart dafür gearbeitet.

Wenn sich die Gelegenheit bietet, kann ich gern versuchen, ein gutes Wort für dich einzulegen.

Argh.

Sie ging in die Küche und machte sich einen Tee. In knapp vier Stunden war sie mit Beth zum Feiern verabredet und hatte keine Ahnung, was sie bis dahin mit sich anfangen sollte.

Ihr Handy klingelte.

»Hallo, Mom«, sagte sie, als sie das Gespräch annahm, und spürte einen Stich der Enttäuschung. Für den Bruchteil einer Sekunde hatte sie gehofft, es wäre Matt. »Ja, ich bin wieder zurück. Ich habe mich gestern nicht mehr gemeldet, weil es schon spät war.«

»Ist alles in Ordnung?«

»Sicher.« Liv verzog ertappt das Gesicht. Ihre Mutter hatte noch immer ein untrügliches Gespür für ihre Stimmungen, das hatte sich nicht geändert, seit sie ein kleines Mädchen gewesen war. »Ich bin heute befördert worden!«, sagte sie schnell, bevor Mom noch mal nachhaken konnte.

»Wirklich! Das freut mich ja so sehr für dich, mein Schatz. Es wurde aber auch Zeit. Dieser Harper hat dich die ganze Zeit bloß ausgebeutet.«

»Wie du siehst, ist alles doch noch gut geworden. Er hat sogar einen riesigen Empfang in der Firma gegeben und mich bis in den Himmel gelobt.«

»Das ist ja wohl auch das Mindeste«, entgegnete ihre Mutter und Liv konnte ihren Stolz heraushören. »Trotzdem klingst du bedrückt.« Wie ein Spürhund ließ sie sich nicht von der richtigen Fährte abbringen.

Liv fluchte innerlich. »Ich bin nur müde, Mom.«

»Das kann ich mir, ehrlich gesagt, nicht vorstellen.« Ihre

Stimme duldete keinen Widerspruch. »Wie oft hast du mir mit überschwänglicher Begeisterung nach einem Dreizehn- oder Vierzehnstundentag etwas von einem spannenden neuen Projekt vorgeschwärmt? Erzähl mir also bloß nicht, dass dich eine Beförderung und eine kleine Feier bereits aus den Schuhen hauen.«

»So ist es aber«, beharrte sie.

»Wie du meinst, Schatz.« Sie klang nicht überzeugt, aber wenigstens lenkte sie ein. »Ich hatte nur erwartet, dass du vor Freude durch die Wohnung tanzt, immerhin hast du dir diese Beförderung doch so sehnlichst gewünscht.«

»Ich werde heute Abend tanzen«, versprach sie fest. »Ich gehe nachher noch mit Beth aus.«

»Tu das, mein Schatz. Ich hab dich lieb und ich bin unheimlich stolz auf dich.«

»Danke, Mom. Ich lieb dich auch.«

Liv legte auf und öffnete die Kontaktliste. Wenn sie schon dabei war, konnte sie ihre Schwester auch direkt auf den neusten Stand bringen. Matts Name sprang ihr beim Durchscrollen ins Auge und sie stockte. Ihr Finger schwebte über dem Hörersymbol. Das Bedürfnis, seine warme, lächelnde Stimme zu hören, wurde beinahe übermächtig.

Zitternd atmete sie durch. Sie *hatte* versprochen, ihn anzurufen. Aber was sollte es bringen? Danach würde es ihr nur noch schwerer fallen, ihn zu vergessen und sich auf die wirklich wichtigen Dinge im Leben zu konzentrieren.

Nein. Aus den Augen, aus dem Sinn war in diesem Fall definitiv der bessere Weg.

***

Gelangweilt zappte Liv sich durch das Fernsehprogramm. Nachdem Beth sie am Vorabend erst gegen drei Uhr hatte nach Hause ziehen lassen, hatte Liv bis in den frühen Vormittag hinein geschlafen und anschließend fast eine ganze Stunde in der Küche verbracht, um einen großen Stapel Pancakes zu backen. Dennoch wollte der Tag einfach nicht rumgehen.

Sie schaltete von einer stupiden Gerichtssendung auf eine Soap um und träufelte etwas Ahornsirup auf ihren Pfannkuchen. Das Tolle an den Dingern war, dass man sie zu jeder Tageszeit essen konnte.

Ihr Handy klingelte. Hastig wischte sie sich die klebrigen Finger an einer Serviette ab, bevor sie danach griff. Ein Blick auf das Display entlockte ihr ein genervtes Seufzen. Es war schon wieder ihre Mom.

»Hallo Schatz. Störe ich dich?«

»Nein, schon gut.« Sie setzte sich etwas gerader hin und schaltete ihren Fernseher stumm. »Ich sitze hier nur im Jogginganzug und esse Pancakes.«

»Bist du krank?«

Ups. Sie hatte vergessen, ihrer Mutter von ihrem freien Wochenende zu berichten. Normalerweise nutzte sie die Zeit, um irgendwelchen Papierkram zu erledigen oder sich in neue Themen einzulesen.

»Nein. Ich gönne mir zwei ruhige Tage, damit ich am Montag mit einem neuen Kunden voll durchstarten kann.«

»Davon hast du mir ja gar nichts erzählt.«

»Es war mir entfallen. Aber es wird mit Sicherheit richtig toll. Mein erster eigener Klient, den ich vollumfänglich betreuen darf.«

Stille folgte ihren Worten.

»Mom? Hast du das gehört?«

»Ja. Es klingt spannend. Ich frage mich nur, was mit dir los ist.«

»Wieso? Nur weil ich dir das nicht sofort erzählt hab?«

»Ja.«

Liv schnaubte. »Ich bin erwachsen, Mom, schon vergessen?« Sie versuchte, ihrer Stimme einen scherzhaften Klang zu verleihen, um ihre Mutter nicht zu beleidigen.

»Das weiß ich. Dennoch gehört so etwas zu den Dingen, die du mir immer als Erstes berichtest. Was könnte für dich wichtiger sein als ein neues Großprojekt?« Liv hörte, wie sie am anderen Ende der Leitung nach Luft schnappte. Ihr schwante Böses. »Geht es um einen Mann?«

Plötzlich spürte Liv das Bedürfnis in sich aufsteigen, sich ihrer Mutter anzuvertrauen. Vielleicht würde es ihr besser gehen, wenn sie sich alles einfach von der Seele sprach.

»Schon möglich.«

»Magst du es mir erzählen?« Das war es, was sie an ihrer Mutter so liebte. Wenn es wirklich darauf ankam, war sie für sie da. Es lag keine Neugier in ihrer Frage, keine Wertung, nichts als reine Fürsorge.

»Ich habe ihn in Alaska kennengelernt. Wir haben ein paar sehr schöne Tage verbracht. Es war uns beiden von Anfang an klar, dass es nur eine sehr kurze Affäre werden würde, ohne Verpflichtungen, ohne Zukunft.«

»Weshalb?«

»Ist das nicht offensichtlich? Er lebt in *Alaska*, Mom. Du glaubst doch nicht, dass ich alles, was ich mir aufgebaut habe, in den Wind schieße, nur um mich ihm an den Hals zu werfen?« Ganz abgesehen davon, dass sie nicht einmal sicher war, ob *er* das überhaupt wollen würde.

»Habt ihr darüber geredet?«

»Nein. Weil es nicht nötig ist. Es waren lediglich fünf Tage. Nichts, weswegen man sein Leben umkrempeln würde, zumindest ich nicht.«

»Ich weiß, du hast deinen Plan. Aber das Leben hält sich nur selten an Pläne.«

»Meins schon. Ich bin nicht wie du, Mom!« In dem Augenblick, als die Worte ihren Mund verließen, bereute Liv sie bereits. Es änderte nichts an ihrem Wahrheitsgehalt, doch sie hatte ihre Mutter nicht so anfahren wollen.

Ein leises Seufzen antwortete ihr.

»Es tut mir leid«, setzte sie an, doch ihre Mutter ließ sie nicht ausreden.

»Nein, Liv, hör mir zu, Liebling. Ich weiß, ich habe nicht alles richtig gemacht. Und ich weiß auch, dass du nie verstanden hast, wie ich so unvorsichtig sein konnte, im ersten Collegejahr mit dir schwanger zu werden, und so dumm, deinen Vater zu heiraten. In deinen Augen habe ich meine Jugend vergeudet, meine Träume aufgegeben, bevor ich überhaupt anfangen konnte, sie auszuleben. Und dass euer Vater uns kurz nach Sophys Geburt verlassen hat, trägt sicherlich auch nicht dazu bei, dass du mein Leben für gelungen erachtest. Aber das ist es, mein Schatz. Ich habe dich und Sophy und – seit Christoph in meinem Leben ist – sogar einen ganz tollen Mann. Ich bin glücklich. Selbst das Kunststudium habe ich nachgeholt. Letztendlich habe ich alles bekommen, was ich mir immer gewünscht habe, wenn auch nicht ganz genau in der Reihenfolge, wie ich anfangs dachte.«

»Was willst du mir damit sagen?«

»Rückblickend betrachtet sind meine Fehler eigentlich keine. Aber selbst wenn sie es wären, du wirst sie nicht wiederholen. Du *hast* sie bereits nicht wiederholt. Schau nur, was du schon alles erreicht hast. Doch ich möchte nicht, dass du ins andere Extrem verfällst und in dem Bestreben, meine Fehlentscheidungen zu vermeiden, eigene, nicht minder gravierende begehst.«

»Ich glaube, du übertreibst. Du misst der ganzen Sache zu viel Bedeutung bei.«

»Das kannst nur du beurteilen.«

Damit hatte sie recht. »Danke, dass du mir zugehört hast.«

»Ich bin nicht sicher, ob ich dir helfen konnte, aber immer wieder gern, mein Schatz.«

»Doch, Mom. Das hast du.«

Nachdenklich legte sie auf. Vielleicht kam im Leben ja

wirklich alles so, wie es sollte. Vielleicht auch nicht. Sie konnte nur das tun, was sie für richtig hielt, und das war, auf ihren Verstand zu hören. Der hatte sie noch nie im Stich gelassen. Sie würde nicht die Früchte der vergangenen zehn Jahre ihres Lebens für eine harmlose Liebelei wegschmeißen.

Sie schaltete den Fernseher aus und wählte Beths Nummer. Eine ausgedehnte Shoppingtour wäre jetzt genau das Richtige, um auf neue Gedanken zu kommen.

Kapitel 14

»Hey.«

Matt, der wie ein mondsüchtiges Kalb auf sein Handy gestarrt hatte, schreckte auf.

»Hat Liv sich nicht gemeldet?«, fragte Tom mit einer Mischung aus Mitgefühl und Spott.

Ertappt steckte Matt sein Smartphone weg, doch es brachte nichts, das Offensichtliche zu leugnen. Er hatte wirklich auf eine Nachricht von ihr gehofft. Zwei Tage waren nun vergangen, seit sie sich still und ohne sichtliches Bedauern aus seinem Schlafzimmer geschlichen hatte. Hätte sie sich überhaupt verabschiedet, wenn er nicht von allein aufgewacht wäre? Er würde es wohl nie erfahren.

Dabei konnte er ihr nicht einmal einen Vorwurf daraus machen. Sie hatte von Anfang an für klare Verhältnisse zwischen ihnen beiden gesorgt, auch wenn er dann und wann den Eindruck gehabt hatte, dass ihre Grundsätze durchaus ins Wanken gerieten. Anscheinend hatte er sich geirrt.

»Wie geht es dir?«

»Blendend.«

»Ich meine, wegen Liv. Du scheinst sie ziemlich gernzuhaben.«

Matt zuckte mit den Schultern. Den Eindruck hatte er selbst immer mehr. Er hatte gespürt, dass sie nicht gut für ihn war, gewusst, dass er mit dem Feuer spielte, doch er hatte der Versuchung einfach nicht widerstehen können. »Ich komme schon klar.«

»Wieso rufst du sie nicht einfach an?«

»Sie hatte versprochen, sich zu melden.«

Toms Blick verdeutlichte ihm, wie kindisch und kleinlich das klang. »Sei ein Mann und ruf sie an.«

»Nein.« Matt schüttelte ernst seinen Kopf. Das hatte nichts mit Eitelkeit oder verletztem Stolz zu tun. Inzwischen hatte sie mehr als genug Zeit gehabt, sich zu melden. Eine kurze Textnachricht, dass sie gut angekommen war, hätte genügt. Die Tatsache, dass sie es nicht getan hatte, bedeutete, dass sie es nicht tun *wollte*. Also würde er sich ihr auch nicht aufdrängen. Er hatte, weiß Gott, genug zu tun.

Der *Weiße Wal* entzog sich noch immer hartnäckig seiner Vollendung. Und allmählich rannte ihm die Zeit davon. Die erste Rückzahlungsrate für das Darlehen stand in wenigen Wochen an. Als er es aufgenommen hatte, hatte er fest damit gerechnet, die Maschine innerhalb kürzester Zeit zum Laufen zu bringen, und daher keine Bedenken bezüglich der Rückzahlungsmodalitäten gehabt. Leider hatte er sich dabei etwas verkalkuliert. Zwar brachte ihn die Forderung – nicht zuletzt wegen der mit Liv entwickelten Ideen – nicht direkt in Schwierigkeiten, doch wenn er die Anlage nicht bis zur dritten Rate endlich in Betrieb nahm, würde es nicht mehr ganz so rosig für ihn aussehen.

Er erhob sich schwungvoll von seinem Stuhl. »Ich gehe noch mal rüber in die Halle.« Er brauchte Tom nicht zu erklären, welche Halle er damit meinte.

»Und ich mache mich an die Vorbereitung dieser Wohltätigkeitsaktion, die Liv uns empfohlen hat.«

»Tu das«, sagte Matt. Ihren Namen zu hören, versetzte ihm jedes Mal einen Stich, und er hoffte, dass sich das möglichst bald wieder legen würde.

***

»Liv, darf ich Ihnen Mr. Dorman vorstellen?« Mr. Harper deutete auf den hageren älteren Mann, der einen dunkelblauen Anzug mit feinen Nadelstreifen trug.

Der Name brachte irgendetwas in ihr zum Klingeln, doch sie konnte ihn nicht richtig zuordnen.

»Olivia Archer, sehr erfreut.« Sie streckte ihrem neuen Klienten höflich die Hand entgegen.

Er umfasste sie fest. »Die Freude ist ganz auf meiner Seite. Ihr Chef hat mir schon sehr viel von Ihnen erzählt.«

Liv lächelte neutral. Da hatte er ihr einiges voraus.

»Mr. Dorman ist der Inhaber von Dorman Woods«, erklärte Mr. Harper.

Liv starrte ihn an, als hätte er gerade eine Bombe gezündet. Daher kannte sie ihn. Er war der schärfste Konkurrent von Coleman Lumber.

Tausend Gedanken schossen durch ihren Kopf. Hatte Harper sie deshalb nach Alaska geschickt? Es war doch gar nicht zulässig, dass Konkurrenten von ein und derselben Person beraten wurden. Dann fiel ihr ein, dass Harper mit Matt gar keinen Vertrag gehabt hatte. Es war ein reiner Gefälligkeitsdienst von ihm, er war also fein raus. Zumindest juristisch, moralisch verwerflich war es aber allemal.

»Mr. Harper sagte mir, dass Sie erst kürzlich bereits Erfahrungen in unserem Geschäftsbereich gesammelt haben«, sagte Mr. Dorman im Plauderton.

Liv riss sich zusammen. Was auch immer für Meinungsverschiedenheiten sie mit ihrem Chef haben mochte, sie sollten nicht vor Kunden geklärt werden. »Ja, bei Coleman Lumber«, sagte sie eisig und schoss Harper einen wütenden Blick zu. Der verzog keine Miene.

»Ach ja, ein wirklich netter, kleiner Betrieb«, bemerkte Mr. Dorman. »Momentan ist die Lage nicht besonders rosig für Sägewerke dieser Größenordnung. Wir haben schon mehrmals ein Kaufangebot unterbreitet. Aber Matt Coleman ist manchmal wirklich ein sturer Kerl.«

»Nun, vielleicht wird es Miss Archer ja gelingen, ihn zu überzeugen«, warf Harper lächelnd ein.

Erbost funkelte Liv ihn an. Da konnte er lange darauf warten!

»Wieso interessiert Sie dieser Betrieb überhaupt? Sie sagten selbst, er ist recht klein. Und seine Profitabilität liegt gerade mal im Durchschnitt.« Das würde sich zwar vermutlich ändern, wenn die von ihr entwickelten Maßnahmen einschlugen – und falls es Matt wirklich gelang, seinen *Weißen Wal*, wie er die Anlage nannte, zum Leben zu erwecken. Aber das alles konnte Mr. Dorman unmöglich wissen. Außerdem klang es, als würde er sich schon länger um die Firma bemühen.

»Die Gewinnerwartung des Sägewerks ist mir völlig egal. Es ist die Technologie, die mich reizt.«

Liv nickte langsam. Das ergab Sinn. »Ich kann mir nicht vorstellen, dass Mr. Coleman sich darauf einlassen würde«, entgegnete sie beherrscht.

»Ich fürchte, da muss ich Miss Archer recht geben, Bob«, klinkte sich Harper ein. »Aber das soll jetzt auch nicht unser Thema sein«, fügte er mit einem beredten Blick hinzu.

Mr. Dorman nickte. »Ich freue mich auf jeden Fall schon sehr auf unsere Zusammenarbeit, Miss Archer.« Er griff in die Tasche und holte einen silbernen USB-Stick hervor, auf dem das Logo seiner Firma prangte. »Ich fliege morgen zurück nach Anchorage und so, wie ich Mason verstanden habe, sollen Sie mir nächste Woche folgen.«

»Ja.« Harper nickte. »Ich hatte zwar noch keine Gelegenheit, die Einzelheiten mit Miss Archer zu klären, aber so würde ich es gerne halten.«

»Sehr schön.« Mr. Dorman reichte ihr den Stick. »Hier ist alles drauf, was sie zur Vorbereitung wissen sollten. Ich erwarte dann Sie und Ihr Team in einer Woche in unserer Zentrale. Auf Wiedersehen, Miss Archer. Mason.« Er reichte ihnen beiden zum Abschluss die Hand und verließ den Raum.

Wie betäubt starrte Liv auf den Stick in ihren Fingern. Sie wusste noch immer nicht recht, was sie von dieser Entwicklung halten sollte.

»Und, was sagen Sie, Liv?« Harper sah sie erwartungsvoll an.

»Ich bin überrascht«, entgegnete sie vorsichtig.

»Ja, ich weiß, Alaska ist nicht gerade Ihr Traumziel, aber ich hoffe, Sie sehen es mir nach. Sie haben sich dort letzte Woche so fantastisch zurechtgefunden und in der Kürze der Zeit so beachtliche Ergebnisse erzielt, dass ich nun keinen Zweifel mehr daran habe, dass Dorman Woods bei Ihnen in den besten Händen ist.«

Ging es ihm also darum? Wollte er sehen, ob sie mit dem Land und den Leuten zurechtkam, als er sie zu seinem Neffen schickte? Oder war da noch mehr?

»Was genau soll ich für Mr. Dorman eigentlich tun?«

»Er hat große Pläne, möchte sein Geschäft expandieren, gern auch über die Landesgrenzen hinweg. Und Sie sollen das federführend betreuen.«

All ihren Vorbehalten zum Trotz spürte Liv freudige Aufregung in sich aufsteigen. Es war eine einmalige Chance, die Harper ihr hier bot, ein komplexes und überaus spannendes Projekt.

Harper musste ihr Mienenspiel richtig gedeutet haben, denn er lächelte. »Wieso schauen Sie sich die Unterlagen nicht in Ruhe an, Liv, machen sich ein paar Gedanken dazu, wen Sie gern zur Unterstützung hätten. Und«, er sah kurz auf seinen Kalender, »Mittwochnachmittag reden wir in aller Ruhe darüber und stellen Ihr Team zusammen.«

»Ja, Mr. Harper.« Liv war noch immer so überwältigt, dass ihr nichts mehr dazu einfiel.

»Sehr schön. Dann wünsche ich Ihnen viel Erfolg bei Ihrem ersten Großprojekt.«

»Danke, Sir.«

Den Stick fest in ihrer Hand umklammert, ging sie auf hölzernen Beinen zur Tür hinaus.

»Das kann er dir doch nicht antun!«, empörte sich Beth, sobald Liv ihr die Neuigkeit mitgeteilt hatte.

»Schhh«, rief diese sie hastig zur Ordnung. Die Schreibtische in ihrem Großraumbüro waren zwar durch halbhohe Wände voneinander abgetrennt, schalldicht abgeriegelt waren sie aber keinesfalls. Und sie wollte nicht, dass alle Kollegen ihre Unterhaltung direkt mitbekamen.

»Schon wieder Alaska?!« entfuhr es Beth ungläubig, aber sie senkte zumindest ihre Stimme.

Liv zuckte mit den Schultern. Erstaunlicherweise machte ihr gerade dieser Aspekt kaum etwas aus. Irgendwie freute sie sich sogar darauf, die raue Schönheit der Berge wiederzusehen, die frische, würzige Luft zu atmen, die so viel besser war als das smogverseuchte Gemisch in der Großstadt.

Das, was sie wirklich daran störte, wieder zurückfliegen zu müssen – abgesehen davon, dass sie noch immer nicht sicher war, welches Spiel Mr. Harper hier eigentlich trieb – war die Angst, dass sie alles an Matt erinnern würde. Sie würde natürlich nicht die gleichen Orte sehen, die er ihr gezeigt hatte, aber sie wären ähnlich genug. Sie hatte gehofft, dass ihr neues Projekt sie ganz weit weg bringen, sie mit völlig neuen Eindrücken ausfüllen würde, die alles, was sie mit Matt erlebt hatte, in den Hintergrund drängten. Stattdessen würde sie nun immer wieder quasi mit der Nase darauf gestoßen.

»Wirst du es ihm sagen?«, fragte Beth mitfühlend.

»Wem?«

»Na *ihm*, natürlich«, wisperte sie, »*Matt.*«

»Nein«, entgegnete Liv entschieden.

»Wieso nicht?«

»Aus unendlich vielen Gründen. Dorman Woods ist von nun an mein Klient. Da ist es wohl nicht angebracht, dass ich Kontakt zu seinem Konkurrenten unterhalte.« Außerdem wusste sie, dass Matt es nicht verstehen würde. Er würde denken, dass das von Anfang an ihr Plan gewesen war. Und auch wenn sie sich nie wieder sehen sollten, wollte sie doch, dass er sie in guter Erinnerung behielt, dass er sie auch weiterhin ein klitzekleines bisschen gernhatte.

»Glaubst du nicht, es wäre besser, wenn er es von dir statt von Dritten erfährt?«, fragte Beth, die das eigentliche Motiv hinter ihrer Weigerung treffsicher durchschaut hatte.

»Er muss es gar nicht erfahren.« Es war ja nicht so, als würden die Firmen ihre Zusammenarbeit mit Beratern an die ganz große Glocke hängen. Der einzige Fall, in dem sie als Dormans Beraterin Kontakt zu Matt haben könnte, wäre eine Firmenübernahme, und darauf würde Matt sich nie im Leben einlassen. Außerdem würde sie selbst mit etwas Glück in einigen Wochen den Aufbau einer neuen Niederlassung von Dorman Woods irgendwo in der großen weiten Welt vorbereiten. Die Gefahr, dass Matt und sie sich zufällig über den Weg liefen, war also äußerst gering.

»Wie du meinst.« Beth schien nicht ganz überzeugt. »Und was wirst du jetzt tun?«

»Ich werde Dormans Unterlagen durcharbeiten und dann mein Team zusammenstellen. Ich habe schon immer von einem Auftrag wie diesem geträumt, den werde ich auf keinen Fall vor die Wand fahren.«

***

»Mittagspause?«

Liv, die ganz in die Betrachtung des letzten Geschäftsberichts von Dorman Woods versunken war, schreckte überrascht hoch. Beth stand vor ihrem Schreibtisch. Hektische Flecken färbten ihre Wangen und sie wirkte durch und durch nervös.

»Was ist los?«

»Nichts.« Sie kicherte. Es klang gezwungen. »Ich dachte nur, eine kleine Pause würde uns guttun. Ein wenig rausgehen, die Beine vertreten, einen Happen essen.«

»O-kay«, sagte Liv gedehnt und rollte mit ihrem Schreibtischstuhl zurück. Beth und sie gingen niemals raus, meist gönnten sie sich nicht einmal eine Mittagspause, sondern vertilgten nebenbei eins der von Mr. Harper bereitgestellten Sandwiches. Doch es war eindeutig, dass Beth etwas auf dem

Herzen hatte, etwas, das sie nicht im Büro erörtern wollte. Liv klappte ihren Laptop zu. Sie hatte nichts gegen eine Pause einzuwenden. Seit zwei Tagen brütete sie bereits über Geschäftsberichten, Preislisten und Marktanalysen. Und die würden in einer halben Stunde noch immer so zäh und trocken sein wie jetzt. Außerdem musste sie wissen, was Beth derart verstört haben könnte.

»Lass uns gehen.«

Schweigend verließen die beiden Frauen das Büro. Liv trommelte ungeduldig mit ihren Fingern, während sie auf den Aufzug warteten. Beth hingegen schien sich allmählich zu entspannen.

Dennoch brach sie erst ihr eisernes Schweigen, als sie das hohe Bürogebäude hinter sich gelassen und sich in das Menschengetümmel der Straße gemischt hatten.

»Du weißt doch, dass ich heute Nancy als Assistenz vertreten habe«, raunte Beth leise.

Liv nickte erwartungsvoll.

»Harper wollte, dass ich ihm einen Brief aufsetze, und ich habe nach einer passenden Vorlage gesucht. Nancy mag in ihrem Chaos ja wunderbar zurechtkommen, aber ich durchschaue ihr Ablagesystem definitiv nicht.«

»Und?«, drängte Liv. Ihre Freundin hatte sie bestimmt nicht hergelockt, um über Nancys Arbeitsweise zu lästern.

»Und da habe ich das hier gefunden.« Zögernd zog sie ein zusammengefaltetes Blatt Papier aus der Tasche. »Ich habe keine Ahnung, ob ich das überhaupt ausdrucken durfte, aber ich war einfach so geschockt. Und ich dachte, dass du es wissen solltest.«

»Was denn?« Mit zitternden Fingern faltete Liv das Papier auseinander. Das hörte sich überhaupt nicht gut an. Schnell überflog sie den Inhalt. Und dann noch einmal. »Das verstehe ich nicht«, murmelte sie leise. »Wieso sollte Harper jetzt seine Einlage in Matts Sägewerk kündigen? Das ergibt doch keinen

Sinn.«

»Das habe ich mir auch gedacht. Ich meine, wieso schickt er dich erst dorthin, um das Unternehmen neu auszurichten, und zieht dann seine Beteiligung zurück?«

In Livs Kopf begann sich alles zu drehen. »Das versetzt Matt den Todesstoß. Ich kann mir nicht vorstellen, wie er innerhalb von vier Wochen eine halbe Million Dollar auftreiben soll.« Im Geist überschlug sie schnell seine Finanzsituation. »Keine Bank würde ihm jetzt einen Kredit in dieser Höhe gewähren.« Nicht in Verbindung mit der anderen Verbindlichkeit, die er bereits am Laufen hatte, und dem von ihr ermittelten Unternehmenswert. »Harper weiß, dass Matt ihn nicht auszahlen kann. Es sei denn … Oh, mein Gott!« Entsetzt presste sie sich die Hand vor den Mund. Das konnte gerade nicht tatsächlich passieren. Ihr war, als würde sich ein Abgrund vor ihr auftun. Liv wurde übel.

»Was denn?«, Beth packte erschrocken ihren Arm. Die Berührung half ihr, sich wieder halbwegs zusammenzureißen.

»Er will Matt zum Verkauf zwingen«, flüsterte sie tonlos. Diese Erkenntnis traf sie mit der Wucht eines Vorschlaghammers. Matt würde sein Unternehmen verlieren. Die Gewissheit, dass er sie dafür bis an sein Lebensende hassen würde, machte nur einen kleinen Teil des eisigen Klumpens aus, der sich in ihrem Inneren gebildet hatte. Weit schlimmer war die Erkenntnis, wie sehr dieser Verlust Matt treffen, wie sehr er ihn verletzen würde. Er liebte seine Firma, sah sie als ein Vermächtnis seines Vaters an und fühlte sich für alle seine Mitarbeiter verantwortlich. Er würde es nicht verkraften, zumindest nicht ohne Weiteres.

»Das begreife ich trotzdem nicht«, sagte Beth. »Erst schickt er dich, um den Wert seiner Einlage zu erhöhen, und dann macht er alles wieder kaputt?«

»Er wird an dem Beratungsvertrag mit Mr. Dorman deutlich mehr verdienen, als er es mit Matts Zinszahlungen jemals könnte.« Endlich rückte der letzte Puzzlestein in Livs Kopf an seinen Platz. »Das wird der Deal gewesen sein, den er mit Dorman geschlossen hat. Er bekommt einen lukrativen Großkunden und dafür hilft er ihm, sich das Sägewerk seines Neffen unter den Nagel zu reißen.«

»Und was hast du mit dem Ganzen zu tun?«

»Er wollte wissen, wie viel die Firma wert ist.« Liv schloss gequält ihre Augen. Das war die einzige Information, die Harper wirklich hatte haben wollen. Und sie hatte ihm direkt in die Hände gespielt.

Matt würde ihr das niemals verzeihen.

***

Stumpf starrte Matt die beiden auf seinem Tisch liegenden Schreiben an. Sie waren beide zeitgleich angekommen. Und machten seinen schlimmsten Albtraum wahr.

Was ihn so fertigmachte, war nicht die Hinterhältigkeit seines Onkels. Und auch nicht das Kaufangebot von Dorman Woods. Damit allein hätte er noch umgehen können, irgendwie. Schließlich ging es hierbei nur ums Geschäft, auch wenn die beiden ihn seiner Lebensgrundlage beraubten.

Nein, was ihn noch viel mehr quälte als der drohende Verlust seines Sägewerks, war Livs Verrat. Den hatte er nicht kommen sehen. Er hatte sie näher an sich herangelassen als jede andere Frau seit zehn Jahren, er hatte ihr *vertraut*, sich sogar in sie verliebt. Doch für sie war es von Anfang an nur ein abgekartetes Spiel gewesen. Der Schmerz darüber war so viel stärker, als er es für möglich gehalten hatte.

Er streckte seine Hand nach dem halbvollen Whiskyglas aus und kippte dessen Inhalt in einem Schwung herunter. Ohne zu zögern, schenkte er sich nach. Was für ein Glück, dass er die Flasche behalten hatte, die er Jeff vor einigen Wochen abgenommen hatte.

»Woah!« Tom, der im Vorbeigehen einen Blick durch die

offene Tür geworfen hatte, blieb wie angewurzelt stehen und musterte ihn überrascht. »Was ist denn dir über die Leber gelaufen?« Besorgt trat er näher und schraubte sorgfältig die Whiskyflasche zu, bevor er sie auf ein Regal stellte.

Matt beeilte sich, das Glas in seiner Hand zu leeren, damit sein Freund es ihm nicht ebenfalls wegnahm.

»Ist es nicht etwas früh für ein Besäufnis?«, bemerkte Tom missbilligend, als Matt keine Anstalten unternahm, seine düstere Stimmung zu erklären.

»Nope. Ich würde sagen, es ist allerhöchste Zeit.«

»Was ist passiert?«

Matt lehnte sich in seinem Stuhl zurück. »Wo soll ich da bloß anfangen? Bei dem Verlust meiner Firma oder der Tatsache, dass Liv uns an der Nase herumgeführt hat?«

»Wovon zum Teufel sprichst du?«

»Sieh selbst.« Mit einer schwungvollen Geste schoss Matt ihm die beiden Schreiben über die Tischplatte zu.

Aufmerksam studierte Tom ihren Inhalt. »Das ist übel«, murmelte er.

»Und *das* ist die Untertreibung des Jahrhunderts.« Matt streckte sich schräg nach oben, um wieder an seine Flasche zu kommen, und ließ sich dann seufzend zurück auf seinen Stuhl fallen. »Mist, zu weit weg«, fluchte er.

»Du glaubst, dass Liv was damit zu tun hat?« Skeptisch hielt Tom die beiden Briefe in die Höhe.

»Das wäre schon ein arger Zufall, wenn mein Onkel mich am selben Tag an den Rand des Ruins treibt, an dem mir ein Kaufangebot von Dorman ins Haus flattert.«

»Dorman versucht es ja nicht zum ersten Mal. Und was deinen Onkel angeht – vielleicht braucht er gerade das Geld.«

Matt schnaufte. Es verschaffte ihm bittere Genugtuung, Tom den unwiderlegbaren Beweis für Livs Verrat zu präsentieren. Es war wie der Drang, in einer schwärenden Wunde herumzustochern, obwohl sie auch so bereits höllisch schmerzte.

»Schau dir mal den Betrag auf Dormans Angebot an. Kommt er dir nicht irgendwie bekannt vor?«

Tom warf einen prüfenden Blick darauf. »Nicht, dass ich wüsste. Sollte er?«

»Na, das will ich doch meinen!«, rief Matt grimmig aus. »Es ist haargenau die Summe, die Liv als unseren Unternehmenswert ermittelt hat. Ich habe sie in meinen Dateien stehen, schwarz auf weiß.«

Tom erbleichte. »Bist du ganz sicher?«

»Glaubst du, ich hätte es nicht bereits zehnmal nachgeprüft? Sie stecken alle unter einer Decke.« Gequält schloss Matt seine Augen.

»Vielleicht hat Liv nichts davon gewusst. Vielleicht hat dein Onkel hinter ihrem Rücken gehandelt.«

»Und vielleicht war es auch der Weihnachtsmann! Finde dich damit ab. Sie hat uns nach Strich und Faden betrogen.«

»Es tut mir leid«, murmelte Tom. »Du hattest recht gehabt, du hättest auf deinen Instinkt hören sollen. Aber ich habe dich dazu überredet, ihr zu vertrauen.«

»Es ist nicht deine Schuld.« Müde schüttelte Matt seinen Kopf. Tom hatte ihn zu nichts gedrängt, was er nicht selbst gewollt hatte. Er hatte geglaubt, dass Liv anders war. Und das war sie auch. Nur tragischerweise war *anders* nicht gleichbedeutend mit *besser*.

»Was wirst du jetzt tun?«, fragte Tom leise.

Matt zuckte mit den Schultern. Wenn er ehrlich war, war ihm gerade alles egal. Wäre es nur um ihn gegangen, hätte er sich in seinem Haus verkrochen in dem Versuch, mit allem verfügbaren Alkohol die Leere zu füllen, die in seinem Kopf und seinem Herzen herrschte, irgendwie den Schmerz zu betäuben, der seine Brust zerriss. Doch Toms erwartungsvolles und besorgtes Gesicht erinnerte ihn daran, dass es hierbei nicht nur um ihn ging. Viel mehr Existenzen als nur seine eigene standen nun auf dem Spiel.

Er wischte mit den Händen über sein Gesicht, um ein wenig mehr Klarheit in seine Gedanken zu bringen. »Was soll ich schon machen? Ich werde einen Termin mit der Bank vereinbaren, solange mein Hirn nicht völlig umnebelt ist. Und danach werde ich mich gründlich besaufen.« Er schenkte seinem Freund einen abschätzenden Blick. »Du bist herzlich eingeladen, mir Gesellschaft zu leisten.«

»Danke, aber dieses Mal setze ich aus. Mindestens einer von uns sollte ansprechbar sein.«

»Wie du willst. Ich habe es dir angeboten.« Matt angelte mit der Zunge nach dem letzten Tropfen, der noch an seinem Whiskyglas hing.

»Meinst du nicht ...« Tom räusperte sich. »Meinst du nicht, dass du Liv mal anrufen solltest?«

»Nein!«, donnerte Matt. Die Heftigkeit seiner Reaktion überraschte ihn selbst, doch er meinte es ganz genau so. Er wollte ihre Stimme nie mehr hören, nie wieder an das erinnert werden, was zwischen ihnen gewesen war. »Wenn ich es mir recht überlege, solltest du die Terminvereinbarung mit der Bank übernehmen. Und ich schnappe mir wieder diese Flasche.«

***

»Liv, was hast du jetzt vor?« Alarmiert sprang Beth von ihrem Platz vor Harpers Büro auf und stellte sich ihr in den Weg.

Nach all den erschütternden Erkenntnissen in der Mittagspause hatte Liv gut eine Stunde schweigend vor sich hingebrütet. Und hatte noch immer keine Ahnung, was sie jetzt unternehmen sollte, wie sie den Schaden abwenden konnte, den sie ungewollt mitverschuldet hatte. Das Einzige, was sie wusste, war, dass sie mit Harper sprechen musste. Ein winziger, naiver Teil von ihr hoffte nach wie vor, dass er ihr auf wundersame Weise alles erklären würde, ihr sagen, dass es nur ein elendes Missverständnis war und Matt nicht in Schwierigkeiten steckte.

Und selbst in diesem – denkbar besten – Fall wüsste sie nicht, was sie tun sollte.

Sie konnte ihre Augen nicht länger davor verschließen. Die letzte Stunde hatte ihr überaus deutlich gemacht, wie tief ihre Gefühle für Matt in Wahrheit waren. Der Schock darüber, wie schlecht es ihm jetzt gehen musste, die Angst, ihn endgültig zu verlieren – obwohl sie ihm selbst den Rücken zugekehrt hatte – sie waren so stark, dass sie sich nicht mehr mit einer harmlosen Schwärmerei herausreden konnte.

Es brachte nichts, sich selbst noch länger zu belügen. Der große Naturbursche mit den stahlgrauen Augen hatte sich in ihr Herz geschlichen, obwohl sie fest entschlossen gewesen war, genau das nicht zuzulassen. Und alles, was sie jetzt noch wollte, war zu ihm zu eilen, ihn zu trösten und ihm zu versichern, dass es niemals ihre Absicht gewesen war, ihm irgendwie zu schaden, und dass alles wieder gut werden würde.

Liv seufzte. Es gab einen Grund, wieso sie Gefühle und Arbeit hatte niemals vermischen wollen, aber sie hätte nie erwartet, dass es in so einem Desaster enden würde.

»Liv?«, fragte Beth nervös nach.

Sie riss sich zusammen. »Ich habe einen Termin bei Mr. Harper.«

Ihre Freundin sah sie beschwörend an. »Du willst doch nicht etwa *darüber* mit ihm reden?«

»Doch.« Sie hatte keine andere Wahl. Selbst wenn sie für Matt nichts empfinden würde, hätte sie wissen wollen, was da eigentlich vor sich ging.

»Aber … Aber das geht nicht«, raunte Beth besorgt. Und Liv erkannte, dass sie Angst um ihren Job hatte. Wenn Harper erfuhr, dass Beth ihr eine vertrauliche Information zugesteckt hatte, würde sie auf der Stelle gefeuert.

Sie drückte aufmunternd Beths kalte Hand. »Keine Bange, ich halte dich da raus«, versprach sie leise.

»Und was ist mit dir?«

Liv zuckte mit den Achseln. Sie hätte es nie für möglich gehalten, aber ihre eigene Karriere war ihr in diesem Moment überaus egal. Wenn Harper seinem Neffen tatsächlich so übel mitgespielt hatte, wie es schien, würde sie ohnehin nicht länger für ihn arbeiten wollen. Unabhängig davon, ob sie Matt jemals wiedersah.

Die Tür hinter Beths Rücken öffnete sich und Harper schaute hinaus. »Liv, wo bleiben Sie denn? Wir beide haben ein Team zu bestücken.«

Liv nickte kurz ihrer Freundin zu, die resigniert beiseitetrat, und marschierte in die Höhle des Löwen.

»Dann schießen Sie mal los«, sagte Harper, nachdem sie sich beide hingesetzt hatten. »Sie haben ja keine Unterlagen dabei«, fügte er stirnrunzelnd hinzu.

»Ich habe alles Erforderliche im Kopf, aber vorher würde ich gern noch ganz kurz etwas mit Ihnen besprechen.«

»Und das wäre?« Die Falte zwischen seinen Augenbrauen vertiefte sich. »Mein Terminkalender ist sehr voll, ich habe mir extra eine Stunde freigeschaufelt, um Sie bei Ihrer neuen Aufgabe zu unterstützen.«

»Ich fasse mich kurz«, versprach Liv mit unbewegtem Gesicht. »Ich habe heute Morgen erfahren, dass Sie Ihre Beteiligung an Coleman Lumber gekündigt haben«, sagte sie mit ihrem besten Pokerface. Falls er den Brief noch gar nicht abgeschickt hatte, würde sie jetzt in Erklärungsnöte geraten. Doch der Ausdruck, den Beth ihr gezeigt hatte, war auf letzte Woche datiert. Es war also davon auszugehen, dass das Schreiben nicht nur abgeschickt, sondern auch bereits angekommen war. Sie konnte noch immer nicht fassen, dass Harper und Dorman das alles eingefädelt haben mussten, während sie noch in Alaska gewesen war.

Harpers Miene gefror. »Woher haben Sie diese Information? Und wieso interessieren Sie sich überhaupt für meine Finanzen?«

Er stritt es also nicht ab. »Ich habe eine Nachricht von Tom Collins bekommen«, improvisierte sie schnell.

»Müsste ich den kennen?«

»Er ist der Administrative Leiter bei Coleman Lumber«, erklärte sie.

Harpers Gesicht verdüsterte sich noch mehr. Eine Ader begann an seiner linken Schläfe zu pochen. »Miss Archer«, sagte er streng. »Dorman Woods ist ein überaus wichtiger Kunde für uns, *Ihr* Kunde. Ich muss Sie wohl kaum darauf hinweisen, dass jeglicher Austausch mit Konkurrenzunternehmen in diesem Fall mehr als fragwürdig ist.«

Seine Unverschämtheit verschlug Liv beinah die Sprache. Ausgerechnet er musste ihr nun mit Geschäftsmoral kommen?

»Es war eine Information, die er mir freiwillig gab und die keinerlei negative Auswirkungen auf Dorman Woods hat«, stellte sie eisig klar.

»Und was wollen Sie jetzt von mir?«

»Wissen, ob Sie Ihren Neffen damit zum Verkauf an Dorman Woods zwingen möchten.«

»Das ist doch absurd!«, schnaubte er und schaute sie wütend an.

Ungerührt erwiderte sie seinen Blick.

»Es ist ja nicht so, als würde ich Ihnen irgendeine Rechenschaft schulden, Miss Archer«, sagte er gefährlich leise. »Aber angesichts der Tatsache, dass Sie eine sehr aufstrebende Mitarbeiterin sind, die sich *bisher* nichts hatte zuschulden kommen lassen, will ich Ihre müßige Neugier befriedigen. Ich habe meine Beteiligung zurückverlangt, weil Dorman Woods jetzt von uns beraten wird und ich mir keinen Interessenskonflikt unterstellen lassen möchte. Ich hoffe, dieses Thema ist hiermit ein für alle Mal geklärt.«

Es klang nachvollziehbar, doch so leicht ließ Liv sich nicht besänftigen. »Sie meinen also, dass Mr. Dorman diese Gelegenheit nicht nutzen wird, um das Sägewerk zu übernehmen? Immerhin hatte er sein Interesse daran mehr als deutlich gemacht.«

»Ich meine, dass es Mr. Dorman freisteht, all das zu tun und zu lassen, was ihm für sein Unternehmen vorteilhaft erscheint. In der Tat sollten Sie es ihm als seine Beraterin empfehlen, Matt ein entsprechendes Angebot zu unterbreiten.«

So viel zum Thema Geschäftsethik. Eigentlich dürfte Dorman gar nicht wissen, dass Matt gerade in finanziellen Schwierigkeiten steckte. Außerdem bezweifelte sie, dass überhaupt noch eine *Empfehlung* von ihr erforderlich war. Sie war sich sicher, dass Dorman Woods bereits die Übernahme vorbereitete.

Sie atmete tief durch und beschloss, alles auf eine Karte zu setzen. Es brachte nichts, noch länger die loyale Angestellte zu mimen. Selbst wenn es nicht um Matt ginge, würde sie morgens nicht in den Spiegel schauen können, wenn sie weiterhin für einen so ruchlosen Mann wie Mr. Harper arbeitete. Sie hatte so etwas nicht nötig, es gab mehrere Unternehmen, die sie mit Kusshand einstellen würden, sie hatte schon einige entsprechende Angebote abgelehnt.

»Lassen Sie uns offen reden, Mr. Harper.«

Ihr selbstbewusster Ton schien ihn zu überraschen. »Ich dachte, das würden wir bereits tun, Miss Archer«, entgegnete er lauernd.

»Ich verstehe durchaus die aktuellen Zusammenhänge«, setzte sie ruhig an. »Dorman Woods ist ein lukrativer Kunde, der keinen Hehl aus seinem Interesse an dem Sägewerk Ihres Neffen macht. Es gibt nur zwei Dinge, die ich bisher nicht nachvollziehen kann.«

»Und die wären?«

»Wieso haben Sie mich überhaupt hingeschickt? Meine Wertanalyse ist für den Kauf mit Sicherheit nützlich, aber ich zweifle nicht, dass Mr. Dorman und Sie auch ohne mich eine recht zutreffende Schätzung hingekriegt hätten. Und zweitens –

wie können Sie Matt das bloß antun?« Sosehr sie sich auch um Ruhe bemühte, sie konnte nicht vermeiden, dass ihre Stimme zum Schluss immer lauter wurde.

Seine Augenbrauen schossen in die Höhe, als er sie so vertraulich über seinen Neffen sprechen hörte. »Sie scheinen ja ein sehr persönliches Interesse an *Matts* Schicksal zu haben.«

Am liebsten hätte Liv sich für ihren Versprecher in den Hintern gebissen, doch sie ließ sich nichts davon anmerken. »Ich schätze es nur nicht, wenn meine Zeit vergeudet wird und hinter meinem Rücken Absprachen mit *meinem* Mandanten getroffen werden«, zischte sie indigniert.

Er schien ihre Ausrede zu schlucken, denn seine Gesichtszüge entspannten sich ein wenig. »Also gut. Weil es Ihr Kunde ist, will ich Ihnen die Hintergründe kurz erläutern. Aber wagen Sie es nicht noch einmal, mich und meine Handlungen zu hinterfragen. Ist das klar, Miss Archer?«

»Ja, Sir.« Mühsam schluckte sie ihre Wut und Missbilligung herunter. Sie wollte wirklich hören, was er zu sagen hatte.

»Wie Sie vielleicht wissen, hat Matt bereits mehrfach ein Kaufangebot von Dorman Woods abgelehnt. Ich kann es ihm im Grunde nicht verübeln, denn bisher lagen die Gebote unter dem von Ihnen ermittelten Betrag. Durch Ihre Arbeit haben beide Seiten einen unabhängigen, neutralen Richtwert bekommen. Im Gegensatz zu dem, was Sie anscheinend glauben, möchte ich meinen Neffen nämlich nicht übers Ohr hauen. Ich bin doch kein Unmensch.«

»Dorman bietet ihm also genau den von mir ermittelten Betrag?«, fragte sie langsam.

Harper nickte.

Der Eisblock in ihrem Bauch wurde noch schwerer. Matt würde glauben, dass sie ihn hintergangen hatte, dass das von Anfang an ihr Ziel gewesen war.

»Ist alles in Ordnung? Sie sind plötzlich so blass.«

»Ja«, krächzte sie und wischte sich über die Stirn. Eine

weitere Erkenntnis sank plötzlich ein. »Sie wollten Matt wissen lassen, dass er keinen besseren Preis für seine Firma erzielen könnte, nicht wahr?«, raunte sie leise.

»Das war einer der beabsichtigten Effekte.«

»Und Dorman hatte nichts dagegen, den höheren Betrag zu bezahlen?«

»Natürlich nicht. Er ist ein Ehrenmann.«

Das wagte sie stark zu bezweifeln. Ein Ehrenmann würde sich kaum auf solch zwielichtige Absprachen einlassen. Nein. Es musste bei der Investition mehr für ihn rausspringen, als er ausgab. Und das konnte nur eins bedeuten – sie hatte einen Fehler gemacht.

»Nun schauen Sie nicht so schockiert drein, es ist für alle Seiten eine Win-Win-Situation.« Offensichtlich hatte Harper ihr Mienenspiel falsch gedeutet. »Matt ist ein lieber Kerl, aber er ist ein Tüftler, kein Geschäftsmann, früher oder später hätte er die Firma eh vor die Wand gefahren. Jetzt bekommt er wenigstens einen ordentlichen Batzen Geld dafür und kann sich nach Herzenslust austoben. Ich bin sicher, dass Dorman ihm liebend gern einen Entwicklerjob gibt.«

»Dann haben Sie also nur im Interesse Ihres Neffen gehandelt?« Liv gelang es nicht, den Sarkasmus aus ihrer Stimme zu verbannen.

Ihr Chef musterte sie verärgert. »Wir haben alle etwas davon«, betonte er schneidend. »Matt, Dorman, ich – und sogar Sie, Liv. Immerhin ist Dorman jetzt *Ihr* Kunde. Einen Auftrag wie diesen haben Sie sich doch schon immer gewünscht. Sie haben hart dafür gearbeitet, Liv. Setzen Sie es jetzt nicht aufs Spiel. Denn ich muss zugeben, dass mir allmählich Zweifel daran kommen, ob Sie wirklich die richtige Person dafür sind. Vielleicht sind Sie doch noch zu jung, zu unerfahren.«

Zu ehrlich, fügte Liv im Stillen hinzu. Sie wusste, dass Harper sie gerade unter Druck setzte, sie – nicht gerade subtil – dazu zwingen wollte, ihre Klappe zu halten, ihre Skrupel zu vergessen, um bei den großen Fischen mitzuschwimmen. Und erstaunlicherweise berührte es sie überhaupt nicht.

Ja, sie hatte genau das immer gewollt. Doch jetzt nicht mehr. Sie hatte keine Lust auf Politik, Intrigen und heimliche Absprachen, auf endlose Arbeitstage und schlaflose Nächte, in denen fremde Probleme zu ihren eigenen wurden.

»Sie haben recht«, sagte sie plötzlich.

Harper schaute sie wohlwollend an. Es fehlte nur noch, dass er jetzt *braves Mädchen* zu ihr sagte.

»Ich bin wirklich nicht die Richtige dafür.«

Sein Lächeln gefror. »Wie meinen Sie das?«

»Ich kündige.« Sobald diese Worte ihren Mund verließen, rechnete sie mit Panik oder Bedauern, doch stattdessen machte sich nur Erleichterung in ihr breit, das Gefühl, die richtige Entscheidung getroffen zu haben.

»Ist das ein schlechter Scherz?« Er bemühte sich sichtlich, die verborgene Absicht hinter ihrer Aussage zu erfassen. »Wollen Sie wirklich alles wegwerfen, wofür Sie so lange gearbeitet haben? Oder ist es ein äußerst ungeschickter Versuch, mehr Geld zu bekommen? Ich hätte sie als klüger eingeschätzt.«

»Weder noch«, erklärte Liv ruhig. Erstaunlicherweise fühlte es sich auch nicht an, als würde sie ihr Leben wegwerfen. Es war vielmehr so, dass sie keine Lust mehr darauf hatte, es in einem sich immer schneller drehenden Hamsterrad zu vergeuden.

»Und was haben Sie jetzt vor? Haben Sie ein Konkurrenzangebot?«

Mehrere, aber darum ging es hier nicht. »Ich bin noch nicht sicher, wo ich arbeiten werde«, entgegnete sie. Das war im Augenblick auch nicht wichtig. Erst musste sie einen Fehler korrigieren, dann würde sie weitersehen.

Kapitel 15

»Geh ran, nun geh doch endlich ran!«, flüsterte Liv beschwörend in ihr Handy. Doch es war wieder nur die Mailbox, die sich meldete. Sie wusste, dass es armselig war, dennoch hörte sie sich die Ansage bis zum Schluss an, bevor sie auflegte. Matts Stimme – auch wenn es nur eine Aufzeichnung war – erfüllte sie mit einer grenzenlosen Sehnsucht. Die immer schlimmer wurde, je mehr Stunden vergingen, ohne dass er auf ihre unzähligen Nachrichten reagierte.

Was, wenn er wirklich nie wieder mit ihr sprechen sollte, sie nie wieder anlächeln oder in seine starken Arme schließen, in denen alles Andere an Bedeutung verlor?

Entschieden wischte Liv die Tränen fort, die bei diesem Gedanken in ihre Augen stiegen. Ja, sie vermisste ihn, aber das war nicht der Grund für ihre ständigen Anrufe. Sie durfte nicht zulassen, dass er Dormans Angebot annahm, bevor er ihre korrigierte Berechnung erhalten hatte.

Sie konnte noch immer nicht fassen, dass sie so dumm gewesen war. Ein Fehler wie dieser hätte ihr niemals passieren dürfen, aber ihr Kopf war vermutlich zu sehr mit Matt und all den Gefühlen, die er in ihr auslöste, beschäftigt, um klar denken zu können.

Dabei hatte er ihr von seinen Patenten erzählt, auch wenn sie in seiner Bilanz gar nicht auftauchten. Und er selbst hatte zwar stolz, aber so flüchtig darüber gesprochen, dass sie nicht noch einmal nachgehakt hatte. Stattdessen hatte sie seinen Hintern bewundert, der in seiner Jeans so wunderbar zur Geltung kam.

Aber sie hätte es wissen müssen. In einem Hightech-Betrieb machten Patente einen großen Teil der Vermögenswerte aus. Zugegeben, das Sägewerk hatte nicht gerade hochtechnisiert gewirkt, aber ihren letzten Recherchen zufolge belief sich der aufaddierte Marktwert von Matts Technologie auf rund siebenhunderttausend Dollar. Und das ohne die

Berücksichtigung möglicher Lizenzvergaben. Kein Wunder, dass Dorman so scharf darauf war.

Leider konnte sie Matt das aber nicht erklären, denn sie wurde sowohl von ihm als auch von Tom geflissentlich ignoriert.

Frustriert krallte Liv sich die Finger in ihre Haare. Sie war drauf und dran, einfach in ein Flugzeug nach Fairbanks zu steigen. Doch das konnte sie nicht tun, noch nicht.

Morgen hatte sie einen wichtigen Termin, den sie auf jeden Fall wahrnehmen musste. Vielleicht würde Matt ihr dann glauben, dass sie das alles nicht gewollt hatte.

Über das, was danach kam, machte sie sich noch überhaupt keine Gedanken. Sie glaubte, dass es zwischen ihr und Matt etwas gab, etwas, das nicht nur von ihr ausging, etwas, das eine Chance verdiente. Aber sie konnte sich nicht sicher sein, ob er es genauso sah.

»Immer alles der Reihe nach«, ermahnte sie sich. Es brachte nichts, sich über eine Zukunft den Kopf zu zerbrechen, die sie nicht beeinflussen konnte.

Zum ersten Mal in ihrem Leben entzog sich etwas hartnäckig ihrem Plan.

***

»Und, wie ist es gelaufen?«

Matt schenkte seinem Freund einen finsteren Blick. Er hatte eigentlich gedacht, dass seine hängenden Schultern und die Wucht, mit der er seine Aktentasche auf den Tisch gepfeffert hatte, die Frage mehr als eindeutig beantworteten.

»Es ist vorbei«, raunte er und ließ sich schwer auf seinen Stuhl fallen. »Der Berater hat mir sehr freundlich erklärt, dass wir nicht genügend Sicherheiten für einen Kredit dieser Größenordnung bieten.«

»Hast du ihnen Livs Aufstellung gezeigt?«

Allein ihr Name genügte, um in ihm den Wunsch nach einem

Drink aufkommen zu lassen. Nicht einmal Tom ahnte, wie viel Kraft es ihn Tag für Tag kostete, Abstand von einem weiteren Großbesäufnis zu nehmen.

Liv hatte sein Leben völlig zerstört. Und er konnte es noch immer nicht fassen, wie leicht und schnell ihr das gelungen war. Sogar Linda hatte das nicht so gründlich geschafft. Damals hatte er wenigstens die Firma gehabt, Arbeit, in die er sich vergraben konnte. Jetzt blieb ihm nicht einmal das.

Er wusste noch gar nicht, wie er seiner Mutter beichten sollte, dass er das Sägewerk verlor, von all den Männern, die für ihn arbeiteten, ganz zu schweigen. Liv hatte ihm alles genommen, was irgendeine Bedeutung für ihn besaß. Was hatte er bloß getan, um diese Hinterhältigkeit, diese Grausamkeit von ihr zu verdienen? Und wieso hatte er nichts davon kommen sehen?

»Wie habe ich mich nur so in ihr täuschen können?«, wisperte er verzweifelt und spürte sofort Toms mitfühlenden Blick.

»Sie hat uns alle getäuscht, nicht nur dich«, sagte sein Freund leise. »Aber wenn es dich tröstet, ich glaube nicht, dass es persönlich war.«

Matt lachte bitter auf. »Nicht persönlich? Sie ist mit mir ins Bett gestiegen und das nicht nur einmal.«

»Wenn mich nicht alles täuscht, hattest du dich hinterher nicht gerade darüber beschwert. Du hast mich sogar fortgeschickt, um freie Bahn zu haben. Sie war nicht diejenige, die es darauf angelegt hatte.«

»Glaub mir, sie *wollte* es«, widersprach Matt ihm düster.

Tom verdrehte die Augen. »Von mir aus. Aber sie hatte es nicht *vorgehabt*. Ich glaube nicht, dass sie geplant hatte, dich zu verführen, als sie hier ankam.«

Matt zuckte trotzig seine Schultern. Er wollte nicht, dass Tom sie in Schutz nahm, wollte nicht, dass etwas die Wut schmälerte, die er Liv gegenüber empfand und die zumindest ansatzweise den Schmerz betäubte, der in seinem Herzen wütete. Wenn er ihr die Schuld an alldem geben konnte, was gerade geschah, fiel es ihm eine Winzigkeit leichter, sie nicht ganz so stark zu vermissen.

Toms Handy vibrierte und bewahrte Matt davor, vor seinem Freund noch mehr die Fassung zu verlieren und zu dem armseligen Häufchen Elend zu werden, als das er sich im Inneren empfand.

Tom warf einen flüchtigen Blick auf das Display, bevor er das Gerät zurück in die Tasche steckte.

»War sie das wieder?«, fragte Matt grimmig. Ihre ständigen Anrufe waren der Grund, wieso er sein Handy seit zwei Tagen nicht mehr einschaltete.

Tom nickte widerwillig.

»Hast du ihr etwa geantwortet?«

»Nein. Du hast gesagt, dass du das nicht möchtest, und daran halte ich mich.«

»Aber?«, fragte Matt gereizt nach. Ihm war Toms zweifelnder Unterton nicht entgangen.

»Aber findest du es nicht eigenartig, dass sie sich erst tagelang gar nicht meldet, um uns dann förmlich mit Nachrichten zu bombardieren?«

»Vielleicht hatte sie von meinem Banktermin gehört und fürchtet nun, dass ihr wunderbarer Plan ins Wasser fällt«, brummte er.

Tom zog spöttisch eine Augenbraue hoch. »Seit wann bist du denn unter die Verschwörungstheoretiker gegangen? Wie sollte sie davon erfahren haben? Außerdem hätte sie schon völlig blöd sein müssen, um nicht von alleine darauf zu kommen, dass du mit deiner Bank sprechen wirst. Und das ist sie nun wirklich nicht.«

Wohl wahr. Liv mochte vieles sein, aber nicht dumm.

»Was wirst du jetzt machen? Es noch bei einer anderen Bank versuchen?«

Matt zuckte entmutigt mit den Schultern. »Ich glaube nicht,

dass das etwas bringt. Nur ein Kredithai oder ein Private Equity Investor würde mir in meiner Situation diese Summe leihen. Und mit beiden hätte ich unterm Strich nichts gewonnen.« Er wischte sich müde über das Gesicht. »Ich mache mich auf in den letzten Kampf mit meinem Wal. Mir bleiben noch rund drei Wochen, um ihn zu bezwingen.«

»Du weißt, dass selbst das uns nicht mehr retten würde. Es wird zu lange dauern, bis die Anlage wirklich Geld abwirft.«

Natürlich wusste er das, aber alles war besser, als tatenlos rumzusitzen und darauf zu warten, dass der Gerichtsvollzieher an seine Tür klopfte. »Vielleicht wird die Bank ihre Einschätzung überdenken, wenn die Maschine erst einmal läuft. Und wenn nicht, werde ich bei Dorman zumindest einen etwas besseren Preis heraushandeln können«, sagte er bitter.

***

Livs Handy summte. Auch wenn sie wusste, dass es mit an Sicherheit grenzender Wahrscheinlichkeit Beth war, die sich zum gefühlt tausendsten Mal erkundigen wollte, wie es ihr ging, zitterten ihre Finger, als sie es aus ihrer Tasche holte.

Tom. Ihr Herz machte einen Sprung. Es war nicht ganz der Name, den sie zu lesen gehofft hatte, aber es war ein Anfang. Vor einer Stunde hatte sie ihnen beiden eine Textnachricht geschickt, in der Hoffnung, damit irgendwie ihre Aufmerksamkeit zu erregen. Wenn das nicht geklappt hätte, hätte sie sich wohl ein neues Prepaid-Handy geholt, damit sie ihre Nummer nicht erkannten. Ihre Nachricht hatte nur aus einem einzigen, kurzen Satz bestanden: *700.000$ zu wenig*. Wenn das die beiden Männer nicht neugierig machte, dann wusste sie es auch nicht. Wie es aussah, hatte es geklappt und zumindest Tom hatte angebissen.

Es war nicht viel, was er ihr zurückgeschickt hatte, lediglich drei Fragezeichen, und doch begann ihr Herz wie wild in ihrer

Brust zu pochen. Rasch wählte sie Toms Nummer und betete, dass er tatsächlich ranging.

»Ja?« Er klang misstrauisch und vorwurfsvoll zugleich.

»Hallo Tom«, begann sie unsicher. Wenn es ihr schon so schwerfiel, mit ihm zu reden, wie sollte es dann erst werden, wenn sie Matt gegenüberstand? *Falls* es jemals dazu kommen sollte. Sie riss sich zusammen. Dieses Zögern passte nicht zu ihr. Sie hatte noch nie eine Herausforderung gescheut. »Ich habe einen Fehler gemacht.«

»Du meinst, als du Matt an deinen Chef verkauft hast?«

»Nein!«, rief sie empört aus, bevor er auflegen konnte. »Bei der Berechnung des Unternehmenswerts.«

»Was?« Damit hatte er offensichtlich nicht gerechnet.

»Seine Patente, ihr habt sie nicht bilanziert und deshalb habe ich sie auch nicht berücksichtigt. Es tut mir leid, das hätte mir nicht passieren dürfen. Das Sägewerk ist in Wirklichkeit rund siebenhunderttausend mehr wert.«

Stille folgte ihren Worten. »*Das* war der Grund für deine Anrufe?«, fragte er schließlich vorsichtig.

»Nicht nur«, gab sie leise zu. »Ich habe erfahren, was Harper getan hat.«

»Willst du mir ernsthaft weismachen, du hättest das nicht gewusst?«

»Ich habe es vor wenigen Tagen nur durch Zufall mitbekommen. Und ich fürchte, dass Dorman Woods die Chance ergreifen wird, um eure Firma zu übernehmen.«

»Was du nicht sagst.« Seine Stimme triefte vor Sarkasmus.

»Ihr habt das Angebot also bereits vorliegen?«

»Natürlich. Und es beläuft sich haargenau auf den von dir ermittelten Betrag.«

»Der siebenhunderttausend Dollar zu niedrig ist.«

»Hast du das etwa auch nicht gewusst? Oder hältst du es gar für einen merkwürdiger Zufall?«, überging er geflissentlich ihren Einwand.

»Ich wusste es nicht«, sagte sie fest. »Aber es ist definitiv kein Zufall. Harper und Dorman haben alles hinter meinem Rücken abgesprochen.«

»Und das sollen wir dir so einfach glauben?«

»Nein. Aber vielleicht glaubt ihr mir, wenn ich Matt helfe, das Sägewerk zu behalten.«

»Du würdest dich gegen deinen Boss stellen?«

»Er ist nicht länger mein Boss. Ich habe gekündigt.«

»Echt?«, entfuhr es ihm überrascht. »Hast du etwa diese Beförderung nicht gekriegt, von der du mir erzählt hast?«

»Doch, habe ich«, entgegnete sie leise. »Und nicht nur das, Harper hat mir einen neuen, spannenden Mandanten zugeteilt. Ich sollte ein aufstrebendes Unternehmen auf seinem internationalen Expansionskurs begleiten – Dorman Woods.« Liv hatte beschlossen, alle Karten offen auf den Tisch zu legen. Sie wollte nicht riskieren, dass dieses kleine Detail irgendwann plötzlich herauskam und das aufkeimende Vertrauen, das sie auf Toms Seite spürte, wieder zunichtemachte. »Weil ich mich in Alaska so wunderbar *bewährt* habe, hielt er mich wohl für die beste Wahl«, fügte sie bitter hinzu.

Tom atmete hörbar aus. »Das ist eine ganze Menge, die du mir hier zu verarbeiten gibst.« Er verstummte und sie konnte sich lebhaft vorstellen, wie er gerade nachdenklich seine Unterlippe zwischen die Zähne zog. »Es tut mir leid, Liv«, sagte er schließlich. »Aber ich weiß nicht, ob ich dir glauben kann. Wir haben dir schon einmal vertraut und es hat Matt förmlich das Genick gebrochen.«

»Wieso? Was hat er denn?« Die Sorge um ihn schnürte ihr die Kehle zu. Er hat doch nichts Unbedachtes getan?

»Kannst du dir nicht vorstellen, wie dreckig es ihm gerade geht? Du weißt, wie viel die Firma ihm bedeutet. Wie schwer ihn der Verlust treffen muss. Und dann noch die Sache mit …« Er stockte abrupt.

»Die Sache womit?«

»Kannst du dir das etwa nicht denken?«

Liv sagte nichts, doch die Schmetterlinge in ihrem Bauch regten hoffnungsvoll ihre Flügel. Bedeutete es, dass er sie vermisste?

»Lass es gut sein, Liv«, sagte Tom leise. »Du hast hier bereits genug Schaden angerichtet.«

»Noch ist kein Schaden entstanden«, widersprach sie ihm. »Matt hat die Firma noch nicht verkauft, oder?«

»Nein«, gab er widerstrebend zu.

»Dann können wir das Ruder noch rumreißen.«

»Und wie soll das gehen?«

»Habt ihr euch um einen Kredit bemüht?«

»Natürlich. Doch es hat nichts gebracht. Wir haben nicht genügend Sicherheiten.«

»Ihr *hattet* nicht genug«, korrigierte sie ihn. »Wie oft muss ich denn noch sagen, dass mir ein Fehler unterlaufen ist?«

»Du meinst ...« Zum ersten Mal klang etwas wie Optimismus in seiner Stimme.

»Die neue Aufstellung müsste eigentlich jede Bank überzeugen, euch zumindest einen Teilkredit zu gewähren.«

»Und wie finanzieren wir den Rest?«

»Das lass mal meine Sorge sein. Kannst du Matt ausrichten, dass er mich anrufen soll?«

»Es tut mir leid, ich kann mir nicht vorstellen, dass er sich darauf einlässt.«

Das traf sie jetzt doch. »Er würde nicht einmal mit mir sprechen, um seine Firma zu retten?« Hasste er sie denn so sehr?

»Er ist logischen Argumenten im Augenblick nicht gerade zugänglich.«

»Also gut.« Liv trommelte mit ihren Fingerspitzen gegen ihre Unterlippe, während sie angestrengt nachdachte. Matt würde nicht freiwillig mit ihr reden, also musste sie ihn überrumpeln, ihn vor vollendete Tatsachen stellen und ihm am besten die Rettung seiner Firma auf dem Silbertablett präsentieren, damit ihm kein Raum mehr für Zweifel blieb. Sie konnte damit leben, falls er ihre Gefühle nicht erwiderte, aber sie würde nicht zulassen, dass er sie für etwas verabscheute, was sie nicht getan hatte.

»Bleib mal bitte kurz dran«, murmelte sie zu Tom und klappte ihren Laptop hoch. »Ich könnte den Sonntagsflug nach Fairbanks nehmen, falls du es schaffst, uns für Montag einen Termin bei der Bank zu besorgen – und Matt dorthin zu schleppen.«

»Das mit der Bank kriege ich wohl hin, Matt wird um einiges schwieriger.«

»Aber ohne ihn geht es nicht. Es ist schließlich seine Firma.«

»Und was soll ich ihm sagen?«

»Was du willst – dass die Bank euch als wichtigem lokalem Arbeitgeber doch noch eine Chance geben möchte, zum Beispiel. Nach allem, was ich gehört habe, wäre es besser, wenn du mich nicht erwähnst.«

Ein Teil von ihr hoffte, dass er widersprechen würde, aber das tat er nicht. »Wieso machst du das eigentlich?«, fragte er stattdessen.

»Weil es das Richtige ist. Bitte melde dich, wenn der Termin mit der Bank steht, damit ich weiß, wann ich da sein soll.«

»Ist gut, bis dann, Liv. Und danke.«

»Bis dann.« Sie legte auf und drückte das Handy an ihre Brust. Sie fühlte sich, als wäre sie im Begriff, ohne Sicherheitsnetz und ohne zu wissen, was sie auf der anderen Seite erwartete, über einen gähnenden Abgrund zu balancieren. Und erstaunlicherweise machte ihr das keine Angst.

***

Liv schloss die Augen und lehnte sich in ihrem Sitz zurück. In knapp zwei Stunden würde sie wieder in Fairbanks sein. Wie sehr unterschied sich doch dieser Flug von dem letzten. War der wirklich erst zweieinhalb Wochen her? Wie viel hatte sich doch in dieser Zeit verändert, wie sehr hatte sie selbst es getan. Beim ersten Mal war ihr die Reise nach Alaska wie eine Zumutung erschienen, wie ein notwendiges Übel, das sie über sich ergehen lassen musste, ein letzter Huckel, bevor ihr Leben wieder richtig Fahrt aufnahm.

Dieses Mal glich sie eher einer Heimkehr. Ihr Herz flatterte vor Aufregung und Freude und trotz der späten Stunde verspürte sie keine Müdigkeit.

Wie würde Matt reagieren?

Würde er ihr verzeihen?

Würde er sie bitten zu bleiben? Und würde sie es dann tun?

Sie dachte an ihren Koffer, der für einen Kurztrip viel zu voll war, und an das Paar nigelnagelneue Wanderschuhe, das darin verstaut lag.

War sie wirklich bereit dazu? Was, wenn es mit ihnen beiden nicht klappte? Gab sie gerade die Taube, die sich immer gewünscht hatte, frei, um einem Spatz hinterherzujagen, oder war es genau andersrum?

Das Leben verläuft nicht nach Plan, hatte ihre Mutter ihr stets gepredigt. Und sie hatte immer trotzig dagegengehalten. Vielleicht hatten sie ja beide recht. Vielleicht musste man seine Pläne einfach den Gegebenheiten anpassen, die das Schicksal einem bot.

Sie hatte ihr Möglichstes getan. Alles, was von ihr abhing, war erledigt. Alle Unterlagen waren bereit. Tom hatte den Termin bei der Bank arrangiert und sich sogar einverstanden erklärt, mit Matt erst eine halbe Stunde nach ihr dazuzustoßen. Jetzt konnte sie nur noch warten, während sie innerlich vor Nervosität und Aufregung verging.

Liv schaute auf ihre Uhr. In knapp achtzehn Stunden würde sie wissen, ob es eine Zukunft mit Matt für sie gab. Oder eine ohne ihn.

***

»Muss ich mir das wirklich erneut antun?«, murrte Matt ungehalten. Er konnte absolut nicht nachvollziehen, wieso Tom ihn so sehr zu diesem Termin drängte. Es war ja nicht so, als hätte er beim letzten Mal irgendetwas unversucht gelassen. Er hatte erklärt, wie wichtig die Firma für diese Region war, welche Tradition sie hier schon besaß, welche Innovationen er noch vorhatte, wie gut seine Gewinnerwartung war. Das Einzige, was er nicht getan hatte, war, auf die Knie zu fallen und zu betteln.

»Wie es aussieht, hat der Berater es sich noch einmal überlegt. Vielleicht haben deine Argumente ja doch noch Früchte getragen. Auf jeden Fall will er sich erneut mit uns treffen.«

»Ich hoffe für dich, dass es wirklich was bringt«, brummte Matt schlechtgelaunt. »Ich bin so kurz davor, die Maschine endlich zum Laufen zu bringen.«

Er war der Lösung des Problems schon ganz nah, er spürte es in seinen Fingern. Sie brannten darauf, den letzten, genialen Einfall, der ihm gekommen war, in die Tat umzusetzen. Stattdessen musste er sich von Tom zu diesem elenden Beratungstermin schleppen lassen. Sie würden Stunden mit belanglosem Small Talk verschwenden und dann mit leeren Händen wieder nach Hause zurückkehren. Vielleicht hätten sie den Termin um eine oder zwei Wochen verschieben sollen. So viel Zeit blieb ihm schließlich gerade noch. Wenn die Anlage erst einmal lief, hätten sie bestimmt bessere Karten. Aber so hatte er immer noch nicht mehr vorzuweisen als vor ein paar Tagen. Was sollte also das Ganze?

»Wieso hat die Bank sich überhaupt bei *dir* gemeldet?«

Tom verdrehte genervt die Augen. »Vermutlich, weil du dein Handy seit Tagen nicht mehr angemacht hast.«

Es klang plausibel, dennoch wurde Matt das Gefühl nicht los, dass hier etwas faul war. Tom hatte ihn mit diesem Termin einfach total überrumpelt. Vor einer halben Stunde war er in sein Büro geplatzt und hatte ihm eröffnet, dass sie gleich nach Fairbanks zu einem wichtigen Banktermin mussten.

»Haben sie es denn zuerst bei mir versucht?«, fragte er und angelte nach seinem Smartphone, um sich selbst ein Bild zu machen.

»Keine Ahnung!«, entgegnete Tom gepresst. »Ich habe sie nicht danach gefragt, sondern mich einfach nur gefreut, dass wir noch eine Chance bekommen. Wir sind übrigens da«, fügte er merklich erleichtert hinzu und stellte den Wagen ab.

Matts Smartphone vibrierte ununterbrochen. Der Name, der die unzähligen eingehenden Nachrichten zierte, schnitt ihm schmerzhaft ins Herz. Nein, an sie wollte er jetzt ganz sicher nicht denken. Und erst recht wollte er sich nicht durch all ihre Benachrichtigungen wühlen, nur um zu sehen, ob der Bankberater sich bei ihm gemeldet hatte. Im Grunde spielte es ohnehin keine Rolle.

Seine Augen blieben an dem obersten Info-Fenster hängen. *Olivia Archer hat Ihnen eine Nachricht geschickt.* Er biss seine Zähne zusammen und drückte so fest auf den Ausknopf, dass das kleine Gerät in seiner Hand zu zerbrechen drohte.

»Kommst du jetzt?« Tom, der bereits einige Schritte vorausgegangen war, drehte sich zu ihm um und musterte ihn nervös.

Matt ballte die Fäuste. »Ja«, brummte er grimmig. Sie war es nicht wert, dass er auch nur einen weiteren Gedanken an sie verschwendete.

Er folgte Tom durch die hohe Glastür in die geräumige Eingangshalle der Bank of Alaska. Sobald sie am Empfangsschalter ihre Namen nannten, wurden sie von der zierlichen Angestellten sofort in den hinteren Bereich geleitet, wo sich die Besprechungsräume befanden.

»Mr. Hammond erwartet Sie.« Die Frau öffnete eine dunkle Holztür und verschwand zurück an ihren Platz.

Zwei Menschen, die an einem runden Tisch saßen, fuhren herum. Doch Matt hatte nur Augen für eine von ihnen.

Liv hatte sich ein wenig von ihrem Sitz erhoben und schaute ihm halb erwartungsvoll, halb schüchtern entgegen.

Das Blut rauschte laut in seinen Ohren, als all die Gefühle auf ihn einstürmten, die er in den letzten Tagen so mühsam zu unterdrücken versucht hatte – Sehnsucht, Wut, Verzweiflung, Schmerz spülten in schneller Folge über ihn hinweg. Er schwankte und griff haltsuchend nach dem Türrahmen. Der Drang, zu ihr zu eilen und sie wortlos in seine Arme zu schließen, sie an sich zu drücken und so zu tun, als hätte es die vergangene Woche nicht gegeben, wurde beinah übermächtig und gleichzeitig wünschte er sich, er könnte einfach auf der Stelle umdrehen, sich irgendwo verkriechen, die letzten Bruchstücke seines Herzens vor ihr in Sicherheit bringen. Denn ganz egal, was er ihr vorwarf, ganz egal, wie sehr er sie zu hassen glaubte, allein ihr Anblick genügte, um ihn beinahe alles vergessen zu lassen.

Er konnte nicht fassen, wie wunderschön sie war, obwohl sie blass und übernächtigt wirkte. Und da lag ein Ausdruck in ihrem Gesicht, der ihn mit einem leichten Hoffnungsschimmer erfüllte.

Sie war hier. In seiner Bank. Und auch wenn er sich keinen Reim darauf machen konnte, was sie hier wollte, konnte er sich nicht vorstellen, dass sie gekommen war, um sich an seinem Leid zu ergötzen, um nachzutreten, wo er bereits am Boden lag.

Sie war hier. Das musste etwas bedeuten.

»Liv?«, presste er ungläubig krächzend hervor und in seiner Stimme klangen all die Liebe und all der Schmerz mit, die er mit ihrem Namen verband.

Ihre Mundwinkel hoben sich leicht in dem Anflug eines zögernden Lächelns und ihm war, als würde die Sonne plötzlich aufgehen. Langsam machte er einen Schritt auf sie zu.

***

Als die Tür aufging, schien die Zeit für Liv auf einmal stillzustehen. Tom hob freundlich grüßend die Hand, doch sie beachtete ihn nicht. Matt hielt ihre gesamte Aufmerksamkeit gefangen.

Er sah furchtbar aus. Tiefe Sorgenfalten zeichneten sein Gesicht und dunkle Schatten lagen unter seinen Augen. Ihr Herz zog sich schmerzlich zusammen bei dem Gedanken daran, dass sie – wenn auch unwissentlich – mitschuldig daran war. Wie gern wäre sie zu ihm geeilt, um ihn zu trösten, die Furchen auf seiner Stirn zu glätten und ihm zu sagen, dass alles wieder in Ordnung kommen würde. Aber sie wagte es nicht. Zu viel Misstrauen, zu viel Wut lagen in seinem Blick.

Die Erkenntnis, dass er ihr womöglich niemals verzeihen würde, legte sich wie ein eisiger Panzer um ihr Herz. Hatte sie es wirklich schon vermasselt, bevor es überhaupt richtig begonnen hatte? Hatten die Ereignisse der letzten Tage jede aufkeimende Zuneigung auf seiner Seite erstickt?

In seinem Gesicht arbeitete es. Doch sie war selbst viel zu aufgewühlt, um darin wirklich lesen zu können. Wollte sich nicht von wilden Hoffnungen und Träumen davontragen lassen, die doch zum Scheitern verurteilt waren.

Dann öffnete er seinen Mund und sprach ihren Namen. Mehr war es nicht, nur dieses eine Wort, doch es brachte ihr Herz zum Klingen. Es lag eine Sehnsucht darin, die den eisigen Klumpen in ihrem Inneren zum Schmelzen brachte. Ihre Mundwinkel hoben sich erleichtert. Matt machte einen vorsichtigen Schritt auf sie zu. Sie schluckte. Ihr Puls hämmerte laut in ihren Ohren, sie nahm nichts außer der Gegenwart des Mannes wahr, der seine Hand zögernd nach ihr ausstreckte.

»Ah! Mr. Coleman, schön, dass Sie jetzt auch dabei sind.« Strahlend schoss der Bankberater an ihr vorbei und schüttelte energisch Matts ausgestreckte Hand.

Matts Blick verhakte sich mit dem ihren und sie senkte

schmunzelnd den Kopf. Mr. Hammond musste wahrlich das Feingefühl eines Geldautomaten besitzen, um nichts von den Schwingungen zu bemerken, die zwischen Matt und ihr hin- und hergegangen waren.

»Miss Archer hat mir schon alles erklärt, während wir auf Sie beide gewartet haben«, fuhr Mr. Hammond fort, nachdem er auch Tom begrüßt hatte.

»So, hat sie das?«, bemerkte Matt zurückhaltend und Liv entging nicht der Seitenblick, den er Tom zuwarf. »Hast du das eingefädelt?«, zischte er seinem Freund kaum hörbar zu.

»Stimmt etwas nicht?« Der Bankberater runzelte fragend seine Stirn.

»Nein, alles bestens«, versicherte Tom ihm schnell und stieß Matt mahnend mit seinem Ellenbogen an.

»Also dann.« Mr. Hammond lächelte gewinnend in die Runde. »Unter Berücksichtigung der neuen Sachlage sehe ich kein Problem darin, Ihnen die Summe von zweihundertfünfzigtausend Dollar zu bewilligen.«

Matt und Tom sahen sich verständnislos an. Matt räusperte sich. »Das ist sehr … entgegenkommend von Ihnen, doch leider brauchen wir den doppelten Betrag.«

Verwirrt schaute Mr. Hammond Liv an. »Miss Archer hat mir versichert, dass nur noch die Hälfte der ursprünglich beantragten Summe benötigt wird. Wenn das nicht zutrifft, muss ich den Fall leider noch einmal aufrollen.« Er tippte hastig etwas in seinen Laptop. »Selbst mit den zusätzlichen Unterlagen, die Miss Archer mitgebracht hat, kann ich Ihnen nicht zusichern, dass der Filialleiter das genehmigt.«

Liv kam es vor, als würden Matts fragende Blicke sich langsam, aber sicher durch ihre Haut brennen. Nach seiner anfänglichen Erleichterung spürte sie darin den zunehmenden Ärger darüber, dass hier offensichtlich Dinge über seinen Kopf hinweg entschieden wurden.

Sie räusperte sich. »Das wird nicht nötig sein, Mr.

Hammond«, sagte sie schnell. »Coleman Lumber braucht tatsächlich nur den geringeren Kredit.«

»Würden Sie uns bitte einen Moment entschuldigen, Mr. Hammond?«, meldete sich Matt plötzlich zu Wort. »Ich würde gern ganz kurz allein mit Miss Archer reden.«

»Ähm.« Unsicher schaute der Berater zwischen den Anwesenden hin und her. Tom hatte sich grinsend zurückgelehnt, als würde ihm gerade eine besonders unterhaltsame Show geboten, Matt wirkte überaus entschlossen und Liv wurde zunehmend nervös.

»Es dauert auch nicht lange«, versprach Matt.

»Ähm. Selbstverständlich. Brauchen Sie einen separaten Besprechungsraum?«

»Nicht nötig. Der Flur tut es auch.« Matts Hand schloss sich keinen Widerspruch duldend um Livs Handgelenk. Nicht gerade sanft zog er sie mit sich fort, dennoch ließ die Berührung kribbelnde Schauer über ihren Körper rieseln.

Draußen blieb er so abrupt stehen, dass sie beinah mit ihm zusammenprallte. Sofort wich Liv einen Schritt zurück, um der Versuchung zu widerstehen, sich einfach an ihn zu schmiegen. Trotzdem war sie ihm noch immer viel zu nah, sah, wie sich sein Brustkorb mit seinen schnellen Atemzügen hob und senkte.

Ob es an seinem Ärger oder etwas völlig Anderem lag, vermochte Liv nicht genau zu sagen. Vermutlich war es eine Mischung aus beidem, die ihn so finster und zugleich so unwiderstehlich erscheinen ließ.

Forschend musterte er ihr Gesicht und das Feuer in seinen Augen ließ sie erzittern.

»Was wird hier gespielt?«, presste er rau hervor.

Sie atmete tief durch. Das war sie, ihre Chance, ihm alles zu erklären, und plötzlich wusste sie nicht, wo sie anfangen sollte. Ihr Kopf war wie leergefegt. Alles, woran sie denken konnte, war er.

Sie hatte sich weisgemacht, dass sie ihm einfach den Rücken

würde zukehren können, wenn er sie nicht zu bleiben bat. Ihn einfach erneut hinter sich lassen, sobald die Sache hier geregelt war. Aber das war ein Irrtum gewesen. Die Sehnsucht, die sie allein bei seinem Anblick erfüllte, war stärker, als sie es je für möglich gehalten hatte, und sie ahnte, dass dieses Gefühl nicht einfach wieder verschwinden würde, wenn sie Alaska verließ.

Sie konnte ohne Matt leben, aber sie konnte ohne ihn nicht glücklich sein.

»Also?«, wiederholte er ungeduldig und seine Hände legten sich fest um ihre Oberarme.

Sie war nicht sicher, ob er sie schütteln oder an sich ziehen wollte, und wie er aussah, wusste er es selber nicht.

»Ich war nicht in die Pläne deines Onkels eingeweiht«, sagte sie leise, aber fest. »Ich habe es selbst erst erfahren, als es schon fast zu spät war. Trotzdem habe ich versucht, dich zu warnen, aber du hast nicht reagiert. Zum Glück hat Tom irgendwann auf mich gehört.«

Matt brummte etwas, das sich verdächtig nach *mieser Verräter* anhörte.

»Nein«, sie schüttelte ihren Kopf. »Keiner von uns hat dich verraten. Im Gegenteil, wir retten dich.«

»Und wie?« Sein Ton wurde eine Spur weicher, die tanzenden Wirbel in seinen Augen beruhigten sich. Der Ärger machte etwas Anderem, viel Wärmerem Platz, das ihre Knie butterweich werden ließ. Doch sie durfte diesem Gefühl noch nicht nachgeben, nicht bevor sie ihm alles berichtet hatte.

»In meiner Berechnung war ein Fehler.«

»Ein Fehler?« Er zog ungläubig die Brauen zusammen.

»Ja.« Sie erlaubte sich ein zerknirschtes Lächeln. »Ich fürchte, ich war ein wenig *abgelenkt*.«

Seine Mundwinkel zuckten und am liebsten hätte sie sofort ihre Lippen daraufgedrückt. »Ich habe den Wert deiner Patente nicht einbezogen.«

Verständnis dämmerte in seinem Gesicht. »Das waren die

zusätzlichen Unterlagen, die du mitgebracht hast?«

»Ja. Ich habe meine Berechnung neu aufgestellt. Das Unternehmen ist deutlich mehr wert als gedacht und das erhöht deine Kreditwürdigkeit.«

»Und wieso brauche ich nur noch die Hälfte des Betrages? Hat mein Onkel etwa seine Forderung reduziert, ohne dass ich davon erfahren habe?«

»Nein.« Sie erwiderte ernst seinen Blick. Jetzt kam der knifflige Teil, der, von dem sie nicht genau wusste, wie er darauf reagieren würde. »Ich habe beschlossen, ins Holzbusiness einzusteigen.«

Er starrte sie mit verengten Augen und leicht geöffnetem Mund an und es dauerte ein paar Wimpernschläge, bis er den Sinn ihrer Worte begriff. »*Du* gibst mir das fehlende Geld?«

Sie biss sich unsicher auf die Unterlippe. »Ja?«

»Du willst mir erzählen, dass du zweihundertfünfzigtausend Dollar in deiner Hosentasche hast?«

»Nicht direkt in der Hosentasche, dafür sind meine Hosen zu eng«, witzelte sie. Doch Matt machte nicht den Eindruck, als würde er bei diesem Thema Spaß verstehen. »Ich habe dir von Anfang an gesagt, dass ich überaus *angemessen* für meine Überstunden entlohnt werde. Und wenn man einen Job macht, in dem man einen Haufen Geld verdient und keine Zeit hat, es wieder auszugeben, kommt mit den Jahren halt einiges zusammen.«

»Zweihundertfünfzigtausend Dollar?«, wiederholte er skeptisch.

Sie zuckte mit den Schultern. »Was soll ich sagen, ich bin ein sparsames Mädchen.«

Bedächtig schüttelte er seinen Kopf. »Das kann ich nicht annehmen.«

»Doch, das kannst du. Du musst es sogar. Sonst wirst du deine Firma verlieren.«

»Ich komme schon irgendwie klar.«

»Du kannst es mir ja zurückzahlen.«

»Es geht nicht nur darum. Wenn mein Onkel rausfindet, was du hier tust, was du bereits getan hast, kannst du deine Karriere vergessen. Ja, das Sägewerk ist wichtig für mich, aber das heißt nicht, dass ich es zulasse, dass du dafür alles aufgibst, wofür du die letzten Jahre gearbeitet hast.«

Ein tiefes Glücksgefühl durchströmte sie bei diesen Worten. So würde er nicht sprechen, wenn sie ihm nichts bedeuten würde.

»Danke«, hauchte sie und konnte dem Impuls nicht länger widerstehen, ihre Hand an seine Wange zu legen.

Er schloss für einen Moment die Augen, schien die Berührung ebenso zu genießen wie sie, bevor er seine Schultern straffte. »Dann lass uns jetzt wieder reingehen und Mr. Hammond die Anfrage neu aufrollen lassen.«

»Das ist nicht nötig«, widersprach sie ihm sanft. »Ebenso wenig wie deine Sorge um meine Zukunft. Ich habe gekündigt.«

»Was?«, entfuhr es ihm überrascht. In seinen Augen spiegelten sich Hoffnung und die Angst, dass er das alles ganz falsch verstand.

»Ich konnte einfach nicht mehr für ihn arbeiten, nicht, nachdem er so mit dir umgesprungen ist.«

»Und ...« Forschend strich sein Blick über ihr Gesicht, als versuchte er darin die Antwort auf eine Frage zu finden, die er noch gar nicht gestellt hatte. »Und was hast du jetzt vor?«

Liv trat vor und schlang ihm ihre Arme um den Hals. Sie hatte es satt, immer vorsichtig und bedächtig zu sein. Sie stellte sich auf die Zehenspitzen und zog seinen Kopf zu sich herab, bis nur noch wenige Zentimeter ihre Gesichter trennten. »Ich werde mir wohl einen neuen Job suchen müssen. Du hättest nicht zufällig einen für mich?«

Seine Arme schlangen sich fest um ihre Taille, zogen sie an seinen harten Körper heran. »Ist das etwa eine Bewerbung, Miss Archer?«, raunte er heiß in ihr Ohr.

»Kann schon sein, Mr. Coleman«, gab sie atemlos zurück.

Er hob seinen Kopf so weit, bis sich ihre Nasenspitzen berührten und sie in seinen dunklen, grauen Augen versank. »Ich muss Sie aber warnen, ich kann Ihnen nicht so viel zahlen, wie Sie es offenbar gewohnt sind.«

Liv lachte kehlig und presste sich noch enger an ihn. »Ich denke, wir werden uns schon irgendwie einig, Mr. Coleman.«

Und dann endlich lagen seine Lippen auf den ihren – leidenschaftlich, voll und warm. Er legte eine Hand in ihren Nacken und sie vergrub die ihre in seinem dichten, dunklen Haar.

»Ich habe dich so vermisst«, wisperte er zwischen zwei Küssen.

»Und ich dich«, hauchte sie. Sie konnte nicht einmal in Worte fassen, wie sehr.

Irgendwann hörte sie hinter sich ein amüsiertes Hüsteln. »Seid ihr dann so weit?«, fragte Tom.

Nur widerstrebend löste Liv sich von Matt und sie spürte, dass er sie genauso ungern gehen ließ.

»Die Verträge warten darauf, unterzeichnet zu werden.«

Liv wandte sich zum Gehen, doch Matt überraschte sie, indem er sie festhielt. »Wir kommen gleich nach«, versprach er seinem Freund.

»Wer's glaubt«, schnaufte dieser gutgelaunt, verschwand jedoch wieder hinter der Tür.

»Ich zahle es dir zurück«, sagte Matt ernst zu ihr. »Bis auf den letzten Cent.«

»Lass uns später darüber sprechen«, winkte sie ab. »Zuerst müssen wir dein Sägewerk retten.«

»Dann gibt es wirklich ein *Später* für uns?«, fragte er leise. »Ich werde morgen nicht aufwachen, um festzustellen, dass du wieder verschwunden bist?«

»Hey.« Sie schmiegte lächelnd ihren Kopf an seine Schulter.

»Ich habe mir extra neue Wanderschuhe besorgt, da habe ich wohl keine andere Wahl als zu bleiben.«

»Und was ist mit deinem Plan?«

»Oh, den habe ich immer noch.« Sie strahlte ihn zärtlich an. »Nur habe ich den Teil mit der Liebe ein klein wenig vorgezogen.«

Epilog

4 Wochen später

Mit einem vernehmlichen Schnappen durchschnitt die große Schere das Band. Sanft glitten dessen glänzende, rote Enden zu Boden. Die versammelte Menge klatschte begeistert Beifall.

Liv konnte ihre Augen nicht von Matt nehmen, der in einen schwarzen Anzug und ein weißes Hemd gekleidet, aufrecht und stolz vor den offenen Toren der großen Halle stand.

Er hatte es geschafft. Er hatte seinen *Weißen Wal* bezwungen. Sein Blick suchte den ihren und sie strahlte ihn verliebt an. Doch als er Anstalten machte, zu ihr zu gehen, winkte sie fröhlich ab. Das hier war seine Stunde, sein Triumph. Ihr genügte es völlig, im Hintergrund im Schatten einer Mauer zu stehen und ihn dabei zu beobachten, wie er unzählige Hände schüttelte und Glückwünsche entgegennahm.

Obwohl sie nun schon seit vier Wochen Tag und Nacht miteinander verbrachten, hatte sie das Gefühl, sich noch immer nicht an ihm sattsehen, niemals genug von ihm bekommen zu können.

Sie zog das leichte Strickjäckchen, das sie zu ihrem geblümten Kleid trug, zurecht und schaute in den wolkenlosen Himmel. Selbst in Alaska hatte der Sommer endlich Einzug gehalten und die Sonne tauchte alles in ihr helles, wärmendes Licht.

Ein unbändiges Glücksgefühl stieg in Liv auf, eins, das sie seit Wochen begleitete und sie trotzdem noch immer in Erstaunen versetzte.

Männer winkten ihr im Vorbeischlendern grüßend zu oder klopften ihr freundschaftlich auf den Rücken. Inzwischen kannte sie die meisten von ihnen mit Namen, heute sah sie zum ersten Mal auch die Frauen dazu. Sie hätte nie gedacht, dass sie sich inmitten dieser einfachen, oft etwas grobschlächtigen Leute wohler fühlten konnte als auf dem glattpolierten Parkett eines

Verhandlungsraums. Sie fühlte sich geerdet – ja, das war das richtige Wort – als würde sie jetzt endlich etwas tun, das echte Bedeutung für reale Menschen besaß, anstatt bloß mit seelenlosen Zahlen zu jonglieren.

Zwei starke Arme schlossen sich von hinten um ihre Körpermitte und Matts vertrauter Duft nach Bergamotte, Sandelholz und Sägespänen hüllte sie unverzüglich ein. Wohlig lehnte sie sich an ihn, spürte seinen warmen Atem an ihrer Wange.

»Woran denkst du?«, fragte er leise.

»Daran, wie glücklich ich jetzt bin.«

Sie spürte sein Lächeln an ihrem Hinterkopf, doch als er sprach, war seine Stimme ernst. »Und du bereust es wirklich nicht, dein altes Leben aufgegeben zu haben? All die Reisen und spannenden, neuen Projekte?«

»Nein.« Ihre Antwort kam ohne Zögern. »Ich habe hier mehr, als ich mir jemals habe vorstellen können. Außerdem wird es mit dir auch nicht langweilig.«

»Na, das will ich doch hoffen.« Spielerisch drückte er seinen Unterleib fest gegen ihren Po.

»Das meinte ich nicht«, entfuhr es ihr und sie errötete, als ihr auffiel, wie atemlos ihre Stimme plötzlich klang.

»Nein?«

»Nein.« Sie drehte sich in seinem Griff und schlang ihm ihre Arme um den Hals. »Obwohl *dieser Aspekt* natürlich auch nicht zu verachten ist«, versicherte sie ihm mit einem bedeutungsvollen Blick. »Aber wir beide gehen ja auch schon bald auf Reisen.«

»Ich fasse es noch immer nicht, dass du mich dazu überreden konntest«, brummte er, doch seine Augen funkelten belustigt.

»Ich weiß nun mal, was gut für dich ist.«

Es war in der Tat nicht einfach gewesen, Matt von der Notwendigkeit ihres Vorhabens zu überzeugen, aber schließlich hatte sie es geschafft. Und jetzt freute sie sich besonders darauf, mit ihm in einigen Tagen zu einer kleinen Tour aufzubrechen, bei der sie bestehende und potenzielle Kunden von den Vorzügen seiner neuen Anlage und seiner Produkte überzeugen wollten.

In den letzten zwei Wochen hatte sie alles daran gesetzt, seine Produktstruktur und Preisliste zu optimieren und vielversprechende Kontakte anzubahnen. Matt hatte außerdem darauf bestanden, dass sie sich die Städte, die sie besuchten, auch zumindest kurz anschauen sollten. Etwas, das sie in ihrer fünfjährigen Beraterlaufbahn nie geschafft hatte.

Seine Lippen arbeiteten sich an ihrem Hals hinab und machten weitere Grübeleien unmöglich.

»Matt, doch nicht hier«, protestierte sie leise.

»Du hast recht, lass uns verschwinden. Du siehst in deinem Kleidchen einfach zum Anbeißen aus.« Als wären seine Worte nicht deutlich genug, drückte er seine Hüften gegen ihren Bauch, um ihr seinen Standpunkt zu demonstrieren.

»Aber es ist deine Party!«

»Ich habe bereits alle wichtigen Hände geschüttelt, das Essen ist im Voraus bezahlt, die Pressefotos sind erledigt – ich würde sagen, ich habe meine Pflichten vollständig erfüllt. Und jetzt würde ich gern zum vergnüglichen Teil übergehen.« Er senkte seine Lippen auf die ihren und küsste sie lang und ausgiebig. »Lass uns nach Hause gehen«, sagte er dann.

Liv nickte und verflocht ihre Finger glücklich mit den seinen. Nach Hause – das hörte sich wirklich gut an.

- Ende -

Über Ellen McCoy

Ellen McCoy wohnt mit ihrem Mann und ihren zwei kleinen Töchtern in der Nähe von Köln. Sie ist eine absolute Leseratte und liebt es, in schönen Geschichten zu versinken. „Unsäglich verliebt“ ist ihr erster humorvoller Liebesroman. Für dieses Jahr ist noch eine weitere Geschichte aus der „Alaska wider Willen“-Reihe geplant.

***

Wenn Ihnen dieses Buch gefallen hat, freue ich mich sehr über Ihre Unterstützung in Form einer Rezension oder einer Empfehlung an Freunde und Bekannte. Gern können Sie auch persönlich Kontakt zu mir aufnehmen unter https://www.facebook.com/ellen.mccoy.autorin.

Ich freue mich auf Sie!

Buchempfehlung

Berührend, humorvoll und durch und durch romantisch!

Nach einer weiteren Enttäuschung hat Sam von Männern die Nase definitiv voll und schwört der Liebe endgültig ab. Das kann Coup - ein Engel der Liebe - natürlich nicht so auf sich sitzen lassen. Kurzerhand geht er eine Wette ein, dass er es schafft, bis Jahresende den Richtigen für Sam zu finden. Den passenden Kandidaten scheint er auch schon gleich parat zu haben, denn Sams schüchterner Nachbar Patrick ist ganz offensichtlich in sie verliebt.

Und doch erlebt Coup die Überraschung seines Lebens, als er feststellt, dass sein sechster Sinn ausgerechnet in diesem einen Fall versagt …

"Eine wunderbar himmlische Liebesgeschichte, die uns den Glauben an die Liebe wiedergibt"- MagischeMomenteFürMich

18941116R00156

Printed in Poland
by Amazon Fulfillment
Poland Sp. z o.o., Wrocław